ASESINATO
DE UN CULPABLE

LA TRAMA

Asesinato
de un culpable

Paola Boutellier

Penguin
Random House
Grupo Editorial

Primera edición: marzo de 2022

© 2022, Paola Boutellier
© 2022, Penguin Random House Grupo Editorial, S. A. U.
Travessera de Gràcia, 47-49. 08021 Barcelona

Printed in Spain – Impreso en España

ISBN: 978-84-666-7116-3
Depósito legal: B-1.019-2022

Compuesto en Llibresimes

Impreso en Liberdúplex
Sant Llorenç d'Hortons (Barcelona)

BS 7 1 1 6 3

A Enrique, el impulso que necesitaba
para hacer mis alas volar

Hemos de esforzarnos por no vivir demasiado inmersos en el pasado.

AGATHA CHRISTIE

Prólogo

Siempre he oído decir que, cuando ves tu vida llegar al final, todo se rebobina y va a cámara lenta, aunque en realidad va tan rápido que da vértigo. Pero tu cerebro crea una burbuja que te aísla por unos segundos para que puedas meterte dentro de esos recuerdos y los saborees antes de desaparecer.

Yo lo experimenté, y recordé a todas las personas que amaba a mi alrededor. Todo cuanto dejaba escapar si me iba. No quería esfumarme. No podía dejar a nadie. Así que no lo hice, sin embargo, para lograrlo tuve que agarrarme fuerte a mi cuerpo, con el fin de no volatilizarme, y perdí una parte de mí en el proceso.

¿Hubiese sido mejor descansar? ¿Gozar de esa calma en el vacío que hace que merezca la pena al lado de una lucha constante en vida?

No imaginaba que, durante los siguientes días, las pruebas que me lanzaron como dardos envenenados me pondrían en una encrucijada que me obligaría a replantearme mis principios: la familia, el trabajo...

Y el amor... ese sentimiento que me aterrorizaba y me hacía libre al mismo tiempo. Que me había salvado y a la vez me había consumido. Pero ¿acaso no era eso lo que debía hacer el amor? ¿Mantenerte en una constante montaña rusa de emociones? Antes habría respondido con un no rotundo, pero ahora no estaba tan segura. Desconocía lo que quería, pero sí sabía que anhelaba tenerlo cerca, aunque eso significara revivir lo que acababa de pasar de una manera constante, como un bucle en mi cabeza.

En ocasiones, la vida te pone a prueba para adiestrarte como a un cachorro revoltoso, simplemente para recordarte que ella es quien manda, que estás a su merced y bajo su beneplácito.

Ahora tendría que convivir con una incertidumbre y un pavor que me llegaba por las noches, entraba a hurtadillas por debajo de las sábanas acariciando las puntas de los dedos de mis pies y, subiendo poco a poco, recorriendo cada ápice de mí, culminaba en la nuca y hacía que se me erizase la piel. Un estrés postraumático del que no me avisaron, y que me reconcomía en mis pesadillas.

Nunca reconocería la congoja que me causaba pensar en el pasado. Recordar cómo había llegado a traspasar mis límites de una manera tan imperiosa. La inveterada positividad que había marcado mi carácter se largó sin previo aviso...

Me hubiese gustado decir que sobreviví indemne a las llamas. A él. A ellos. Pero no lo hice, y eso también estaba bien, porque ahora podía ver de lo que era capaz. Yo no era una heroína. No había llegado a salvarlo, ni siquiera a salvarme a mí misma.

Después de un buen rato en la cama dando vueltas sin cesar, comprendí lo insignificante que era todo lo que pasaba por mi mente.

La vida seguía y yo iba a continuar batallándola, aunque eso significara volverme a enfrentar a todo lo que me aterrorizaba.

Porque, a fin de cuentas, alguien estaba a punto de morir y todo iba a volver a empezar.

1

Mera

Octubre de 2019

El viento atizaba sin cesar los árboles que conformaban el espacio del cementerio en el que se encontraban. El ataúd, que empezaba a bajar lentamente por el agujero, la estremeció sin reparo. No era sino el aroma a tierra mojada y a angustia lo que embriagaba el ambiente.

¿Cómo habían llegado hasta allí otra vez? Sus pesadillas incluían siempre alguna muerte, y sin embargo la persona que ahora iba a adentrarse bajo tierra no entraba en la lista de Mera. La familia, apenada, lloraba y movía la cabeza de un lado a otro sin cesar. Como si durante todo el periodo anterior no hubiesen asimilado aún la muerte de aquel individuo.

Habían querido un funeral tradicional, negándose en rotundo a la incineración. El día, además, era propicio: treinta y uno de octubre, Halloween. El día más terrorífico del año enterrando a un muerto. De hecho, eso hacía que hubiera más gente rondando por las sepulturas. Para su sorpresa, numerosas personas iban a recordar y a llorar a sus seres queridos que hacía más o menos tiempo los habían dejado de un modo u otro. Asesinados o no, por supuesto. Creía que aquella práctica era más del uno de noviembre. Pero concluyó que llorar a los seres queridos no tenía un día concreto. No se fijaba en el calendario frívolamente... ¿o sí?

Pensó en sus padres, y en hacerles una visita justo después de que pasara aquella pantomima. Pues a eso era a lo que se reducía aquel circo que, más que de payasos, estaba lleno de gente excéntrica y maniática.

Ciertamente, no parecía que nadie apreciara de verdad a la persona a la que pertenecía aquel cuerpo inerte. Lo habían asesinado y, contra todo pronóstico, había ido a darle el último adiós mucha más gente de lo que había imaginado.

Harry la había advertido:

—El asesino estará allí —le explicó—, todos los criminales van. Necesitan comprobar si realmente su víctima está bajo tierra y, sobre todo, si nadie sospecha de ellos. Es de manual —le dijo Harry convencido—. Siempre vuelven.

Mera estaba absolutamente de acuerdo. Ni una sola persona de las que se encontraba allí de pie, estaba libre de sospecha en absoluto. Sus ojos se posaban lentamente en cada cara, en cada expresión. No podía evitar que en su mente se fuera dibujando un culpable tras otro...

Un escalofrío empezó a recorrerle el cuerpo; cada vez se sentía más diminuta allí, frente a la muchedumbre. Los cuervos empezaron a graznar con fuerza, presagiando que el asesino se encontraba entre ellos, sin duda alguna.

Por más que Mera intentara evitar la menor sospecha, todas las personas allí presentes, a las que conocía y quería, de algún modo podían haber cometido aquella atrocidad, sin excepción. Dudar de la gente que la rodeaba no resultaba agradable, ni para ella ni para Harry. Él parecía mucho más serio que de costumbre, concentrado en analizar con la mirada incluso la ropa de las personas que iban llegando. Sin embargo parecía sereno, como si tuviera la situación totalmente bajo control. Y si no era así, al menos sabía fingirlo a la perfección.

Ella se ajustó el audífono inconscientemente. Desde que lo utilizaba parecía haber adquirido un leve tic, y cuando estaba al borde del colapso, hacía el gesto de introducírselo aún más en la oreja, como si con ello tratara de solucionar el problema de audición que ahora convivía con ella con la esperanza de que podría volver a ser la de antes.

Mera imitó a Harry, esforzándose por no perder detalle de cada asistente al funeral. Y a modo de traca final, a lo lejos se vio un rayo, haciendo que la imagen fuese más vigorosa. En sus macabros pensamientos, el muerto estaba anunciando desde el más allá la venganza que tanto ansiaba por haberle arrebatado la vida; y ¿cómo no iba a vengarse, después de todo?

Lyla, Oliver, Luca, Tom, los vecinos de su edificio, el conserje... todas y cada una de las personas que tenían un motivo y eran asesinos potenciales estaban allí, como Harry había predicho. No faltaron a la cita.

Y es que, cuando Mera miró el sepulcro apenas pudo contener la respiración. Su propio aliento gélido le arañaba la garganta. Porque, sí, hasta ella misma podía haberlo matado sin reparo, y no le habría importado lo más mínimo. Tragó saliva y se metió las manos en los bolsillos: así nadie vería el temblor incontrolable de sus manos y podría aparentar una calma inexistente en ella.

Suspiró y miró a Harry. Este se percató y asintió en silencio, dándole a entender que el plan seguiría adelante. Por un segundo una sensación de alivio recorrió su rostro al ver la actitud de su compañero. De nuevo, sus ojos se posaron en la tierra húmeda por donde en ese instante descendía el ataúd.

El nombre inscrito en la lápida resonaba en su cabeza con una pregunta constante.

En resumidas cuentas, ¿quién no querría asesinar a John Barton?

2

Luca

Octubre de 2019

En menos de un mes, Luca había experimentado la sensación de estar encerrado entre las lápidas que conformaban el cementerio. Había estado allí hacía poco, en el funeral de su abuelo, y seguidamente en el de su padre.

El primero había sido desgarrador, el segundo, un mero trámite. Durante el funeral de su padre solo había estado pensando en ella. Mera, que en aquel momento aún seguía en el hospital recuperándose de las heridas que su propia familia le había causado. No solo su padre había hecho mella en la vida de Eleanor, la madre de Mera, sino que había provocado un dolor incalculable a la siguiente generación de ambas familias.

De aquello ya hacía casi un mes.

Soplaba un viento tranquilo cuando Luca suspiró y alzó la mirada para buscar la de ella entre el gentío. Mera estaba unos metros alejada de ellos.

Se encontraban en la entrada de la empresa Moore. Había un número considerable de personas reunidas para conmemorar la pérdida de su padre y de su abuelo. Un acto que Luca y Harry se habían negado rotundamente a celebrar, pero que su madre había organizado de buen grado para aparentar la existencia de un frente unido en lo que quedaba de la familia.

Sin embargo, Mera no tendría que estar conmemorando la vida de quien mató a sus padres y, aun así, el halo de valentía y honor que dignificaba a esa muchacha de ojos azules estaba intacto, plantado en la tierra que pisaba. Su abuelo, por el contrario, no estaba allí. Era razonable, no obstante, Luca sentía que sin su presencia ella podía sentirse desprotegida.

En el momento en que sus miradas se encontraron, él sonrió con timidez y dulzura. La chica asintió, como si supiera lo que estaba pensando, y le devolvió el gesto, logrando que los músculos de Luca se relajaran de forma instantánea.

A su lado alguien carraspeó, interrumpiendo el momento.

—No tenía que haber venido —le espetó Harry.

Luca se revolvió incómodo al escuchar lo que su hermano mayor acababa de decir con voz seria.

—Sabes que yo no se lo he pedido. Ha asistido por voluntad propia... —le respondió el menor suspirando—. Le pedí expresamente que no lo hiciera, pero ya sabes lo tozuda que es.

—Está aquí por nosotros y debería quedarse en casa por ella —le respondió tajante.

Luca asintió. Sabía que su hermano llevaba razón en parte. Sin embargo, en su fuero interno se imaginaba que Mera tendría sus propios motivos. Él creía que la chica necesitaba cerrar aquella historia, ya que no pudo ver el cuerpo del hombre que estaba bajo tierra. La misma tarde que tuvo conocimiento de que Edward Moore había provocado el accidente de coche que mató a sus padres, él también murió. Como si se tratase de un caso de justicia poética. Pero eso no compensaba el dolor que le había causado a la familia Clarke.

—No seré yo quien le lleve la contraria ahora mismo, Harry.

—Pues deberías replanteártelo. Después de lo que esta familia le ha hecho a la suya, tenemos el compromiso de hacer lo que esté en nuestra mano para que Mera recobre la paz —le replicó su hermano.

Luca lo miró con rabia y apretó los puños, pero al instante recuperó la compostura.

—Tu problema es que tienes que controlarlo todo, hermano. —Esto último lo dijo recalcando cada sílaba, mientras Harry refunfuñaba por lo bajo, y añadió—: pero creo que lo más responsable es permitirle que ella haga lo que crea que debe hacer. No voy a dejarla, si me necesita, ahí estaré. Solo me opondré a su voluntad si en algún momento observo que sus actos resultan perjudiciales para su propia salud. Tanto física como mental.

En ese momento, la mujer que tenía al lado resopló indignada:

—Dejadlo ya, niños. Estamos honrando la memoria de vuestro padre, ¡por el amor de Dios! —los regañó Diana, su madre, que hasta entonces se había mantenido impasible al lado de su hermano mayor—. Lo mínimo que podríais hacer es comportaros como si estuvierais mínimamente afligidos. ¡Tampoco es pedir tanto!

Harry asintió y dejó de discutir, apartando la mirada de ellos y desviándola también hacia Mera.

Ahí estaban los tres. Luca sabía que Mera y su hermano

habían tenido una historia en el pasado, pero no quería indagar. Se negaba a chapotear en un fango que no le incumbía. Sin embargo, todo aquello le provocaba una sensación de inseguridad como nunca antes había experimentado. Harry no había seguido con la relación por algún motivo que se le escapaba, y Luca no iba a consentir que le sucediera lo mismo. Ahora bien, su hermano mayor insistía en preocuparse por Mera y en mostrarse extremadamente considerado con todo cuanto a ella se refería, lo cual hacía que Luca se planteara si de verdad Harry no seguía sintiendo algo por la chica, más allá de su antigua amistad.

Suspiró y dejó de mirarlos. Con el frío de la mañana Luca no se sentía las manos. Se las frotó para entrar en calor, y obedeciendo a los deseos de su madre, se centró por primera vez en la pequeña plaza que había frente al edificio de la empresa familiar, donde ahora habían puesto una pequeña placa con el nombre de su padre y de su abuelo.

Se cruzó de brazos con la mirada perdida en el horizonte, y dejó escapar un leve suspiro ahogado. Aún le quedaba por librar una batalla peor. Se la había dejado como un inesperado regalo de despedida su padre, Edward Moore.

3

Mera

Octubre de 2019

Sin percatarse, las calles se habían llenado de fiesta. Halloween estaba a la vuelta de la esquina y el pueblo de Torquay se contemplaba a sí mismo abarrotado de decoraciones terroríficas, dándole así la bienvenida al mes de octubre.

Las tiendas estaban plagadas de esqueletos, fantasmas, telarañas y un sinfín de clásicos decorativos en sus escaparates. Las casas apostaban por convertir sus jardines y porches en escenarios sorprendentes. Mientras caminaba, Mera observaba asombrada cada decoración, pues Halloween había sido su fiesta predilecta desde que era pequeña. Nunca le había gustado celebrar fiestas, pero esta le fascinaba. Navidad le hacía recordar a los seres queridos y la volvía un ser más nostálgico. Sin embargo, Halloween sacaba el lado divertido de la gente a través de un disfraz peculiar. Se respiraba un aire de misterio y de alegría al mismo tiempo.

Decidió ir a pie hasta su casa para poder quedarse a solas con sus pensamientos. Presenciar el acto conmemorativo de Edward Moore la había dejado más exhausta de lo que imaginaba. Sus músculos aún estaban tensos y necesitaba un cambio de aires radical para relajarlos. Por eso agradecía el regocijo de las calles aquella mañana.

A decir verdad, no sabía si había hecho lo correcto presentándose allí. A Diana, la madre de Luca, no parecía gustarle su presencia, pero sentía la imperiosa necesidad de enterrar —nunca mejor dicho— aquella parte de su vida. La carta, que aún llevaba consigo guardada en el bolsillo, no le daba sosiego. Por su propio bien, debía terminar con todo aquello cuanto antes.

Unos coches pasaron por su lado, y aunque seguía bastante absorta en sus pensamientos, se percató de que tenía que poner más atención cuando andaba sola. No quería admitir que el ruido proveniente de la calle le llegaba lejano e inconexo. Se ajustó el audífono que llevaba pegado a la oreja izquierda. El accidente con Daniel había provocado que perdiera la audición de su oído izquierdo. Al principio, los médicos pensaban que podía haberla perdido en ambos lados pero, por suerte, el daño en el oído derecho era insignificante y se fue recuperando conforme pasaron los días. Sin embargo, al final le diagnosticaron una hipoacusia moderada en el izquierdo, que la obligaba a llevar aquel molesto aparato. Por eso el ruido ambiental o las conversaciones de varias personas hablando a la vez le resultaban más complicadas de captar. Su nuevo escenario la hacía sentirse impotente, y a veces también frustrada. Su vida parecía haberse empeñado en cambiar por completo desde lo sucedido.

En cuanto su abuelo se enteró de la nueva situación de

Mera, fue a por el mejor audífono que le recomendaron. Ella pilló un pequeño rebote cuando se lo enseñó, pero tras la reacción del primer momento se sintió agradecida. No quería tener que ponerse a buscar el dichoso aparato. Bastante tenía ya con asimilar lo que había ocurrido. Simplemente lo aceptó, y se lo puso, sin parase a pensar demasiado en ello. Aún llevaba vendada la pierna derecha y necesitaba algunas curas. Las quemaduras leves de sus manos habían cicatrizado bien, pero su pierna se había llevado la peor parte. Apenas hacía unos días que había recuperado la movilidad en el tobillo, que hubieron de inmovilizarle durante un par de semanas, y también por eso había decidido ir andando, para saber de qué era capaz. Seguiría mirando hacia delante y haciendo su vida. Con toda la normalidad que le permitieran las circunstancias. Aunque empezó a sentir unos pinchazos en el pie, recordándole que había llegado al límite de aquel día. Se repitió de nuevo que podría haber sido mucho peor.

Respiró hondo y, mientras el oxígeno entraba por sus orificios nasales, le llegó un olor irresistible a tarta de manzana proveniente de la tiendecita que acababa de pasar de largo. Dio dos pasos atrás, y observó con placer una *boutique* blanca que poseía cierto encanto propio de los años cincuenta. Se llamaba NAUGHTY BUT NICE PASTISSERIE, y el nombre le pareció terriblemente conveniente, así que terminó entrando y pidió un par de porciones. Estaba segura de que su hermana Emma se lo agradecería, y, con suerte, dejaría de estar tan enfadada con ella.

—Ya estoy en casa —anunció Mera, recolocándose el audífono de nuevo. ¿Había gritado más de lo normal?

«Maldita sea, no me acostumbro», pensó con impotencia.

—Hola, cariño —la saludó su abuela dándole un beso en la mejilla—. ¿Todo bien?

Ella asintió retirando la mano del aparato y soltándose el pelo de detrás de la oreja para disimularlo y aparentar calma.

La casa olía a una mezcla de té y canela. La abuela Harriet ya tenía una taza vacía en la mesita auxiliar del salón.

—Todo bien —respondió sonriente—. ¿Y Emma? He traído tarta de manzana para el té.

—Creo que está en su habitación, estudiando.

Mera entró en la cocina, le dio un beso rápido en la nuca a su abuelo y dejó la tarta encima de la mesa. El anciano gruñó levemente al sentir aquel contacto mientras le daba un sorbo a su taza, y siguió leyendo el periódico que tenía en la otra mano.

Mera intuía que seguía molesto por haber acudido adonde los Moore, pero su decisión era inamovible, así que esperaba que en algún momento se le olvidara y volviera ser el afable Steve de siempre.

Fue hasta la habitación de su hermana, llamó a la puerta y escuchó que le decían «pasa» desde dentro.

—¡Hola! He traído tarta de manzana, ¿descansas un poco y bajas para comerte un trozo? O si quieres te lo subo aquí —le soltó de sopetón, sin darle opción a réplica.

Emma la miró con desagradado. Estaba en la silla del escritorio, con su pelo de color dorado recogido en un moño y una rebeca de punto de su abuela. La pequeña se cruzó de brazos.

—¿Vas a seguir haciéndome la pelota?

—¿Qué dices? —preguntó Mera su vez, tratando de disimular.

Pero la rubia no cedía. Inspeccionaba a su hermana de arriba abajo sin suavizar la mirada.

—Vamos, Emma, no seas injusta. He pasado por delante de la pastelería y olía de muerte. Sé que es tu favorita, y te la hubiera comprado aunque no estuvieses enfadada conmigo.

—Ya.

Se mordió el labio. Su hermana jamás había estado tanto tiempo cabreada con ella, pero, para su desgracia comprendía la magnitud del asunto.

Hacia unos días, cuando por fin se sintió lo bastante fuerte, le mostró a su hermana la carta que Alan Moore le había escrito a su abuelo confesando que Edward había asesinado a sus padres. Se sentía en la obligación de que Emma también conociese su contenido, si bien esperó a que transcurriera un tiempo prudencial para contárselo.

La pequeña entró en cólera, no solo por habérselo ocultado, sino porque, además, siguiera relacionándose con la familia Moore. Lo cual era algo que Mera tampoco sabía cómo explicar. Sencillamente, no quería alejarse ni de Harry ni de Luca. Y aquella decisión había comenzado a abrir una brecha entre ambas hermanas, algo que nunca hasta entonces habían imaginado. Había momentos en que se planteaba si había hecho bien dándole la carta a Emma, pero sabía que habría sido peor no hacerlo.

—No puedes estar así eternamente —le dijo, tratando de que su voz sonara lo más afectuosa posible.

—Sabes que puedo. No me pongas a prueba —le replicó en tono amenazante.

—Emma...

La rubia se giró hacia su escritorio y cogió el bolígrafo negro que descansaba sobre una libreta abierta.

—Termino un par de cosas y bajo a probarla —le anunció, cortante.

Mera se dio por satisfecha por el momento con aquella contestación, y asintió mientras cerraba la puerta. ¿Cuánto tardaría en volver a reinar la calma entre ellas?

Suspiró y se dijo a sí misma que la situación no podría durar mucho, que Emma no era rencorosa. Pero había percibido un brillo totalmente desconocido en los ojos de su hermana, muy cercano al odio, y eso la aterrorizaba.

Bajó las escaleras mientras aspiraba el olor que desprendía la tarta recién hecha desde la cocina. Su abuela seguía en el salón, ahora leyendo una novela de Poe.

—¿Hay más té en la cocina? —le preguntó su nieta, y la abuela asintió con una sonrisa.

Mera fue corriendo a preparar una taza para Emma y otra para ella, dejando la mesa preparada para cuando su hermana pequeña bajara. Mientras tanto, su abuelo la miraba de reojo por encima del periódico, disimuladamente.

—No te esfuerces tanto —le dijo.

—No lo hago.

—Pues no es lo que aparentas —repuso él, encogiéndose de hombros—. Aunque quieras arreglar las cosas de la manera más rápida posible, hay heridas que necesitan mucho más tiempo en sanar, hija mía.

Él lo sabía bien. Mera advertía que lo decía con doble intención, enfatizando mucho esas últimas palabras. Su abuelo Steve tenía rasguños invisibles que nunca sanarían. Y es que la persona que se las había causado ya no estaba allí para restañarlas. Ni siquiera para aplicarles un apósito.

Sin embargo, la guerra que ella libraba era muy distinta. No se sentía culpable de casi nada, únicamente de no encontrar el momento adecuado para contarle la verdad a su hermana pequeña. No se arrepentía en absoluto de mantener una relación con Luca o de seguir hablándose con Harry. Mera no era de esa clase de personas que pedían perdón, y mucho menos por hacer lo que le dictaba el corazón.

Al cabo de un buen rato, cuando ya daba por sentado que su hermana no bajaría a acompañarlos, la chica apareció por el resquicio de la puerta. Se sentó en silencio y le dio un sorbo a su té.

—Mañana empiezo en la redacción —le anunció Emma.

Mera se sorprendió. Se le había olvidado por completo.

—Cierto, ¿serán prácticas de gestión de redes sociales?

—Eso parece. Ayer me llamaron de la secretaría de la Universidad. Tengo que ir a media mañana. Al parecer, Lyla Barton tiene una reunión muy importante con vosotros y no puede atenderme, ¿no es así?

Si a la Mera de hace un mes le hubiesen augurado que se olvidaría de una reunión de trabajo, se reiría sarcásticamente de la persona que se lo hubiera dicho. Y, sin embargo, la chica había desaparecido durante el último mes. Ahora tenía otras prioridades en su cabeza. Había pasado por alto la reunión de accionistas que se celebraría a la mañana siguiente, y a la que había sido invitada por Lyla. Suponía que su cerebro había sido lo bastante inteligente como para «desmemoriar» la información y así aplacar los nervios. Últimamente su cabeza simplificaba las cosas en forma de rutinas, logrando de este modo que fuesen lo más llevaderas posible sin que le causaran ningún tipo de estrés adicional.

Después del incendio provocado por Daniel en la redacción, habían cambiado de edificio mientras reconstruían la antigua sede, que había sido pasto de las llamas. La familia Barton y los demás accionistas reaccionaron con rapidez: alquilaron un edificio para sus trabajadores, y encomendaron a Lyla que ocupara el puesto de su hermano mayor, al menos de momento. Ella había pedido una excedencia en comisaría después de que este fuera inculpado por agredir sexualmente a Aletheia Lowell. Era cierto que no era el culpable de su muerte, pero seguía siendo un depredador, y aún estaba pendiente de juicio.

—¿Mera? —le insistió Emma con voz preocupada.

La joven salió por fin de su ensimismamiento y asintió con una media sonrisa.

—Perdona. Sí, tenemos una reunión importante, aunque no tengo ni idea de qué tratará. Supongo que mañana Lyla me pondrá al corriente.

Emma cogió un trozo de tarta sin quitarle el ojo a su hermana mayor. Mera podía descifrar la expresión de su rostro, que era una mezcla de preocupación y enfado. La pequeña aún se debatía entre tener que seguir con su orgullo o intentar ayudar con el trauma que acababa de pasar la otra. Y finalmente optó por la segunda opción.

—¿Estás bien?

—Sí. Solo estoy cansada. Mañana será un día largo.

El móvil del abuelo empezó a vibrar en ese momento.

—Bueno, pues guarda fuerzas para mañana. Es la hora de las curas —le dijo el anciano, silenciando la alarma de su teléfono.

El abuelo Steve se encargaba de limpiarle minuciosamente la herida y de cambiarle los vendajes a Mera. Con la alarma siempre puesta a la misma hora del día, la obligaba a quedarse quieta por un momento y la curaba como un profesional. Mera supuso que eso le ofrecía cierta tranquilidad al abuelo, pues así podía cuidarla como antaño.

—Un día te tiraré el móvil por el retrete —le contestó, fingiéndose contrariada.

—Inténtalo, pero tú irás detrás.

Emma se rio por lo bajo, dio un último sorbo al té y se incorporó de inmediato. Besó en la frente a su abuelo y volvió a dirigirse hacia las escaleras.

—¡Que os cunda, Tom y Jerry! — exclamó, refiriéndose a ellos como al célebre dúo animado del ratón y el gato que se pasaban todo el día guerreando.

Mera suspiró profundamente y miró a su abuelo, que ya estaba a punto de comenzar.

—Qué ganas tengo de que acabe esto —le respondió, resignada.

—*Honey...* esto solo acaba de empezar.

Al escuchar aquellas palabras, Mera pensó que eran una premonición de algo mucho mayor.

4

Harry

Octubre de 2019

¿Es un inspector de Homicidios capaz de hacer justicia a todas las víctimas? ¿Y, asimismo, es capaz de capturar a todos los criminales?

La respuesta era irrefutablemente obvia: no.

—No puedes salvarlos a todos —le había advertido su madre años atrás.

Con el tiempo, se dio cuenta de que llevaba más razón de lo que jamás le reconocería. A Harry le hubiese gustado haber aprendido a fingir mejor, pero la hipocresía era una actitud que no casaba con su carácter. De modo que, en general, estaba enfadado con el mundo y no ponía ningún reparo en disimularlo. Incluso su compañera, Katy, aun siendo una de las personas que más lo conocía, ya no sabía cómo tratarlo. Cada día que pasaba al lado del inspector se hacía un poco más insufrible.

Él, a su vez, se debatía constantemente entre irse de nuevo de la ciudad y su compromiso innato de cargar con toda la responsabilidad sobre sus espaldas. Así que estaba atrapado. Inmovilizado para los restos entre lo que quería y lo que debía hacer.

Semejante dilema fue fraguándose desde el día en que Harry prometió no interponerse entre Luca y Mera. Le resultaba irónico. Él, que la había dejado marchar porque venía de una familia en la que amar no era el punto fuerte, y resultaba que simplemente había sido su miedo el que no lo dejó ir más allá. Porque su hermano, que con toda seguridad había recibido menos amor que él mismo, podía ofrecerle mucho más a ella de lo que Harry jamás podría haber imaginado.

Ahora que lo pensaba, no resultaba irónico, sino simplemente estúpido. Se había apartado para que ellos fueran felices, y, aun así, le producía cierta quemazón en el pecho. Así que intentaba centrarse en su trabajo al cien por cien, aunque su padre ya estuviera haciendo de las suyas desde el más allá para que la familia no descansara de sus mandatos.

En el testamento, contra todo pronóstico, había dejado la empresa en manos de Luca. Cuando creían que no podría sorprenderle más, el viejo les daba el último golpe bajo tierra. ¿Culpabilidad? ¿O realmente había sido tan ruin como para dejarle a Luca un legado que, a ciencia cierta, sabía que lo haría totalmente infeliz? Apostaba por lo segundo.

Aunque aún más sorprendente fue ver a su hermano dejando el periódico y toda su carrera periodística para aceptar de mala gana las riendas del negocio familiar. Una responsabilidad que, sin duda alguna, estaba destinada a descansar sobre los hombros de Harry desde que nació. Estaba implícito en el contrato de su nacimiento. De pronto se transportó al momento en que Luca le anunció su decisión, como si fuera una película proyectándose en su mente en forma de bucle.

—Tendré que ponerme a estudiar empresariales mientras me hago a la idea —le dijo.

—¿Estás loco? No se te ocurra dejar tu vida por esto —le reprochó él.

—¿Y qué quieres que haga, Harry? Está claro que papá decidió que su primogénito tenía una razón de peso para no seguir con la empresa. En el fondo, estaba orgulloso de lo que conseguiste. Eres inspector —le reprochó con cierta amargura—. Para él, ser periodista de deportes era una vergüenza. Es evidente que tu carrera profesional tiene un valor mucho más considerable que la mía.

—¿Pero tú te estás oyendo? Al decir eso, le estás dando la razón, Luca. Estás cediendo —repuso Harry, incrédulo—. Y está muerto. M-U-E-R-T-O. ¿Entiendes? No le debes nada —concluyó, escupiendo con desprecio.

—No —negó solemne—. No se lo debo. Pero estoy seguro de que siempre pensó que yo no podría con esto. Voy a demostrar que se equivocaba.

Harry entró en pánico internamente. No quería dejar que su hermano hiciera aquello. No tenía por qué probar que su padre llevaba o no razón. No le debía nada. Ni a su padre ni a su madre. Los dos, a su única y peculiar manera, habían demostrado ser nefastos para cuidar de sus hijos, a pesar de que los motivos de su madre fuesen muy diferentes a los de su progenitor. El resultado había sido el mismo, un daño irreparable en su persona.

—No lo hagas por eso, Luca. No tienes que demostrarle nada —negó apesadumbrado el mayor con la cabeza.

Su hermano lo miró con entereza. Había algo que Harry

no comprendía en aquella decisión y se le escapaban de entre los dedos las diversas opciones que el pequeño podía tener para cometer semejante atrocidad con su profesión.

—¿Crees que voy a querer seguir trabajando en el periódico de la familia Barton? Iba a irme de todas formas. Al menos necesito ponerme a prueba y ver de lo que soy capaz con esto. Lo hago por mí y por el abuelo. —Luca lo desafió con la mirada, sin pestañear.

Tenía que haber empezado por ahí. Ahora lo comprendía.

Harry se mordió el labio y volvió a suspirar. Estaba agotado, no quería seguir discutiendo con su hermano después de todo lo que habían perdido ambos. Que Luca sacara a colación al abuelo Alan hacía que su baza fuese más fuerte que la de él. Así que asintió y se resignó a encargarse del trabajo en comisaría, aun sabiendo que no dejaría de vigilar los movimientos de Luca.

Salió de aquella ensoñación. Habían pasado casi tres semanas de la nefasta conversación que seguía taladrándole las sienes. Sin embargo, sus recuerdos insistían. Suponía que para aliviar el sentimiento de culpa de no ser él quien tuviera que lidiar con la empresa Moore.

Recogió su té para llevar de la cafetería de al lado de comisaría. Se percató de que todo el mostrador estaba decorado con telarañas y esqueletos.

«Halloween y su rara festividad en la que la muerte y la alegría van de la mano», pensó.

Volvió a poner rumbo al trabajo para seguir con la jornada, y por el camino fue visualizando la hilera de calabazas que recorrían la calle. Respiró profundamente y le dio un sorbo al té. Estaba fuerte, y su impaciencia le quemó un poco la lengua. Entró en el edificio que tan bien conocía sin dirigirle la palabra a nadie, aunque, para su fastidio, se topó con Katy en la puerta del despacho. No le apetecía verla, su propósito era descargar su mal humor con los archivos dentro de aquella habitación.

—Ya creía que te habías largado y no volverías —le reprochó.

—Si vivo aquí —se quejó Harry.

—Últimamente es como si no estuvieras. Solo un cuerpo inerte diciendo ridiculeces —le dijo su compañera con cansancio.

—Lo siento —le respondió con sinceridad, e incluso le cambió el semblante—. No es un buen momento.

A Katy la pilló por sorpresa. No recordaba la última vez que se había disculpado por su comportamiento.

—Eres un alma en pena, y lo entiendo. Pero te han dado un permiso para descansar y lo has rechazado. Así que, ya que te quedas por cabezonería, que sea por completo, no puedes estar a medias tintas.

El inspector intentó hacer una mueca parecida a una sonrisa, pero le salió una especie de mohín sarcástico, y la invitó a pasar a su despacho con un gesto de la mano.

—¿Qué nuevas me traes? —le preguntó Harry sentándose en su silla.

—No te va a gustar —respondió ella, visiblemente preocupada. Cerró la puerta y siguió explicándole, quedándose de pie—. El muy bastardo va a salir de esta. No hay mucho en su contra, aparte de un vídeo que, casualmente, grabó el asesino de la víctima.

—Eso no excluye el hecho de que la violara —estimó Harry, intentando borrar de la conversación la identidad del asesino de Aletheia. No quería tener que volver a pensar en ello.

—No. Por supuesto que no. Pero nuestro fiscal nos ha dicho que los padres de ella no van a interponer una denuncia y, como comprenderás, la pobre Aletheia no está en condiciones de hacerlo. Los Lowell no quieren problemas con la familia Barton, ya tienen bastante con los suyos. Las malas lenguas alimentan el rumor de que van a divorciarse.

—No me extraña —dijo él, recordando a Mary Lowell en la última conversación que tuvieron a solas en su casa. Ella estaba devastada. Ahí, en medio de la revuelta, cuando ambas partes hubieran tenido que permanecer unidas para hacer frente a aquellos terribles momentos, ellos ya estaban distanciados sin remedio.

Katy se encogió de hombros.

—Bueno, si fuesen mis padres me gustaría que lo denunciaran, el hecho de que fueran a divorciarse no tendría por qué ser una excusa para no hacerlo.

—Podríamos convencerlos, pero creo que deberíamos dejarlos en paz. Han pasado por mucho. No deberíamos forzarlos si esa es su elección.

—Ya, pero seguimos en las mismas, Harry. John Barton está en su casa tan tranquilo, pagará una fianza, o prestará servicios a la comunidad. Eso si le cae algo, cosa que dudo, y se limpiará las manos. El veredicto del juicio es mañana... y solo tenemos en su contra el vídeo y la coincidencia de la prueba de ADN de semen...

—¿Y te parece poco? —le replicó Harry—. Cuando David me anunció que el ADN coincidía, no creí que saldría de esta. ¿Y ahora va a quedar todo en una fianza de mierda?

—Eso si queda en una fianza... te repito que lo dudo mucho.

De pronto Harry golpeó la mesa, cabreado. Katy dio un

pequeño respingo a causa de la sorpresa, pero al momento se le endureció el gesto.

—Esta información estaba a nuestro alcance, Harry. Si nadie más denuncia, el caso está cerrado. Ella no pudo denunciar, y él sostiene que tenían una relación íntima... Daniel queda como el culpable de todo y Barton sale indemne.

A Harry se le encogió el pecho al oír el nombre de Daniel. Aunque jamás lo admitiría, pensar que era su sobrino le revolvía las tripas y le partía el corazón a partes iguales.

—Entonces ¿tendremos a un agresor suelto por las calles de Torquay? —preguntó él, resignado.

—Eso parece... a no ser que...

Katy dijo aquello con una media sonrisa. Harry sabía que lo que le diría a continuación no sería plato de buen gusto. Cuando ella fue a buscarlo a su despacho, no había sido en balde, sabía que tenía algún plan para poder contraatacar a Barton. Su compañera siempre actuaba así, no acudía a él hasta que no tenía algo con lo que trabajar.

—Podríamos terminar de jugar la última baza, sé que no te gustará, pero debemos hacerlo nosotros. Antes ya lo hicieron Smith y Baker. —Katy se refería a sus compañeros oficiales que habían ayudado en el caso durante esas tres últimas semanas—. Pero ya sabes que no son capaces de hacer nada bien.

—Suéltalo ya, Katy —le exigió él, exasperado.

—Hablemos de nuevo con los trabajadores de Barton. Ellos lo conocen mejor que nadie, seguro que tienen algo que nos pueda ayudar.

—Si lo dices por Luca... —empezó a decir Harry, a sabiendas de que su hermano ya había declarado contra Barton sin mucho éxito.

—No, Harry. La persona que más sabe del trabajo de Barton y que puede darnos una visión más específica en su ámbito laboral de si tiene o no una personalidad de agresor sexual es...

—Ni se te ocurra, Katy. No lo digas —le espetó Harry, alarmado—. No vamos a interrogarla de nuevo.

Katy suspiró. Él pensó que su compañera estaba disfrutando por dentro con todo aquello, y que, de alguna forma, le estaba devolviendo todo lo que le había hecho pasar las últimas semanas.

—Lo siento, Harry, pero pienso hacerlo. Es nuestra única baza. Tenemos que hablar con Mera.

5

Mera

Octubre de 2019

El día había amanecido con un sol radiante. Mera había salido de casa rápidamente, para llegar antes de la hora acordada al nuevo edificio de la redacción, le daba pavor pensar que podría perderse algo.

Mientras conducía vinieron a su mente los momentos que había pasado junto a Luca yendo en coche a la redacción el mes anterior. En su cabeza había transcurrido toda una vida desde aquel instante.

Inspiró profundamente el aire a eucalipto que percibía del ambientador que colgaba del espejo interior del vehículo. Aquellos días habían acabado tan rápido como empezaron. Ahora, Luca ya no estaría en la redacción con ella y, contra todo pronóstico, lo echaría de menos.

Al llegar a la entrada, saludó con timidez al nuevo guarda de seguridad. Su predecesor había muerto en el incendio causado por Daniel, así que el simple hecho de ver a alguien ocupando su lugar le producía escalofríos. Y no solo eso, sentía la imperiosa necesidad de gritarle que se marchara de allí, como si aún peligraran sus vidas después de todo. Se encontró con las escaleras justo a su derecha y subió un par de pisos. Pudo ver a Lyla con su eterna coleta alta repeinada y brillante, hablando con un hombre trajeado, ya entrado en años. La barriga le asomaba por el cinturón, que parecía apretarle más de la cuenta.

En ese momento la chica se giró hacia ella y la recibió con una amplia sonrisa.

—Buenos días, Mera —le dijo tendiéndole la mano.

—Lo mismo digo —respondió ella escuetamente.

Y entonces se volvió hacia el hombre que la miraba por encima del hombro.

—Señor Jones, le presento a Mera Martin Clarke. Estará con nosotros en la reunión, ha sido la redactora jefa durante varios años —le explicó la morena.

El hombre le estrechó la mano a Mera y con un movimiento de cabeza susurró un «encantado» que indicaba cualquier cosa menos que estaba satisfecho de verla allí.

—Si le parece, señor Jones, vaya entrando a la sala de reuniones. Tengo que hablar con la señorita Clarke antes de empezar. Aún nos queda algo de tiempo.

El señor Jones asintió de mala gana y se dirigió a la sala. Ella miró a Lyla, esperando a que le aclarara qué era lo que necesitaba antes de comenzar. La mujer señaló hacia el que ahora, al parecer, era el despacho de la nueva directora.

—Entra un momento —le pidió.

—Claro, ¿qué pasa? —inquirió Mera con cierta preocupación al observar el semblante nervioso de Lyla.

—Siento hacerte esta encerrona. Esto me ha pillado de nuevas y yo no tengo ni idea de cómo sacar adelante un periódico. Estoy intentando aprenderlo todo, pero contaba con que Luca estaría... —se detuvo, indecisa—. Supongo que sabes que me presentó su dimisión la semana pasada... —le explicó Lyla, sin dejar de dar vueltas por el habitáculo.

—No te preocupes, Lyla, saldremos de esta.

Lyla sonrió y echó un vistazo a su reloj. Ya casi era la hora.

—Me gustaría saludar a todos los accionistas, aunque todavía falta un poco para que comience la reunión.

—Claro —respondió Mera en tono tranquilizador. Aún no sabía adónde quería llegar su nueva jefa con todo aquello.

—Perdona. Uf, es que tengo demasiadas cosas rondándome por la cabeza... Solo necesito saber que, pase lo que pase ahí dentro, apoyarás mi decisión. Tengo que proponerles a esos ricachones soberbios un nuevo plan para el *Barton Express*, y necesito saber que estás en mi barco.

—¿Vas a despedir a alguien de la plantilla?

Lyla puso cara de sorpresa ante la errática pregunta de Mera.

—No, por supuesto que no —le respondió con cierta indignación y visiblemente confusa.

—Entonces puedes contar conmigo. Mientras todos mantengan su puesto de trabajo y no se les baje el sueldo... estoy de tu parte.

Lyla se dirigió hacia la puerta y puso la mano en el pomo mientras sonreía de nuevo a Mera. Esta vez compuso una mueca más sosegada y amable.

—De hecho, con lo que acabas de preguntarme, me has reafirmado que lo que voy a sugerir es lo mejor para este periódico.

La joven alzó una ceja sin entender muy bien a lo que se refería su jefa, pero estaba casi segura de que acabaría arrepintiéndose de apoyar las decisiones de Lyla.

Mera se sentó casi al borde de la silla, visiblemente nerviosa. Observó a Lyla, y pensó que seguramente estaría mucho peor que ella, pero lo disimulaba como una auténtica profesional del engaño. Había saludado afectuosamente a algunos accionistas que, por lo que había podido entender, eran muy amigos de su familia desde hacía años, seguramente más años que los que ella tenía.

Uno a uno, fueron sentándose en las sillas libres que habían dispuesto alrededor de la mesa de cristal. Unos sacaban sus iPads, otros bebían del vaso de agua que tenían a su derecha. Mera sacó su bloc de notas, sin dejar de observar con impaciencia a los asistentes. Todos eran hombres mayores de cuarenta y parecían tener muchas menos ganas de estar allí que la propia Lyla. Excepto un chico, de cabellera pelirroja apagada y tez pálida. Llevaba unas gafas redondas muy peculiares, y no casaba con el resto de los presentes. Cuando por fin todos los asientos estuvieron ocupados, Lyla carraspeó.

—Buenos días —alzó la voz más de lo que Mera le había escuchado nunca. Sonaba firme y, a pesar de ser primeriza, no aparentaba el menor nerviosismo—. En primer lugar, quería agradecerles a todos que hayan venido. Sé que tienen unas agendas complicadas, pero esta reunión era de vital importancia para el futuro de nuestra empresa —dijo, posando la mirada en cada uno de los integrantes reunidos alrededor de la mesa—. Entiendo perfectamente su preocupación respecto al futuro del periódico. Sé que, a causa de lo sucedido con mi hermano, algunos de ustedes tienen miedo de que nuestros anunciantes dejen de aportarnos los ingresos que nos permiten seguir adelante.

Un par de hombres asintieron con vehemencia, y Mera se percató de que el señor Jones se unía a esa corriente.

—Me gustaría enviarles un mensaje de tranquilidad. No deben preocuparse. Tanto mi padre como yo hemos hablado personalmente con cada uno de ellos. Nadie tiene intención de marcharse; de hecho, están dispuestos a apoyar más aún si cabe esta empresa.

Hubo murmullos en la sala. Mera intentó aguzar el oído para captar qué decían, pero le resultó más complicado de lo que pensaba. Eso la puso frenética, aún no había caído en la cuenta de que su pérdida de audición, por insignificante que fuera, la privaba de algo tan importante para ella como poder observar en silencio y escuchar con atención. Ahora todo era más difuso, incluso con el aparatito que llevaba oculto en el interior de su lóbulo, y no era lo mismo. Sin darse cuenta, empezó a mover la pierna derecha, presa de un tic constante.

—¿Cómo puede ser eso? El resto de los medios han dejado a este periódico por los suelos. Nadie quiere vincularse a una empresa cuyo jefe ha resultado ser... —empezó a decir uno de los accionistas mayoritarios, que estaba al lado del señor Jones, pero se interrumpió de inmediato. Nadie se atrevía a decir en voz alta lo que había sucedido con John Barton, el anterior director y propietario del periódico.

Lyla carraspeó de nuevo y miró desafiante al hombre.

—Hemos tomado la decisión de desvincularnos por completo de John Barton, y así se lo hemos hecho saber. En realidad, en cuanto concluyamos esta reunión, si todos estamos de acuerdo, por supuesto, dedicaremos toda una página a la nueva priorización de valores y al renovado rumbo que tomará este periódico de las manos de la dirección que llevará las riendas a partir de ahora. Además, emitiremos un comunicado de prensa para el resto de los medios.

—¿Y cuáles son esas nuevas manos, si se puede saber?

—Señor Clyton, es usted un hombre impaciente. Para eso es esta reunión —le respondió Lyla, y aunque sus palabras no dejaban de ser una reprimenda, sonaron amables y afectuosas. La suya fue algo así como una respuesta pasivo agresiva.

El hombre, que al parecer se llamaba Clyton, puso cara de pocos amigos. Pero cerró la boca y dejó que Lyla prosiguiera con la presentación.

—Como iba diciendo, cambiaremos los altos mandos de este periódico. Sin mi hermano... —Mera se dio cuenta de que cada vez que hacía alusión o mencionaba directamente a John, Lyla apretaba un poco la mandíbula, como si las palabras le arañaran la garganta—. Yo me hago cargo de sus acciones. Mi padre está jubilado y, aparte de la inestimable ayuda que me brindará gracias a sus contactos en el medio publicitario, no puede ponerse codo con codo a dirigir conmigo el periódico.

—Entonces, señorita Barton, si me permite la impertinencia, ¿quién la ayudará con la dirección? —preguntó el señor Jones.

La chica volvió a exhibir una amplia sonrisa y dirigió su mano abierta hacia Mera, a modo de presentación.

—No he hecho venir a la señorita Clarke por placer. Tienen ante ustedes a la redactora jefa más joven de este periódico. Una mujer fuerte, sin cuyo arduo y excelente trabajo, este periódico no habría mejorado nada en estos últimos años.

Mera puso unos ojos como platos. Aquello la pilló por sorpresa, y aunque sabía que Lyla no la había llevado allí sin tener algún motivo de peso, no pensaba que la dejaría tan expuesta. Entonces ¿era a eso a lo que se refería cuando le dijo que tendría que apoyarla en todo?

«No, no no...», pensó Mera, aterrorizada, mientras trataba de esquivar las miradas de los hombres que la rodeaban.

—Mi propuesta, y la de mis padres, aparte de alguna incorporación nueva, puesto que hemos perdido a algunos colaboradores este último mes... —prosiguió Lyla, tras hacer una pausa para darle mayor dramatismo a su anuncio—, es que la señorita Clarke ocupe el puesto de directora del *Barton Express*.

A Mera por poco no se le paró el corazón al escuchar aquellas palabras. Se quedó mirando a Lyla en un estado de total conmoción. No se sentía preparada en absoluto para asumir semejante responsabilidad. Nadie le había consultado, ni mucho menos le habían preguntado si aceptaría el cargo.

—¿Tiene alguna experiencia dirigiendo? —inquirió Clyton, escéptico—. Y si ella dirige ¿quién se supone que hará su trabajo?

Mera seguía en *shock*. ¿No podía haberlo comentado antes? En su despacho, tal vez. Haberla preparado para la noticia.

Lyla se quedó mirando a Mera, y cuando comprendió que la muchacha no pensaba abrir la boca, continuó con su presentación tal como tenía previsto.

—¿Le parecen poco estos tres últimos años como redactora jefa? Ha hecho más por este periódico que mi hermano. Lo poco que necesite aprender, lo aprenderá. Como supondrá, señor Clyton, y lo digo también al resto de los presentes, un director o directora no llega por primera vez a su puesto conociéndolo todo, también tiene que ir aprendiendo a desenvolverse en su nuevo puesto —se detuvo, y miró al chico joven que tenía enfrente y que sonreía en silencio detrás de sus gafas al escuchar los murmullos de los presentes—. En cuanto a su segunda pregunta, tengo el placer de comunicarle que el joven que tienen a su lado, el señor Oliver Henderson, nos hará el honor de ocupar el puesto de redactor jefe. Viene de Birmingham y ha estudiado en la Universidad de Cambridge. Está más que capacitado para el puesto, se lo aseguro.

Los dirigentes empezaron a murmurar entre sí. Mera se giró para verlos mejor y pudo observar cómo cuchicheaban. Como no podía distinguir lo que decían, se fijó en sus expresiones corporales. Algunos parecían de acuerdo, afirmaban con la cabeza y la miraban con una sonrisa de satisfacción. Otros, como el señor Jones, negaban con la cabeza impetuosamente y con cara de fastidio. Mera se fijó en Henderson, que sacudía la cabeza afirmativamente a medida que su jefa hablaba. Sin embargo, él ahora no era el principal de sus problemas.

—¿Qué narices haces? —le susurró a Lyla, aprovechando la falta de atención de los asistentes.

—Me dijiste que me respaldarías. Eres la más adecuada para el cargo —le respondió esta también entre susurros.

En vista de que los murmullos no cesaban, Lyla volvió a alzar la voz, dirigiéndose a todos los presentes.

—Señores, por favor. Somos mayorcitos, no conviertan esto en un patio de colegio. Piénsenlo —dijo respirando profundamente, como si fuera una maestra en medio de una clase de párvulos—, Mera será la mujer más joven del país al frente de un periódico, y, no menos importante, no pertenece a la familia Barton. Entiendo que a todos les resulte extraño que alguien ajeno a la familia y que, por tanto, no es accionista mayoritario, ocupe el puesto de director. Pero saben tan bien como yo que eso es lo normal en todas las empresas. Tenemos que dejar de pensar en el *Barton Express* como un mero periódico familiar y ampliar horizontes, hemos de demostrar a Torquay y al resto de la costa de Devon que hemos progresado.

»A mi hermano lo reemplazará una mujer joven, inteligente y llena de experiencia a pesar de su corta edad —concluyó Lyla—. Queríais un cambio de valores y una nueva imagen. También esto es lo que nos piden los publicistas. Así que, aquí la tenéis —dijo, señalando a la aludida.

Los asistentes terminaron asintiendo, y tras una rápida votación a mano alzada, todos coincidieron en lo acertados que eran los cambios que Lyla había propuesto.

Mera pensaba que iba a vomitar allí mismo, delante de todos. Su reunión matinal se había transformado en una maldita emboscada, no tenía más opción que ceder. Dedujo que su nueva jefa ya llevaba días trazando aquel plan infalible. Ella sabía que no podría negarse después de la conversación que habían mantenido en el despacho. ¡Pero jamás se hubiese imaginado que lo que iba a respaldar era su nombramiento como directora del *Barton*!

Volvió a inspirar profundamente y trató de tranquilizarse, concentrándose en la respiración. Desmayarse era la opción más plausible en aquel momento, pero no podía mostrarse débil o de lo contrario aquella bandada de buitres se la comerían viva. Y antes de que eso sucediera, pensaba presentar batalla. No se dejaría cazar fácilmente. Si eso era lo que Lyla deseaba, un cambio radical, lo tendría. A partir de ahora el periódico resultaría irreconocible.

Así que, una vez recompuesta de la puñalada por la espalda que acababa de asestarle, miró a su jefa y le sonrió tan amablemente como supo.

—Genial, tenemos una nueva oportunidad —anunció Lyla—. La señorita Clarke será nuestra nueva era.

6

Harry

Octubre de 2019

Un escalofrío le recorrió el cuerpo al pasar por el edificio en construcción del antiguo *Barton Express*. No iban a aquella dirección, pero tenían que pasar por allí para llegar a su nuevo destino. Aquel repentino estremecimiento le produjo una sensación desconocida, inusual en alguien con su experiencia y en sus circunstancias. No le gustó sentirse expuesto a aquel sentimiento.

—¿Estás bien? —le preguntó Katy, preocupada.

Él se limitó a asentir en silencio.

Harry suponía que su compañera se había dado cuenta de que estaba mintiendo, pero no le importaba en absoluto. No lo había obligado a presenciar el nuevo interrogatorio de Mera, pero él sentía la imperiosa necesidad de protegerla incluso de Katy, aun sabiendo de sobra que ni la chica necesitaba protección, ni su compañera suponía peligro alguno.

El inspector se figuraba que tanto ella como Luca seguían atravesando un momento traumático, pero se habían negado a recibir asistencia. En comisaría le habían aconsejado a la pareja que fueran a un especialista. Que alguien les hiciera sacar afuera cuanto hiciera falta para comprender mejor la situación que habían vivido.

Como es costumbre en la mayoría de las víctimas, los dos se negaron rotundamente. Y eso preocupó a Harry, sobre todo por su hermano, pues, aunque no tuviera una relación estrecha con Daniel —o al menos no tanto como con Mera—, igualmente seguía siendo su hijo.

O lo era. No había tenido tiempo de procesarlo. Y presentía que en algún momento aquello le explotaría en la cara.

Cuando llegaron al edificio, en la sala de espera se encontraron con una chica rubia que Harry ya conocía. Conversaba alegremente con Lyla.

—Creo que puedo aportar una buena perspectiva a las redes sociales. Me hace mucha ilusión estar aquí, de verdad —le dijo Emma a modo de despedida mientras le daba un apretón de manos a Lyla.

Entonces, la excompañera de trabajo de los inspectores levantó la vista y se le borró la sonrisa al verlos. Emma giró sobre sus talones para ver quién había a su espalda.

—Decidme que no ha pasado nada malo, porque me voy a volver más loca de lo que estoy —les dijo con cierta acritud.

Katy intentó suavizar el tono con una sonrisa amable y negó con la cabeza.

—No te preocupes, Lyla, venimos a ver a Mera Clarke para hacerle unas preguntas rutinarias. Molestaremos lo mínimo, de verdad.

Al oírlos, Emma sonrió y se cruzó de brazos.

—Vaya, no habéis elegido un buen momento para encontraros con mi hermana —mientras lo decía, se acercó a los inspectores y le estrechó la mano a Katy—. Emma Clarke —dijo a modo de presentación.

Después miró a Harry con un atisbo de desprecio en la mirada.

—Y a ti no se te ocurra mortificar más a mi hermana —le soltó con desprecio—, bastante habéis hecho ya.

El inspector sabía que se estaba refiriendo a su familia. La ira en la mirada de Emma lo confirmaba. No se trataba solo de su hermana, sino también de sus padres. Él ya sabía que, en algún momento, la pequeña se enteraría de una manera u otra, porque entre las dos chicas existía una relación envidiable, que Harry solo podía alcanzar a soñar con su propio hermano. Así que recibió el golpe de lleno y con gusto. Se lo merecía.

Emma se dirigió de nuevo a Lyla mientras recogía sus pertenencias en el pequeño sofá de la sala de espera.

—Mañana a las siete aquí. Muchas gracias por aceptarme en el equipo, señorita Barton.

—Oh, por favor, no, ni se te ocurra. Llámame Lyla —le reprochó esta.

Emma asintió con la cabeza y se despidió saludando con la mano.

Katy y Harry la vieron partir. Este último no dijo nada, y su compañera emitió un pequeño murmullo a modo de despedida.

—La verdad es que tiene razón —repuso Lyla—. No es buen momento para hablar con Mera.

—Nunca es un buen momento para interrogar a nadie —le respondió Katy, contundente, antes de que Harry se apresurara a decirle que se iban.

—Ya. Pero hoy la he dejado en una posición delicada. La he ascendido a directora del periódico.

Harry enarcó una ceja, sorprendido. Aquello sí que era una buena estrategia para el *Barton*.

—¡Es una buenísima noticia! —exclamó sonriente su compañera.

Lyla negó con la cabeza mientras les indicaba con una seña que la acompañasen al pasillo.

—En absoluto. No se lo consulté, no tuve tiempo. Le tendí una encerrona en mitad de la reunión de accionistas. —Harry le lanzó una mirada de reproche y Lyla agachó la cabeza—. Ya. Es un poco ruin. Pero no tenía otra opción, no podía dejar que se negara.

—Es decir, que ha aceptado —repuso el inspector.

Lyla asintió con la cabeza y señaló hacia la puerta blanca recién pintada en la que se encontraban en ese momento, donde se podía leer, en una pequeña placa gris, la palabra DIREC-TORA.

Harry inspiró profundamente el aire del pasillo antes de que la puerta se abriera. Pensó en Mera, que tanto había ansiado ese puesto. Y ahora era lo que menos necesitaba en su vida.

El inspector estaba tan abstraído en sus pensamientos que, cuando volvió en sí, ya estaba dentro del despacho, escuchando lejanamente a Lyla despedirse y a Katy agradeciéndole su hospitalidad. Harry se quedó allí plantado, mirando a la chica de ojos azules que estaba de pie frente a él, detrás del escritorio blanco.

—Perdonad el desastre —dijo esta, mientras intentaba ordenar las cajas que había a su alrededor—, es lo que pasa cuando te cambian de sitio sin premisa alguna.

—No te preocupes —le dijo Katy amablemente, al tiempo que le tendía la mano—, gracias por recibirnos.

—Tampoco tengo muchas opciones, ¿no?

Katy sonrió sacudiendo la cabeza.

—Sabes que sí. Estamos aquí porque creemos que eres la única que puede arrojar luz con vistas al juicio de mañana.

Su compañera se quedó mirando a Harry con los ojos muy abiertos y le dio un golpecito en el codo, instándolo a hablar.

Harry la miró sin abrir la boca. No pensaba formar parte de aquello. Solo estaba allí para vigilar que su compañera no se pasase de la raya.

—Sentaos, pues —les pidió la chica señalando dos sillas destartaladas que estaban apiladas en la esquina izquierda del habitáculo—. Decidme, ¿en qué puedo ayudaros? —insistió.

—Como supondrás, necesitamos que nos respondas algunas preguntas sobre John.

—Ya os conté todo lo que sabía —respondió Mera de forma directa.

Katy asintió. Harry se tocó las sienes y se las frotó brevemente.

—Lo sabemos. Pero estamos en un callejón sin salida. Sucede que, aparte del vídeo, los Lowell no lo han denunciado, no quieren saber nada. Así que mañana su abogado pedirá una fianza para que salga de la prisión. Al haber de por medio un asesino, Daniel, alega que las imágenes las grabó él y que las manipuló en su contra.

Mera, que seguía de pie, mirándolos, se cruzó de brazos. A Harry le pareció que la chica sufrió un pequeño espasmo al oír el nombre del chico.

—Insisto —dijo Mera, exasperada—. ¿Qué puedo hacer yo entonces?

—Estamos convencidos de que John es un depredador sexual. Si sale absuelto es muy posible que vuelva a hacerlo. Él basa toda su defensa en que, al conocer a Aletheia solo hubo un malentendido, pero que se querían. Ha aportado pruebas de llamadas y mensajes entre ambos. Nosotros creemos que no hubo consentimiento. Estamos seguros de que la obligó. —Katy paró un momento para tragar saliva y prosiguió con su exposición—. Pensamos que tú, al haber trabajado con él tantos años... puede que hayas notado algo o hayas presenciado alguna situación incómoda que pueda ayudarnos. Ser mujer te da una mejor perspectiva de este asunto.

—¿Ser mujer? —preguntó Mera con ironía.

Se quedó mirando a un punto fijo en la mesa de escritorio. Harry miró en la misma dirección sin encontrar nada. Volvió a mirar de nuevo a la subinspectora. Había algo en sus ojos que se había apagado y perdido. Por un momento pareció que Mera no estaba allí.

Katy asintió a su pregunta y le dejó tiempo para responder, pero, al igual que toda aquella situación, el silencio terminó haciéndose incómodo. Mera se revolvió un poco en su silla y contuvo el aliento, hasta que, por fin, volvió en sí.

—No. Él era carismático. Es cierto que podía tener un cierto aire de superioridad... por lo de ser jefe y creerse que tiene poder sobre todos, además de ciertos privilegios debido a su estatus... Pero en la oficina... —recalcó esta última palabra mirando a Katy a los ojos— no. Nada fuera de lo común que os pueda ayudar. Lo siento mucho.

Harry asintió.

—Es lo que esperábamos —repuso el inspector.

—¿Está segura, señorita Clarke? —insistió la otra. Harry levantó una ceja al darse cuenta del cambio de actitud de

Katy. Había reculado. Había pasado de ser la poli amiga y cercana que tutea, a transformarse en la agente formal—. Cualquier cosa que a usted pueda parecerle una tontería, a nosotros tal vez nos resulte de gran ayuda. Un comportamiento inadecuado, algo que no se corresponda con su papel.

Harry suponía que estaba intentando cambiar de estrategia. A lo mejor, si insistía seriamente, podría presionarla. Y eso era precisamente lo que él quería evitar. No podía encerrar a John a costa de Mera.

Ella negó con la cabeza. Katy suspiró.

—Lo siento, subinspectora Andrews. Si recuerdo algo, les prometo que se lo haré saber a la mayor brevedad posible.

Su compañera asintió abatida, caída en combate. Era su última bala y acababa de rebotar sin acertar a su objetivo. Harry se levantó de inmediato y le dio la mano a Mera a modo de despedida. Ella le correspondió y sonrió tímidamente.

—Siento no ser de más ayuda.

—No te preocupes. Ya has hecho mucho.

Mera suspiró y se llevó la mano a la oreja izquierda. Harry notó que la chica estaba incómoda con la situación y le hizo un gesto a su compañera para que se despidiera y pudieran marcharse de allí lo antes posible.

Mientras bajaban las escaleras Katy iba de brazos cruzados.

—De verdad creía que tendríamos algo. Aunque fuera una tontería de donde tirar. Tenía entendido que Clarke era muy observadora, que no se le escapaba nada. Dudo que no se hubiese dado cuenta del comportamiento de ese hombre.

—Katy, déjalo ya —la reprendió él, cansado—. Ya está. No tenemos nada más. ¿Crees que no me jode ver que se va de rositas? Pero es lo que hay. No podemos dejar que esto sea más personal de lo que ya es. Lo único que podemos hacer cuando salga es tenerlo bien vigilado y, obviamente, sin que sospeche nada. Y tampoco será fácil. Pero haremos lo que esté en nuestra mano, como siempre.

—Yo solo...

—Lo sé Katy, lo sé —dijo apesadumbrado, mientras abría las puertas para salir del edificio.

Ella no se dio por satisfecha, pero lo dejó correr. En cuanto llegaron a la comisaría, el jefe les comunicó que el abogado del acusado pedía que le retiraran los cargos a su cliente, y sin fianza alguna. Harry se había dado por vencido. Quería llegar a casa de inmediato y dormir todas las horas que había pasado en vela el mes anterior.

7

Mera

Octubre de 2019

Dio un par de vueltas por el habitáculo, al fin vacío, que a partir de ahora sería su despacho.

¿Qué narices había sido todo eso? En menos de dos horas se había convertido en directora del periódico y habían venido de Homicidios para interrogarla de nuevo. Al menos no tenía que aguantar estar en el mismo despacho que había pertenecido a John, su antiguo jefe. Eso, como mínimo, era un pequeño triunfo.

¿Al menos? Su mente ya interpretaba aquellas palabras como un indicio de conformismo. Estaba cediendo, y lo peor era que no le quedaba más remedio, y eso hacía que se sintiera frustrada. Suspiró con angustia y volvió a tocarse el maldito lóbulo de la oreja. Seguía sin acostumbrarse, y el estrés que le habían producido los altercados de aquella mañana no la ayudaban en absoluto. No sabía hasta qué punto sería capaz de aguantar aquel ritmo al que empezaba a someterse.

La visita de los inspectores la había dejado intranquila, así que en cuestión de pocos minutos dio sin parar alrededor de unas cincuenta vueltas por aquellos pocos metros cuadrados.

Había tenido la sensación de que, mientras Katy la miraba sin pestañear, estaba pensando que ella mentía en su breve declaración. Y lo estaba haciendo con descaro. Pero le temblaban las piernas solo de recordar aquel momento junto a John, de pensar que tendría que enfrentarse a él, o que la harían testificar en su contra.

No... definitivamente no quería pasar por todo eso, y aun así, seguía jugando con el móvil. Bloqueándolo y desbloqueándolo, ya que, por mucho que ella nunca quiso que nadie supiera nada acerca del altercado que tuvo con su jefe, inevitablemente, Luca había terminado por enterarse...

Así que finalmente le envió un mensaje y lo citó en el banco de los Jardines Princesa, antes de que pudiera arrepentirse.

—¿Estás bien? —le preguntó un desconcertado Luca, que ya estaba sentado en el banco, con la pierna derecha apoyada en la rodilla contraria.

Aquel lugar ya era una tradición para ellos. Desde el día en que Mera le mostró la carta de su abuelo, habían seguido yendo allí de vez en cuando después del accidente. Contra todo pronóstico, le transmitía paz. En su mente, era un lugar donde se imponía la sinceridad.

Luca estaba muy guapo. No iba con traje, porque los odiaba, aunque a su manera iba formal. Conjuntado con unos vaqueros, camisa blanca y un jersey azul de punto por encima. El pelo, de rizos rubios, eternamente alborotado, se agitaba por la brisa marina proveniente de la playa que tenían justo enfrente.

Ella se sentó a su lado, sonriéndole de la manera más dulce posible.

—No sé por dónde empezar —dijo, apretándose el audífono un poco. No había reparado en que le costaba más prestar atención a las conversaciones en ambientes exteriores, aunque con una sola persona era fácil. Pese a ello, no se acostumbraba y se sentía descolocada.

—Por el principio —dijo él—. ¡Ah, no! Espera. —Se volvió, cogió la mochila que tenía en el suelo y sacó un par de *tuppers*—. Conociéndote, seguro que me has citado aquí a la hora de comer y sin pretensión de hacerlo. Así que... *Voilà!*

Lo destapó y sacó lo que parecían unos *cornish parsy* —empanadillas de carne y verduras— hechas por él mismo.

—¿Las has hecho tú?

—Claro.

—No sabía que cocinabas.

—Tampoco ha salido el tema —respondió Luca, encogiéndose de hombros y sonriendo—. Tuve que aprender en Londres, estaba hasta las narices de la comida rápida.

Le acercó un *tupper* y una servilleta. Mera lo aceptó con gusto y le dio un bocado sin pensárselo dos veces.

—Madre mía, está de muerte.

Luca sonrió triunfante y se llevó otra empanadilla a la boca. Por un momento, los dos se quedaron así, sonriendo en silencio mientras degustaban la comida improvisada, disfrutando de la brisa marina que ya empezaba a helar en el mes de octubre. Hasta Mera parecía haber olvidado por qué lo había citado allí. Entonces, Luca carraspeó y ella se percató de que lo observaba mientras devoraba la comida.

—¿Me lo vas a contar? ¿O solo me has traído para distraerme del trabajo tan maravilloso que ahora tengo? —inquirió con ironía.

—Perdona. Estaba disfrutando de tus habilidades ocultas.

—Pues tengo muchas más, si quieres, cuando salgas del trabajo... —respondió poniendo cara de pícaro, pero Mera lo contuvo alzando una mano.

—Calla, o harás que me arrepienta.

Luca se carcajeó. Hacía bastante que no lo veía sonreír así, tan risueño, casi como al principio de conocerse. Él, que había sido el mayor perjudicado esos meses, había sobrevivido de una manera impecable. Era fuerte, y lo sabía. Por eso ahora Mera necesitaba recurrir a Luca. Sobre todo porque era el único que sabía la verdad.

—Tu hermano...

—Oh, Dios, ¿qué ha hecho ahora mi hermano? —Luca dejó la empanadilla en el recipiente. Su semblante había cambiado por completo. Definitivamente, hablar de Harry no era lo que más le gustaba.

—Nada, nada —repuso ella rápidamente—, ha venido a verme a la oficina junto con Katy. Bueno, en realidad ha venido a verme Katy, no parecía que Harry quisiera estar allí. —Luca la miraba en silencio, y ella siguió con su explicación—: Bueno... al parecer, John saldrá indemne, no pueden juzgarlo con lo que tienen... así que vinieron para preguntarme si en el trabajo yo había visto u oído algún altercado con John que pudiera implicarlo...

Luca asintió. Por el modo en que había vuelto a cambiar de expresión, Mera comprendió que él ya sabía lo que ella quería decirle. Desde el día del incendio provocado, cuando Daniel lo soltó a bocajarro, no habían hablado de ello. Mera estaba totalmente segura de que él no quería insistirle, y que estaba esperando a que saliera de ella cuando realmente estuviera preparada.

—Me preguntaron si había sucedido algo en el trabajo, supongo que, al ser yo su mano derecha, esperaban que conociera todas las cosas que hacía, pero... bueno... —dudó—, les dije que no. Que en la oficina no.

—En la oficina.

—En la oficina... —repitió ella. No quería tener que decirlo. Necesitaba que fuera él quien lo soltara. Así que lo miró suplicante por primera vez desde que se conocieron.

—Pero no pasó en la oficina lo que Daniel dijo aquella tarde... ¿verdad?

»Verdad... Mera... —añadió con un hilo de voz—. Joder.

Luca la atrajo hacía sí. Se desplazó a lo largo del banco donde estaban sentados y apartó toda la comida para estrecharla entre sus brazos. Ella apoyó la cabeza en su pecho y escuchó cómo le palpitaba el corazón. Su respiración se iba agitando por momentos.

—Sabes que puedes contarme lo que sea. No saldrá de aquí si tú no quieres... —le dijo Luca mientras le acariciaba el pelo con ternura.

Se sintió como una niña pequeña, expuesta al dolor, sin consuelo. Una lágrima recorrió su mejilla y quiso disimularla ocultando el rostro en aquel jersey azul que ahora le parecía tremendamente suave, y que con toda seguridad era más caro de lo que imaginaba.

—Mera, pienso apoyarte en todo. Lo que quieras decirme, lo que quieras hacer... así será —sentenció.

Ella se incorporó con lágrimas en los ojos y asintió. Cuando empezó a contarle lo de aquella noche que no quería volver a rememorar, sus músculos empezaron a relajarse poco a poco. Conforme las palabras fueron saliendo de su boca, sintió una especie de alivio inexplicable, y se percató de que había salido ilesa de la experiencia, de que su insistente negativa y su temperamento la habían beneficiado enormemente.

Cuando hubo terminado, en la mirada de Luca apareció una oscuridad que ella solo le había visto una vez, cuando se enfrentó al mismísimo John Barton en la oficina, después de descubrir, gracias al vídeo de Twitter, que había violado a Aletheia.

Pero esta vez Luca no golpeó a nadie. Sus puños, que hasta ese momento habían estado cerrados y en tensión, se convirtieron en unas manos abiertas y relajadas que fueron en busca de ella para abrazarla de nuevo en cuanto hubo concluido su versión de la nefasta noche con John. No dijo nada, no hacía falta.

Con él, Mera encontraba un refugio que olía a hogar.

8

Harry

Octubre de 2019

La puerta del juzgado olía tanto a sudor que te entraban ganas de retroceder unos pasos, y de pensarte dos, tres, e incluso cuatro veces, si realmente querías entrar allí. Harry y su compañera se habían presentado para ver cómo John Barton salía triunfante. ¿Masoquismo? Sí, sin la menor duda.

Los periodistas esperaban ansiosos en la puerta, de ahí el tremendo olor. Todos agolpados y con muchas horas encima.

«¿Es que no se asean?», se preguntó Harry, irritado. Hizo un discreto gesto para certificar que él olía mejor, pero al instante apartó la cabeza de nuevo. No. Definitivamente, él tampoco olía bien.

Había reconocido a todos los periodistas, menos a una, que no se le pasó por alto.

La muchacha era bajita y de complexión corriente, no era delgada, pero tampoco estaba rellenita. Pelo castaño y ojos negros. No había nadie del *Barton Express*, así que de inmediato imaginó que sería de allí, una nueva reportera a la que no pudiera reconocer John para no sentirse ofendido por su propia familia. No esperaba menos de Lyla.

—Aún no sé por qué estamos aquí —respondió Katy, molesta.

—Porque ahora es cuando hay que vigilarlo de cerca. Aunque parezca que nos ha ganado la batalla. Esto solo acaba de empezar.

—Barton no es de los que dejan pasar esto. Nos tendrá entre ceja y ceja.

—Mejor —rezongó Harry.

Al momento se calló. Los cámaras y periodistas empezaron a agitarse y a empujar hacia la entrada. Lo primero que atisbó el inspector fue al abogado de los Barton, pidiendo calma e intentando hacer hueco para que su cliente pasara. Él estaba justo detrás, sonriente. Bien trajeado y como si aquello hubiese sido un juego de niños.

—Señor Barton, ¿qué hará ahora que lo han relevado de su puesto en el *Barton Express*? ¿Cómo se siente al ver que su familia no lo respalda? —oyó Harry que le preguntaba una chica rubia con gafas de un color rojo estridente, a juego con su voz.

El abogado puso cara de pocos amigos y respondió con un «sin comentarios».

John, en cambio, sonrió y se acercó a la chica en actitud chulesca. Parecía muy tranquilo, y eso hizo que a Harry se lo llevaran los demonios mientras lo escuchaba.

—Ahora me centraré en mi propia carrera, llevo muchos años dedicados al periódico de mi familia. Ellos lo comprenden y me han dado la opción de seguir con mi propia empresa. Al contrario de lo que insinúa, señorita, los Barton —alzó la voz para subrayar su apellido— estamos muy unidos. Me siento muy agradecido por tener la familia que tengo.

John terminó la frase con satisfacción. Le guiñó un ojo a la periodista, echó a andar de nuevo detrás de su abogado y ambos empezaron a bajar por las escaleras del edificio. Entonces, su mirada se posó en Harry. Este intentó poner cara de póquer y John cambió su semblante a uno mucho más duro. Con aquella mirada parecía que le estaba declarando allí mismo la guerra al inspector. Después volvió a sonreír. Sí, lo estaba retando. Sin embargo, ahora que Harry podía verlo más de cerca, se percató de que estaba algo más delgado y demacrado. A pesar de sus intentos por parecer el mismo hombre arrogante y poderoso de siempre, daba la sensación de estar cansado.

—¿Crees que intentará algo nuevamente? —le preguntó Katy en un susurro, sin perderlo de vista. John dejó de mirarlos y dirigió su sonrisa fría y chulesca a los periodistas. Se metió en el coche que lo estaba esperando aparcado junto a las escaleras, y tras él entró el abogado, que no paraba de desactivar las preguntas de los periodistas con el consabido «sin comentarios».

—Lo dudo mucho. Sería arriesgarse demasiado, sabe que lo estaremos vigilando.

—Él no se considera culpable de nada, Harry.

—Lo sé. Aunque John será muchas cosas, pero no es tonto. Esperará a que las aguas se calmen.

Katy se quedó en silencio, dando por buena la afirmación del inspector.

—De todas formas, su familia no ha venido a recibirle con los brazos abiertos. Por mucho que intente disimular, la gente sabe que no es cierto lo que ha dicho.

—Puede —respondió encogiéndose de hombros—. O tal vez no. Depende de la convicción con que lo digas. Si tú mismo te convences de una mentira, los demás creerán que dices la verdad, porque para ti esa es la única certeza. La que has creado.

—Eres un filósofo —se mofó ella.

—Y tú una aguafiestas —masculló—. Volvamos a comisaría. Aquí ya no hay nada que hacer.

O eso creía.

9

John

Agosto de 2019

—¿Podrías al menos prestarme atención cuando te hablo? —lo reprendió Aletheia.

Él estaba totalmente absorto pensando en cómo confesarle que la deseaba con todas sus fuerzas. Sabía que estaba con Tom, pero poco le importaba aquel mamarracho.

John había tenido que soportar cómo el amor de su vida se iba con su mejor amigo, y se perdía en el mapa de Inglaterra. Cuando Aletheia se fue de Torquay, no solo le destrozó el corazón a Luca. Él tuvo que soportar el lloriqueo de su amigo mientras tenía que sobrellevar en silencio la ausencia de ella.

Entonces, por una simple y curiosa casualidad, al pasar por su antigua casa con el coche mientras se dirigía al periódico, la vio.

Una Aletheia más mayor y madura. Con su melena morena, larga y espesa, tal como la recordaba a pesar del tiempo transcurrido, y con sus preciosos ojos color avellana. Los años la habían convertido en un ser extraordinario, aún más de lo que él hubiera podido imaginar jamás. Allí estaba, más hermosa que nunca, dándoles instrucciones a un par de chicos que estaban entrando cajas en su casa.

Ella había vuelto. Y eso era una señal inequívoca de que sería para él. Así que se bajó del coche, y a partir de entonces ya nunca dejó de verla, aunque de la manera más discreta posible. No quería que nadie en Torquay supiera de aquellos encuentros.

—Te estoy escuchado —le dijo él sonriente.

—Si fuese así, ya me habrías dado tu opinión. Tú nunca te callas con estas cosas —dijo ella, ofendida.

—Vale. Es cierto. ¿Qué me decías?

Aletheia puso los ojos en blanco y los brazos en jarras cuando él se excusó, y siguió expresando su descontento:

—No podemos seguir viéndonos así. Quiero a Tom, de verdad que sí.

Otra vez con el mismo cuento. Le resultaba un infierno aquel tira y afloja que llevaban.

—Siempre estás igual —le respondió John, exasperado—. Él quiere más, tú le dices que no te quieres comprometer... entonces quedamos tú y yo, nos liamos y vuelves a sus brazos porque te sientes jodidamente mal.

Aletheia puso unos ojos como platos. La había hecho enfadar de nuevo, como tantas otras veces.

Lo señaló con el dedo amenazante.

—¡¿Cómo se puede ser tan hipócrita?!

—Yo no tengo una pareja formal —respondió él, encogiéndose de hombros y haciéndose el inocente—. Estoy para ti, siempre que me necesites.

Parecía que ella iba a volver a la carga y a replicarle, pero se sentó a su lado en una de las sillas del comedor y se cubrió la cara con las manos.

—No soy lo suficientemente buena para él. Todo me sale mal, y yo...

No llegó a terminar la frase. Él se acercó y procuró masajearle la espalda para tranquilizarla.

John sabía qué le ocurría. Ella seguía pensando en Luca, se lo había confesado entre copas en su primer encuentro, guardaba los artículos que había escrito en la sección de deportes del *Daily Mirror* y estaba ansiosa por volverlo a ver. Quería a un hombre bueno y estable a su lado. Pero en realidad ella no era de esa clase de mujeres. Por mucho que intentara autoconvencerse. Por eso recurría a él. No sabía si por nostalgia de los viejos tiempos que los unían o, simplemente, por el hecho de que John era un alma libre, como ella. Alguien que jamás le pediría nada de lo que su novio sí ansiaba.

Le puso la mano en la rodilla y empezó a subir sutilmente por su muslo, se había cansado de hablar. Entonces notó que Aletheia se ponía tensa.

—Para —le dijo con sequedad—, no estoy de humor.

Él no retiró la mano e insistió. Suponía, como de costumbre, que se hacía la difícil. Le gustaba aquel juego.

—Anda, relájate. En un minuto te olvidas de todo —le susurró John al oído.

Aletheia le apartó la mano con desprecio.

—He dicho que no.

La chica se dirigió a la puerta de entrada y se cruzó de brazos. Lo miró desafiante, y, después de pensárselo durante un nanosegundo, la entreabrió.

—Vete, John. Esto se ha acabado. Podemos seguir siendo

amigos como antaño, pero no sería justo para ti. No siento lo mismo.

Sus palabras fueron recibidas como un disparo directo al corazón. No podía creer lo que estaba diciendo.

—Estás de coña, ¿verdad?

Ella negó con la cabeza.

—No lo hagas más difícil.

John se levantó de la silla sin dar crédito a lo que estaba sucediendo. Con un movimiento brusco se puso frente a ella, pegó su frente a la de la chica y levantó la mano izquierda. Aletheia dio un pequeño brinco, convencida de que aquella mano de él iba dirigida contra ella, pero el movimiento se desvió hacia la puerta, cerrándola con un golpe seco.

—¿Crees que he estado aguantando todo este tiempo tus niñerías para que ahora me vengas con que no sientes lo mismo? ¿Quién te piensas que eres? ¿La reina de Inglaterra? No me hagas reír.

—Y tú no me hagas sentir como una mierda. Si no me quieres en el sentido romántico de la palabra, entonces te resultará más fácil. —Aletheia volvió a abrir la puerta—. Adiós, John.

Él se quedó mirando sus ojos oscuros fijamente de nuevo, en silencio. Le sujetó la barbilla con fuerza y la besó en los labios. Esta vez, no estaba siendo apasionado como otras veces, sino brusco y violento. Quería dejarle bien claro sus intenciones con aquel gesto rotundo.

—Esto es lo que quieres. Y volverás a por ello, porque nadie en este maldito lugar te entiende como yo.

Si tenía miedo de él, no lo parecía. La mirada de Aletheia era fría y cortaba el aire. No hizo falta que pronunciara palabra alguna. Había abierto la puerta de par en par y ahora John estaba en el vestíbulo mientras ella permanecía dentro de la casa.

—Adiós.

—Hasta luego, querida —le dijo él sin ocultar su enfado.

Salió dando grandes zancadas de la casa y bajó los tres pequeños escalones del porche. Cuando miró atrás vio cómo la puerta de Aletheia se cerraba tras de sí con un sonoro golpe.

«¡Qué temperamento!», pensó.

Al volverse de nuevo vio al anciano vecino de enfrente. Le hizo un mohín y saludó cortésmente con la mano. El vecino hizo lo mismo y siguió con su jardinera. Sabía que no le quitaría el ojo de encima hasta que no se fuese.

—Malditos pensionistas cotillas, se creen con derecho a meterse donde no les llaman —dijo para sí, más fuerte de lo que hubiese querido.

Entonces empezó a notar el calor de agosto golpeándolo de frente. No había reparado en ello pese al contraste de temperaturas entre la calle y la casa. Se quitó la chaqueta y se remangó lentamente la camisa mientras se dirigía a su coche.

No entendía por qué estaba tan preocupado. Aletheia volvería en cualquier momento. Al final siempre lo hacía, volvía a él. Daba igual todo aquel griterío, aquella ira... terminaba regresando. Porque ese tira y afloja le gustaba más de lo que jamás reconocería.

Se subió al coche, y antes de arrancar revisó el móvil. Tenía unas cuantas llamadas perdidas. Marcó el número y puso el manos libres del automóvil.

—¿Pasa algo, Luca?

—¡John! —respondió al otro lado una voz de hombre aterciopelada—. Perdona que te moleste, es que no me hago con el sistema y Daniel se ha ido ya de la redacción y he cerrado la sesión sin querer. Necesitaba la clave de la redactora que está de vacaciones mientras me verifican la mía.

—¡Ah, sí! La de Mera. Te la paso por email en un momento, no te preocupes.

—Genial, gracias. Eso era todo, jefe, perdona que te haya molestado en tu día libre.

—No te preocupes. ¿A qué vienen tantas formalidades? Será que no nos hemos pegado juergas tú y yo juntos —le respondió entre risas. Nunca se hubiera imaginado que Luca trabajaría para él. Un Moore trabajando para él. Era, como poco, curioso—. Por cierto, Luca —se lo pensó un momento antes de formular la pregunta—, ¿nos vamos de copas cuando salgas? Por los viejos tiempos.

—Claro que sí —contestó Luca distraídamente al otro lado de la línea—, nos vemos en una hora. ¿Dónde siempre?

—Por supuesto, como siempre.

Colgó, arrancó el coche y empezó a conducir camino al puerto de Torquay. Necesitaba aquello. Tener a Luca controlado le gustaba. Esta vez no iba a quitarle a la chica. Además, podría divertirse con su amigo de antaño y, por qué no, olvidarse del mal rollo que le había dejado Aletheia.

Aún seguía con la mirada de ella en la cabeza. Sus ojos impenetrables. Las palabras que escapaban de su boca aterciopelada...

Lo que no pensaba, bajo ningún concepto, era que ella no sintiese lo mismo. El magnetismo, la pasión, el deseo... tarde o temprano tendría que hacerle ver que él era su única opción.

10

Mera

Octubre de 2019

Emma pasó por delante de su despacho con total desparpajo. Su hermana ya llevaba unos días de prácticas en la redacción y la forma en que se desenvolvía allí hacía que pareciera un juego de niños.

Era hábil, pero no tenía el carácter afable de Mera. Era más irónica, directa, impulsiva y de lengua más afilada. A pesar de su inexperiencia, decía lo que pensaba, fuese bueno o malo. Confiaba en su trabajo plenamente, y eso, sumado a la ojeriza crónica que parecía tenerle a su hermana mayor, hacía que la jornada de esta última fuese más larga y tediosa que de costumbre.

En cualquier caso, Mera no tenía tanto tiempo como pensaba para vigilar a su hermana pequeña. Lyla se había asegurado de que no le faltara formación para dirigir el periódico, y esos días había estado haciendo cursos intensivos sin parar.

Mientras tanto, su jefa seguía rondando por allí para ayudar en lo que hiciera falta, sin tener la más remota idea de qué iba la cosa. La susodicha apareció en su puerta y llamó con la voz, a modo de saludo:

—Toc, toc, ¿cómo le va a mi directora favorita? —le preguntó para darle coba.

—No sé en qué momento se me ocurrió decirte que sí. Podrías hacer los cursos conmigo, ¿no te parece? Así también aprenderías algo —le soltó sin más—. O haberle ofrecido el puesto a Henderson.

—La verdad es que resulta más divertido verte a ti —le respondió con sorna—. De todas formas, ya vas a terminar. Esto era un mero trámite para callar a la junta, lo sabes bien. Y Henderson no conoce esta redacción como tú, él también se está adaptando —dijo, refiriéndose al chico nuevo que ahora hacía el trabajo de Mera.

A decir verdad, lo hacía bastante bien, y cuando ella no llegaba a todo, él sabía apañárselas sin necesidad de que Mera tuviera que estarle encima.

Mera suspiró.

No, no lo sabía bien. Estaba cansada, sentía que todos sus músculos terminarían estallando de la tensión. Había pasado más horas allí que cuando empezó en el periódico para ganarse el puesto de redactora jefa. En su casa, la preocupación fue en aumento, hasta el punto de que su abuelo insistió en ir a practicarle las curas de las quemaduras que aún le faltaban, en vista de que las horas pasaban y ella no volvía. Era eso o regresar a casa a una hora decente, y Mera no se daba por vencida tan fácilmente.

—Es por tu salud, cariño, y no solo me refiero a la salud física. La de aquí es la más importante —le había dicho su abuelo señalándose las sienes—. Tienes que priorizar. Si te han tendido una encerrona, al menos haz las cosas a tu manera. ¡No te hemos educado para que agaches la cabeza y digas que sí a todo!

Por supuesto, estaba en lo cierto. Cuando se marchó aquella mañana después de haberle cambiado el vendaje, decidió que le haría caso. Así que se dirigió al despacho de su jefa e inspiró profundamente antes de decirle todo lo que tenía guardado.

—Se acabó, Lyla. —El tono le salió más duro de lo que pensaba, pero no se echó atrás—. Si me has escogido para este puesto sin alternativas ni opiniones que valgan, como mínimo deja que sea yo quien maneje esta situación en la que me has metido. Los cursos me han sido de utilidad, no te lo niego, pero ahora las cosas se harán a mi manera. No puedes estar revoloteando a mi alrededor, y exigiéndome sin hacer nada más.

Lyla se cruzó de brazos, mirándola expectante. Era como si estuviera viendo un espectáculo, incluso Mera intuía que la situación le divertía.

—Te diría que te agradezco el apoyo, pero, chica, parece que me has escogido como último recurso para quitarte este problema de encima y no tener que ejercer tú de directora. Así que, permíteme que te lo diga: en mi humilde opinión, te estoy haciendo un favor de los gordos. Si quieres rondar por aquí, por mí, perfecto, cuatro manos hacen más que dos. Pero ya es hora de que coja el toro por los cuernos. —Aquella frase hecha provocó que Lyla levantara una ceja en señal de perplejidad, y obligó a Mera a explicarse mejor—: Perdón, es un dicho español —le aclaró, suspirando de frustración—, pero todo lo demás seguro que lo has entendido perfectamente.

De pronto una fragancia a jazmín empezó a flotar en el aire, y otra mujer apareció detrás de su jefa. Era una señora alta y morena como Lyla, de aspecto afable y sonriente.

—Ese aire español te hace mucho más interesante —dijo la mujer, sonriéndole—. Querida, no podíamos haber dejado el periódico en mejores manos. Ya hacía tiempo que andábamos necesitados de que una mujer con agallas se pusiera al mando. —La señora dejó caer aquellas palabras sin dejar de mirar a Lyla, que asintió moviendo la cabeza.

La había visto pocas veces, y hacía bastante tiempo que no pasaba por allí. Pero Jane Barton era una mujer muy reconocible. El lunar junto a la aleta izquierda de la nariz y su bonita sonrisa hacían de ella una mujer magnética, a pesar de la edad. No porque poseyera una belleza estratosférica, sino porque tras su apariencia corriente había algo hipnótico. Su carácter, tal vez.

Y allí estaba la señora Barton, sonriéndole desde el umbral de la puerta junto a su hija pequeña. Mera no tenía intención de avergonzarse de lo que acababa de decir, pero no pudo evitar que una oleada de rubor ascendiera por sus mejillas.

«Mierda», pensó inconscientemente.

—Buenos días, señora Barton —le dijo Mera, tendiéndole la mano a modo de saludo.

Pero la mujer le hizo un gesto, indicándole que se acercara.

—Muchacha, nada de formalismos. Dame un abrazo —le dijo con voz afectuosa mientras la joven se acercaba a ella.

Jane Barton abrazó a Mera con ternura, aunque ella se tensó un poco. Abrazarse con gente que no pertenecía a su círculo más próximo no era precisamente lo que más le gustaba.

—Querida, se lo dije a mi hija. Fue una idea excelente ponerte al mando. Mi hijo hizo muy bien su trabajo, por descontado, pero el periódico debe dirigirlo alguien que no sea de la familia. Preparado, capaz. Con ganas y talento periodístico. Mi marido bien lo sabe, él también necesita descansar, ahora que está jubilado.

—Se lo agradezco, señora Barton —le respondió ella a regañadientes.

—A mí no, muchacha. A mi hija. Yo solo apoyo sus decisiones y las de mi marido.

A Mera no le pasó desapercibido que no mencionara que apoyaba las decisiones de su hijo mayor. Lyla asintió con un gesto y le dio un beso a su madre en la mejilla, pues aún no la había saludado desde que había entrado por la puerta.

—Mamá es un gran apoyo en casa, aunque siempre le gustó más estar en la universidad con sus alumnos frikis. Por cierto, ¿cómo es que te has pasado por aquí? —preguntó Lyla en un tono que a Mera le sonó un poco infantil, y que nunca hasta entonces le había oído.

—No digas eso, en Exeter mis pupilos tenían grandes mentes. Geología y Ciencias Ambientales —añadió, mirando a Mera y refutando la acusación de su hija—. Cierto que es un ámbito algo excéntrico, pero bonito. —La señora Barton volvió a girar sobre sus talones para responder a la pregunta de su hija—. Quería invitarte a comer, cariño. Tu padre y yo hemos venido de ver a tu hermano. Está algo indispuesto del estómago. Al parecer ha pillado una gastroenteritis o algo por el estilo. Me ha dejado muy preocupada, desde ya sabes cuándo... —titubeó, y miró a Mera con el rabillo del ojo—. Está irreconocible. Queríamos saber cómo se encontraba, nos ha llamado muy mareado. Realmente tu padre no quería ni verlo, ya sabes cómo están, me ha costado convencerlo...

La señora Barton se quedó pensativa y se dirigió a Mera, sonriéndole con dulzura:

—Perdona, querida, cosas de familia.

Y a continuación, se volvió educadamente hacia Lyla de nuevo y añadió:

—Te lo cuento mientras comemos, que la reserva nos espera. Además, no quiero molestar a nuestra directiva con estas tonterías ¡Faltaría más!

Lyla asintió con la cabeza. Desde que habían acusado a John del asesinato de Aletheia aún no se había mencionado ni siquiera su nombre estando ella presente. Desviaba el tema cada vez que podía o intentaba restarle importancia, pero en la redacción era bien sabido que estaba muy afectada. Todos los trabajadores del *Barton Express* comprendían que para Lyla —quien, además, había insistido expresamente en que no se omitiera ningún artículo o noticia sobre el tema— la situación ya era lo suficientemente difícil. La transparencia periodística sería intachable, incluso si se trataba de su propia familia. Mera se imaginaba que su nueva jefa no podía ni mirar a la cara a su hermano. Ya no lo veía igual, para ella estaba muerto en vida.

Sin percatarse, Mera había entrado en una especie de trance, pensando en todo lo que suponía para las dos mujeres que tenía enfrente aquel cambio tan absolutamente radical que acababan de sufrir sus vidas por culpa de John.

—Ha sido todo un placer verte, querida, como siempre —le dijo amablemente la señora Barton sacándola de su ensimismamiento mientras se acercaba para darle otro abrazo, esta vez de despedida.

A Mera le pareció una especie de mamá osa que no podía evitar proteger a todos sus pequeños, así que terminó por relajarse y dejar que la estrechara entre sus brazos.

—El placer ha sido mío, señora Barton.

—Jane, por favor —la regañó cariñosamente.

—El placer ha sido mío, Jane. Pásese cuando quiera, está en su casa.

—No lo dudo, querida —le dijo en tono jocoso.

Jane Barton desapareció por el umbral de la puerta del despacho de Mera.

—Hablamos mañana. Pero llevas razón. Te dejo cien por cien al mando. Haz todo esto tuyo —le dijo Lyla, antes de largarse detrás de su madre.

Mera se dejó caer de espaldas en su silla, y se masajeó las sienes. Estaba mentalmente agotada. Además del intenso trabajo de esos días, no había dejado de darle vueltas a la conversación que había tenido con Luca. Ya llevaba algún tiempo reflexionando sobre el tema, y había tomado conciencia de que, a lo mejor, si le contaba a Katy lo del encontronazo con John, podría ayudar a otras mujeres. Al menos debía intentarlo. Estaba segura de que ahora él tenía más tiempo para dedicarse a divertirse que a trabajar. Así que descolgó el teléfono y llamó a Luca.

—Dime que me invitas a comer, este trabajo me está matando —respondió Luca al otro lado del aparato.

—Me parece bien, pero antes, quiero que me acompañes a hacer una cosa.

11

Luca

Octubre de 2019

La tarde había sido, como poco, movidita. Haber acompañado a Mera a denunciar la agresión de John había sido de todo menos placentera.

Ya imaginaba la regañina de Harry al enterarse de que él disponía de esa información y no la había compartido con su hermano mayor. Pero eso era algo que no le correspondía a él, sino a ella. Él solo podía apoyar desde las gradas. Como bien le había comunicado a su hermano con anterioridad.

Sin embargo, lamentaba no poder hacer más. Tenía la sensación de que últimamente estaba observando los acontecimientos desde lejos, de forma pasiva. Sin la potestad de intervenir. Como un mero espectador que veía cómo a su alrededor sufría la gente a la que amaba.

Además, Mera solo había puesto una condición: Harry no debía estar presente y, a poder ser, procurar que no se enterase de que había sido ella quien lo denunciara. Pero cuando quedó con la subinspectora, esta no pudo asegurarle que Harry no se enteraría de aquellos detalles, puesto que era él quien llevaba el caso. Pero sí se comprometió a tratar de explicárselo de la mejor de las formas. Luca intuía que Katy sabía más de la relación que habían mantenido su hermano y Mera de lo que parecía, y sabría cómo manejar la situación.

Al menos sí que accedió a que la entrevista tuviera lugar en el nuevo despacho de Luca, con toda la privacidad que aquel lugar podría garantizarles. Mera pidió que él estuviera presente, y mientras ella iba explicando lo sucedido, de vez en cuando él procuraba apoyarla con alguna que otra mirada de ánimo. No sabía qué más podía hacer.

Cuando terminaron, Luca dejó a Mera en su casa. Ya en la soledad de su coche, empezó a rememorar todo lo que había sucedido y lo que había escuchado. Ella lo había contado casi palabra por palabra, como hizo con él la vez anterior, cuando estaban a solas. A Mera le brillaba la mirada, y a veces se le entrecortaba la voz y se le hacía un nudo en la garganta.

¿Había sufrido lo mismo Aletheia antes de morir? Había sido peor, por descontado, después de haber visto el dichoso vídeo de Twitter. Sin embargo, no dejaba de preguntarse si realmente ambos habían mantenido una relación secreta. Era cierto que se conocían desde hacía años. Lo mismo que a Luca. ¿Acaso John sabía que Aletheia había tenido un hijo de él y se lo había ocultado?

Por supuesto, él había abierto los ojos, y al fin se había percatado de que aquel que decía ser como un hermano había resultado ser mezquino y ruin, así que existían bastantes probabilidades de que aquella teoría fuera cierta, aunque le costara digerirla. Notaba cómo la ira comenzaba a recorrer su cuerpo y, en mitad del brote de rabia e impotencia que lo dominaba, puso rumbo hacia una dirección en concreto.

Era el momento de hablar con el que había sido su mejor amigo durante años. La oportunidad de enfrentarse a John Barton cara a cara.

Empezaba a llover cuando Luca llegó. Se había encontrado con el conserje del edificio en la entrada, este lo había mirado por encima del móvil que tenía en sus manos. Sin decir palabra, aprovechó para subir al ático en el que sabía que se encontraba su antiguo amigo. No era por ser maleducado, pero prefería no pagarla con aquel hombrecillo.

—¡Más te vale abrirme, John! —le gritó desde detrás de su puerta.

Cuando la puerta se abrió, dejando el nudillo de Luca golpeando el aire, ante él apareció un hombre mucho más delgado de lo que recordaba, y visiblemente demacrado.

—¿Qué narices...? —respondió, indignado y confundido a la vez, el anfitrión—. ¿Qué estás haciendo aquí?

—Creo que me debes muchas explicaciones. Me encantaría no tener que verte la cara, pero opino que me lo debo también a mí mismo.

John dudó un segundo que se hizo eterno. Sus miradas desprendían una tensión electrizante. Luca apreció la hinchazón de sus ojos y lo desmejorado que estaba su rostro.

Barton se apartó para que entrara. Al pasar por su lado comprobó que la complexión atlética que su cuerpo había exhibido durante años parecía haber desaparecido por completo.

—¿Estás enfermo?

—Creo que he cogido una gastroenteritis así que, si te parece bien, será mejor que no te acerques a mí y te acomodes en el sofá pequeño de enfrente de la ventana. Nunca me siento ahí, y no me apetece contagiarte nada —comentó con ironía—, aunque apuesto a que tú te quedaste con ganas de asestarme algún que otro derechazo más.

Luca recordaba bien la última vez que habían estado juntos. En la redacción, justo después de haber visto el vídeo de Twitter que Daniel había colgado de él agrediendo a Aletheia.

Luca se quedó de pie, delante del sillón que le había indicado, y John se sentó algo más lejos. El apartamento estaba impoluto. Dedujo que seguía teniendo contratado un servicio de limpieza diario, y parecía más un hotel que un hogar. Las paredes estaban revestidas con un tradicional papel pintado de color ocre, y delante de él había una mesita auxiliar de cristal con peonías de color rosa recién cortadas y un bol grande de madera lleno de manzanas rojas. Al lado, un vaso de agua y una taza de té.

—Si me lo permites, yo sí voy a sentarme.

Luca salió de su ensimismamiento y lo miró con desprecio, recordando por qué estaba allí.

—¿Cómo puedes ser tan mezquino? ¿Cómo puedes estar tan tranquilo? —Al pronunciar aquellas palabras, ni siquiera reconoció su propia voz. Estaba llena de un odio que solo había sido capaz de profesar hacia su padre.

Barton negó con la cabeza y esbozó una sonrisa sádica.

—No me veo entre rejas, por Dios. Yo no hice nada.

—Violaste a Aletheia —le replicó Luca, escupiendo las palabras.

—No, amigo mío. Ella y yo teníamos una relación a espaldas de su noviete... —El semblante de John cambió, como si sus ojos vagaran por un horizonte invisible, muy lejos de allí—. Yo la quería, ¿sabes? —le reveló con un hilo de voz—, antes incluso de que saliera contigo, allá en el instituto... por aquel entonces te envidiaba tanto... Lo tenías todo. La tenías a ella. —Sus ojos volvieron a posarse en Luca, ahora con desprecio—. Y la dejaste marchar. Dejaste que se fuera.

—¿Qué estás diciendo? Se fue con sus padres, éramos unos críos.

—Sí. Porque estaba embarazada de ti. Y tú, estabas protegido bajo las alas de tu papaíto, para salir ileso de cualquier situación. En realidad, siempre he pensado que eras un gran actor haciéndote el tonto. Seguramente sabías más de lo que decías.

Luca no daba crédito. Miró a su alrededor y se echó las manos a la cabeza.

¿Siempre había sido así de manipulador? A pesar de haber ido allí para enfrentarse a John, le parecía increíble que le estuviera dando la vuelta a todo, como un verdadero estratega. Luca intentó relajarse e inspiró profundamente. Una parte de él quería coger aquel jarrón de cristal lleno de flores y estampárselo en la cabeza.

—No voy a caer en tus provocaciones —dijo al fin—. Por desgracia, me conoces mejor que nadie, y sin duda sabes bien que no tenía ni idea de nada.

—Pues entonces eres más estúpido de lo que pensaba.

Fue irremediable. Luca descargó el golpe inesperadamente, y sus nudillos acabaron en la mandíbula de John. Fue un impacto veloz y seco.

John se sujetó la cara, aturdido, y sonrió de nuevo. Por un momento, su rostro se asemejó al de un maniaco. Se afianzó en el sofá y movió la cabeza de lado a lado espabilándose; el golpe lo había desconcertado.

—Ya sabía que te habías quedado con ganas —dijo entre dientes mientras tosía—. ¿No te da vergüenza? Es un poco injusto, sabiendo que no es un combate entre iguales. Tu amigo está desvalido.

A Luca le produjo repulsión ver en lo que se había convertido John. ¿O había sido siempre así? No quería pensar en esa posibilidad, después de tantos años... se sentía engañado.

—¿Y Mera? Espero que no me digas que también tenías una relación con ella —le dijo Luca con ironía.

La cara de John se desencajó aún más que con el golpe, si es que eso era posible.

—¿Cómo?

—Eres un depredador asqueroso. Aletheia muere y te falta tiempo para buscarte otra víctima. ¿Cómo pudiste, John? ¿Qué mierda te pasa por la mente para hacer todo esto?

John se puso pálido.

—No, no, no. Yo a Mera no la he tocado.

—Porque no te dejó. Porque tuvo que pegarte una patada en los huevos para que la dejaras en paz. —Esta vez Luca gritaba mientras pronunciaba aquellas palabras. El tono de su voz había subido considerablemente.

—No sé qué mentira te habrá contado nuestra joven Clarke. Pero ella coqueteaba conmigo, la invité a cenar... —John se quedó pensativo un momento, sin apartar la vista del que había sido su amigo. Y al final optó por terminar su argumento—: Sabía lo que había.

La ira de Luca se multiplicó por diez. Cogió a John por el cuello de la camisa y levantó el puño.

—Vaya... —El rostro de John volvía a irradiar serenidad,

había recuperado el aplomo—. Ahora sí que me recuerdas a tu padre, ¿o a tu hijo, el asesino? No. Él, al menos, aparentaba ser un poco más inteligente y con menos propensión a emplear la fuerza bruta.

Dicen que cuando llevas tanto tiempo odiando a una persona, terminas por hundirte en el rencor. En la venganza que te consume lenta y letalmente. En su cabeza Luca no paraba de darle vueltas a una frase que había leído hacía tiempo: *el odio se identifica con la cólera de los débiles.* Y así era como se sentía. Vulnerable y hecho trizas.

Y entonces sucedió. Luca dejó que todo su resentimiento se apoderara de él. Su dolor. Su vida, que había estado impregnada de sufrimiento y tristeza, y que nunca hasta ese momento había permitido que aflorase. Le importó bien poco que John estuviera demacrado y claramente enfermo. Empezó a golpearlo sin control, mientras gritaba palabras que ni él mismo comprendía, con los ojos anegados en lágrimas a través de las cuales daba rienda suelta a su desesperación. John, con la boca llena de sangre, le lanzó a Luca un escupitajo que le alcanzó de lleno en la ropa. Vista desde fuera, la escena resultaba grotesca. Luca llevaba puesto un jersey blanco que ahora destacaba aún en mayor medida, debido a las relucientes manchas rojas que acababa de añadirle John. En lugar de asco, aquello solo le provocó más ira.

E inconscientemente, sin cesar de embestir con su puño a John Barton, Luca pensó con amargura que se había convertido en su padre.

12

John

Septiembre de 2019

El cielo estaba encapotado, y lucía más oscuro de lo habitual a esas horas de la tarde, haciendo que la penumbra de la noche se cerniera más deprisa sobre la ciudad.

A John no le apetecía en absoluto el plan que le habían orquestado para esa noche. Su hermana Lyla lo había invitado a cenar en su casa y la propuesta se le antojaba cargante, como poco. Estaba dando vueltas con el coche para hacer tiempo, tratando de dar con una excusa que le valiera para ausentarse. Sin embargo, semanas después sin que él aún lo supiera, agradecería con todo su ser aquella insistencia de su querida hermana pequeña.

Giró y llegó a la rotonda que desembocaba en la calle Marychurch, paralela al campo de golf de Torquay. De lejos pudo ver cómo poco a poco se iba acercando a una muchacha con una larga melena de color azabache, y la reconoció de inmediato. Intentó ir más despacio para acercarse a ella sin asustarla, y así poder observarla mejor en la distancia. Incluso su forma de andar era bonita. Su larga cabellera le rozaba los glúteos con las puntas, y a él le pareció que los contoneaba de manera gloriosa cuando caminaba.

Daba la sensación de estar cabreada, había estado llorando, no cabía la menor duda, y, cuando notó que el coche se le acercaba, se sobresaltó y dio un pequeño brinco. Él bajó la ventanilla y le dijo:

—¿Te llevo?

Ella no quiso volver a mirar en su dirección, sabía perfectamente quién era y no le hacía ninguna gracia.

—Venga, Aletheia, no seas testaruda, te llevo a casa —le insistió desde el coche.

—Déjame tranquila —le espetó volviéndose hacia el coche con lágrimas en los ojos, furiosa.

John pisó un poco el acelerador y aparcó unos metros más adelante, en la acera de enfrente. Se bajó del coche a toda prisa y fue a buscarla. Aunque desconocía el porqué de su actitud, al menos intentaría hacerla recapacitar de alguna manera. No podía dejarla allí sola y, tal vez, lograría que abandonase la estúpida idea de no volver a verle.

—No seas cría, por favor. Vas a resfriarte, hace frío —le dijo, con una mezcla de preocupación y de rabia en la voz.

Ella seguía en silencio, negándose a mirarlo.

—¿Has vuelto a discutir con Tom? ¿Es eso?

—No se te ocurra mencionarle, ¿me escuchas? Déjalo ya. En parte, todo esto es culpa tuya.

John empezó a cansarse de su actitud. Le estaba ofreciendo ayuda, a pesar del modo en que lo echó de su casa el mes anterior. La había estado apoyando, y había seguido ahí a lo largo de los años, ¿y ahora también lo culpaba de su nefasta relación?

—No puedes seguir así. Parece que estés deseando pelearte con él, conmigo... —John intentó cogerla de la mano, pero ella la retiró en cuanto sintió que la rozaba.

—Te he dicho que me dejes, Barton —pronunció su nombre con desprecio—. ¡Tú no eres nada para mí, no quiero jugar contigo! Se acabó —le gritó—. Solo estábamos juntos porque me recordabas una parte de mí que creía olvidada. La nostalgia de volver a vivir la adolescencia en Torquay. Pero ya no soy una niña —añadió.

Ya estaba anocheciendo, y las luces de las farolas comenzaron a encenderse. Un nudo de impotencia le cerró la garganta, y entonces la empujó hacia los jardines que había junto al caminito por el que estaban paseando.

—¡¿Quién te crees que eres?! Ya me he cansado de que me uses a tu conveniencia, Aletheia.

—Suéltame, John —le exigió ella.

Forcejearon, él la llevó hacia el interior de la zona ajardinada y la sujetó contra el árbol más cercano. El olor a jazmín de su pelo, tan familiar y entrañable para él, mezclado con la humedad del lugar y la madera del árbol, empapada por las lluvias de aquella semana ya otoñal, impregnaban todo el ambiente.

—Eres mía, Aletheia, siempre ha sido así.

La besó con rabia, y aunque ella intentó revolverse, empezó a desnudarla como en tantas otras ocasiones había hecho. Con pasión y violencia. Como la última vez, de noche en la playa. Estaba seguro de que recordaría aquel momento en cuanto se dejara llevar y se relajara. Se percató de que estaba llorando, pero esperaba que se olvidara por fin de Tom y gozara de lo que estaban haciendo.

Era suya, y la sentía en cada milímetro de su ser. Lo sabía con tal certeza que cuando se enteró de que aquella había sido su última noche con vida, no se arrepintió en absoluto de haberla forzado, pues antes de que el corazón de ella palpitara por última vez, recordó con gusto que Aletheia se había ido con su olor impregnado en la piel.

13

Harry

Octubre de 2019

Hacía años, cuando Harry aún era un joven inspector, terminó por dominar el arte de la paciencia. No le había requerido tanto tiempo como imaginó en un principio, pero conforme pasaron los años se percató de que estar fuera de su hogar y, sobre todo, lejos de sus padres, le había otorgado una perspectiva diferente. Descubrió con placer que tenía un temperamento más sosegado, aunque un pepito grillo interno lo advirtiera a todas horas de que nunca podría bajar la guardia.

En cambio, desde que había vuelto a Torquay, todo lo que había logrado por sí mismo parecía haberse hecho añicos en un abrir y cerrar de ojos. Eran varios los factores que lo habían conducido de nuevo a aquel estado. Sin embargo, él siempre intentaba respirar profundamente y analizar la situación con la mayor frialdad posible. No perder los papeles era esencial para que lo tomaran en serio. Y aquel no era precisamente el mejor día para evidenciar el poco talento que aún conservaba de aquel arte que, mucho se temía, ya había perdido por completo. Del temple de antaño ya no quedaba ni rastro.

—¡Harry, por favor! —le gritó Katy desde el otro lado de la sala.

Él aún estaba asimilando lo que acababa de contarle. Hacerse una imagen general de la escena que su compañera intentaba describirle estaba resultando aterrador.

—¿Por qué narices no me avisaste?

—Me lo pidió expresamente.

—Oh, por supuesto. ¡Cómo no! Y a ti te pareció estupendo, con tal de obtener una declaración contra John —le espetó.

Estaba muy furioso con ella. En todos los años que llevaban trabajando juntos, jamás había sentido tantas ganas de perderla de vista. El sentimiento de sentirse traicionado le arañaba las entrañas.

—Harry, tranquilízate —le rogó ella, haciendo un gesto con ambas manos—. Me pidió que tampoco te lo contara después, pero le expliqué que eso sería complicado. Tú llevabas el caso... además, ¡claro que pensaba contártelo! —insistió ella—. Tenía que lograr que se sintiera segura. Si hubiese sido cualquier otra persona, no te importaría lo más mínimo, pero, claro...

—¿Estás reprochándome algo? —inquirió.

—Creo que estás demasiado involucrado.

—Tengo que proteger a Mera. —Katy levantó una ceja y él intentó arreglar aquel desastre—. Igual que al resto de civiles —añadió en último extremo.

—Ya. Pero no lo haces, ¿verdad?

Para colmo, se estaba volviendo contra él. ¿Estaba criticando su forma de trabajar en el caso?

Harry se echó las manos a la cabeza y miró a Katy con desesperación.

—Es Mera... —le dijo en un susurro.

—Lo sé —respondió ella, apenada.

Katy se acercó a Harry en son de paz y apoyó su mano en el hombro del inspector con la mayor sutileza posible.

—Yo ya sabía que montarías una buena, y ¿crees que Mera no? Estoy segura de que cuando me confesó lo sucedido, pensaba más en ti que en ella misma.

Harry negó con la cabeza y se sentó. No había nadie en la sala de reuniones adonde Katy le había pedido que la siguiese para que solo el inspector conociera aquella información, al menos por el momento. Aunque sabía de sobra que llevaba más razón que una santa, no lograba sosegarse.

—Antes de contártelo —siguió diciendo Katy— he solicitado la grabación de las cámaras del momento de la agresión. El muy imbécil lo hizo delante de su propia redacción, y en la calle de enfrente tienen instaladas cámaras de seguridad. Una pena que las del edificio las perdiéramos en el incendio. Aun así, no ha sido complicado —Harry hizo un movimiento con la mano, indicándole que siguiera—, se aprecia cómo Barton la empuja contra el coche, y acto seguido, Mera se defiende y le da una patada en la entrepierna. Él parece que le grita algo y ella se sube al coche y lo deja allí. La verdad es que es bastante estúpido hacer lo mismo dos veces seguidas.

—Entonces él no sabía que alguien lo había grabado con Aletheia. Así pues, ¿no llegó a hacerle nada más? —inquirió Harry, refiriéndose a Mera.

Su compañera negó con la cabeza, y por fin pudo respirar aliviado. En cuanto había escuchado las palabras agresión y el nombre de ella, creyó que John había llegado a terminar la jugada.

—No. En todo caso, aunque se ve claramente que forcejea con ella y que la empuja hasta el coche contra su voluntad, es Mera quien lo agrede —Katy se llevó las manos a la barbilla, pensativa—. No sé si eso será suficiente. No me malinterpretes, me alegro muchísimo de que la cosa quedara ahí, y de que ella le diera su merecido, tendría que haberle dejado los huevos hechos trizas —comentó, riéndose por lo bajo—. Aquí tienes el papel de la denuncia explicativa. Además, por lo que detalla, la estaba coaccionando en ese mismo momento con su puesto de trabajo.

A Harry le dolía cada palabra, a pesar de que se repetía a sí mismo que no había sido tan malo como esperaba. La mujer que conocía le había plantado cara y había salido del apuro de la mejor forma posible, dadas las circunstancias.

—Vale, podemos ir a su casa con una orden, ¿no? Ahora contamos con la denuncia de Mera. Podríamos reabrir el caso por reiteración de delito. O, al menos, intentarlo.

—Es complicado... sería por acoso laboral, en cualquier caso. Aunque no estuvieran trabajando en ese momento, Mera sostiene que era una cena de trabajo, al menos por su parte... los de Homicidios no pintamos nada, habría que convencer al juez de que tanto lo que le sucedió a Aletheia como lo que le pasó a ella están relacionados.

—Por eso te decía que reabriéramos el caso. Si lo englobamos como una denuncia nueva, será más complicado. Hubiera sido más fácil si hubiese testificado antes de que saliera... —añadió, sin demasiada convicción, pues él mismo no se creía su propio argumento. No podían hacer mucho con lo que tenían.

Katy se sentó enfrente de Harry y se cruzó de brazos.

—Deberíamos hablar con el comisario, a ver qué salida nos ofrece —fue lo único que se le ocurrió a su compañera en aquel momento.

Los dos policías se quedaron en silencio. Harry se levantó para sacar té de la máquina automática que tenían en la sala. Una voz interior le decía que necesitaría al menos cuatro tazas para mantener el tipo en lo que restaba de día. Empezaba a dolerle la cabeza, pero no dejaba de buscar una solución viable para el caso. Deseaba ver a Barton entre rejas con todo su ser, pero ya se le había escapado una vez, y había ganado el primer asalto. No quería que John saliera victorioso de todo en el segundo. Su reputación se iría más al traste que nunca y, eso, aunque no quisiera reconocerlo, también le importaba. Muchísimo.

Entonces, como si se lo hubieran invocado, el comisario entró como un torbellino en la sala de reuniones, con el rostro desencajado. Al inspector, aquella irrupción le dio mala espina. Se fijó en las manos sudorosas de su superior y en la camisa desabrochada, posiblemente por el calor que empezaba a hacer en el edificio debido a la calefacción. Pero aquel daba un aire mucho más dramático a su entrada.

—Os estaba buscando.

—¿Qué pasa, jefe? —respondió Katy—. Precisamente íbamos a comentarte...

El comisario la interrumpió con la mano y miró a Harry.

—Tenéis que ir a casa de John Barton, de inmediato.

—¿Cómo?

Harry se quedó estupefacto, ¿acaso había escuchado su

conversación? Demasiada casualidad. Sin pensarlo dos veces, empezó a mirar a su alrededor por si había algún micro escondido cuya existencia desconocieran todos salvo el comisario. Pero no parecía que hubiese nada.

—Acaba de llamarme Lyla. Su madre la ha telefoneado desconsolada, acaban de encontrar el cuerpo sin vida de John en su apartamento.

Harry y Katy se miraron atónitos. No contaban con aquel giro de los acontecimientos. A Harry, la cabeza empezó a irle a mil por hora. Fue enumerando mentalmente, una tras otra, a todas las personas cuya sed de venganza fuera tan grande como para matarlo.

—Pero ¿lo han asesinado? —fue todo cuanto pudo salir de la boca de Katy.

—Eso vais a tener que verlo por vosotros mismos. El equipo forense va en camino. Id echando hostias.

Katy le lanzó una mirada apremiante a Harry.

Y por una milésima de segundo, el inspector pensó que volvía a empezar desde cero, en la línea de salida, luchando contra un fantasma.

14

Harry

Octubre de 2019

¿Y si te contaran que, en algún momento de tu vida, dejarías de confiar en la persona que lo ha sido todo para ti? En tu persona. Aquella a la que encomendarías incluso tu propia existencia. Harry aún no lo sabía, pero después de traspasar la puerta del apartamento de John Barton dejaría de fiarse de la poca gente que aún era merecedora de su confianza. Estaba a punto de entrar en un declive emocional sin retorno.

El apartamento estaba inmaculado. Por eso, cuando llegaron los inspectores, el poco estropicio que había en el salón hizo que aquella circunstancia destacara sobremanera. Harry no detectaba ningún mal olor proveniente de la sala, al menos no de aquella. Sin embargo, sí le llamó la atención el desorden que podía apreciarse en el centro de la estancia, donde había una mesa de centro bajita, de cristal. Se fijó en un jarrón tirado en el suelo que, para su sorpresa, no se había hecho añicos, seguramente debido a la amortiguación en la moqueta, o tal vez porque la caída no debió de ser brusca. Harry supuso que serían ambas cosas. Por el contrario, el agua estaba por todo el suelo, y los pétalos de las peonías rosas que contenía estaban rotos y esparcidos alrededor. Sobre la mesa aún había un gran cuenco de madera a modo de frutero que contenía unas manzanas rojas, aunque este también estaba tumbado y habían caído unas cuantas por la superficie.

Katy le pasó unos guantes para empezar a inspeccionar el lugar concienzudamente. Harry se agachó a examinar la moqueta en el lugar donde había caído el jarrón, procurando no mover ningún objeto, y entonces se dio cuenta de que había rastros de sangre en ella. Estaba bastante fresca, no habrían transcurrido ni veinticuatro horas desde que la perdió su dueño. Le hizo un gesto a su compañera, indicándole que quería recoger muestras. Justo un poco más arriba, descubrió unos mechones de pelo negro azabache. El inspector levantó una ceja, confuso, era un mechón bastante abundante, como si a la persona a la que pertenecía estuviera sometida a un tratamiento de quimioterapia. Se lo apuntó mentalmente.

—¿Y el cuerpo? —le preguntó Harry al compañero oficial que se encontraba en el umbral del pasillo, y que ya había estado en las habitaciones.

—Por aquí, inspector. Aún no hemos tocado nada, y, según parece, los familiares que nos llamaron tampoco, todo está razonablemente intacto.

Harry se incorporó, y al hacerlo sus rodillas crujieron ostensiblemente. Carraspeó, tratando de disimular el ruido que acababa de producir. Katy no parecía haberse percatado, seguía impasible detrás de él, como una sombra.

El inspector llegó a la puerta que le había señalado el compañero. Ahora sí le llegaba un hedor de putrefacción, pero no era un olor a muerte ni a cadáver. Era distinto.

—¿Estaba así? —preguntó sorprendido.

—Sí. Lo han encontrado sus padres. A la señora Barton han tenido que llevársela a Urgencias para administrarle un sedante. Pobre mujer.

—No me extraña —dijo el inspector, suspirando.

Hacía media hora quería matar con sus propias manos a John Barton, y ahora que estaba viendo su cadáver, su instinto le pedía rezar por el alma endiablada del muerto. Y no es que él fuera religioso, ni mucho menos.

El cadáver estaba sentado entre el váter y la espléndida bañera de porcelana. Era un baño lujoso, que lo hacía sentirse como en la casa de su infancia, lo cual le produjo auténticos escalofríos. La escena vista desde fuera era brutal: el fiambre parecía dormido, salvo porque su cuerpo, blanco como un témpano, hacía juego con el resto de la habitación. Tenía la cara totalmente amoratada, y a su alrededor había charcos de vómito y sangre.

—¿Le han dado una paliza? —inquirió Katy a su espalda.

—Eso parece —respondió él, pensativo.

—¿Ha muerto asesinado a golpes? —preguntó su compañera de nuevo.

La pregunta quedó en el aire. Harry entró en la estancia y se acercó a lo que antes era John Barton. Se apreciaban con claridad los golpes en la cara, eran contundentes y habían sido infligidos sin contemplaciones.

—Son recientes. Las contusiones son de hace unas horas, no tienen más de un día. La cara aún está muy hinchada.

Se fijó de inmediato en sus labios resecos, como si hubiese

estado andando por el mismísimo desierto del Sahara. Bajó la vista hacia su brazo y observó el estado de su piel.

—Mierda —murmuró.

Katy levantó una ceja, confusa por no saber qué buscaba el inspector.

—¿Hay más indicios?

—¿Llevas una linterna? —preguntó él.

Ella asintió, se sacó del bolsillo una linterna minúscula y se la ofreció. Harry la cogió y con su mano izquierda le abrió la boca al cadáver.

—Mierda —repitió.

Pasó la mano por el pelo del fallecido y se llevó por delante varios mechones. Sin duda, el dueño del piso presentaba una calvicie prematura. Se levantó de nuevo y abrió los armarios que había en el baño. Ninguno contenía lo que él estaba buscando. Acto seguido, volvió a inclinarse sobre el cadáver y le examinó la cabeza. No parecía haber ningún daño en el cráneo.

Salió de la estancia sin comentar una sola palabra con ninguno de sus compañeros, que lo miraban perplejos. Harry empezó a abrir con sumo cuidado todos los armarios, cajones... y examinó hasta el mínimo recoveco del apartamento. Abrió la nevera, observó todos los alimentos y volvió a cerrarla de un portazo cuando se dio por satisfecho. Fue a la despensa y revisó minuciosamente su contenido. Para su sorpresa, justo en el mueble que había debajo de la comida no perecedera, encontró una cajita de plástico con medicamentos. También los examinó, uno por uno. Pero nada, aún nada.

—¿Qué estás buscando, Harry? —le preguntó Katy, al borde de la desesperación—. Cuéntame qué es lo que sabes para que pueda ayudarte a encontrar lo que sea que andas buscando.

Él negó con la cabeza y volvió al baño, donde se encontraba el cuerpo.

Se agachó frente al pobre diablo y le hizo un gesto con la mano a Katy para que también se agachara.

—¿Ves los labios?

La subinspectora asintió con la cabeza.

—Deshidratados. Si te fijas en su piel, está muy seca, ha llegado hasta a escamarse un poco. Eso no es propio de alguien como Barton. Acabo de husmear a fondo por toda su casa, y adivina —hizo una pequeña pausa dramática, antes de seguir con su explicación—: Tiene un montón de cremas corporales carísimas, y las utilizaba. Se cuidaba, siempre ha sido un hombre que prestaba mucha atención a su aspecto. ¿Y has visto cómo se le caía el pelo?

Katy volvió a asentir como una niña pequeña.

—Creo que intentas decirme que no murió de la presunta paliza aparente que le regalaron.

—Eso no puedo asegurarlo hasta que David no concluya su informe forense.

—¿Entonces...? De algo tienes que estar seguro, conozco esa mirada tuya. —La subinspectora se cruzó de brazos, consumida por la intriga. Parecía que Harry estaba disfrutando como un crío en un salón recreativo de los años ochenta.

—Solo me faltaba el detalle de la lengua. La tiene hinchada y no, no es por los golpes, ni siquiera se la ha mordido. Todos estos síntomas no son de una paliza..., que también se la dieron, no cabe duda. Como digo, el informe forense nos sacará de dudas acerca de cuál ha sido la verdadera causa de la muerte, pero estoy convencido de que no ha muerto por la agresión. Por otro lado, tenemos la deshidratación extrema, los vómitos y el hecho incuestionable de que está mucho más delgado que la última vez que le vimos. He observado los vasos en el fregadero, los haremos analizar, pero es evidente que no es porque no tuviera con qué hidratarse...

—No. ¡Venga ya! —exclamó ella, imaginándose la respuesta que el inspector iba a darle a continuación.

Harry intentó contener una sonrisa, pero no pudo evitarlo. Una parte de él estaba disfrutando con aquello. Sin duda, a ello contribuía la circunstancia de que aborreciera al fallecido con todo su ser, y aunque intentaba ser imparcial, aun tratándose de un agresor sexual, no podía dejar de tener la sensación de que, por una vez, podía sentirse conectado con el motivo que había llevado a su asesino a cometer semejante atrocidad.

—Sí, Katy. Creo que a John Barton lo han envenenado.

En ese preciso instante sintió un persistente hormigueo en el estómago, y lo supo: se sentía como el mismísimo Hercules Poirot.

15

Mera

Octubre de 2019

Volver a casa no había sido exactamente como Mera esperaba. Sentada en el sofá con una taza de té verde en compañía de un ejemplar excepcional de *Frankenstein* que le había traído su abuela de la librería, recibió un mensaje de Lyla. Era escueto, y al abrirlo, un escalofrío recorrió todo su cuerpo:

> Acaban de encontrar el cuerpo de mi hermano en su casa. Necesito que cubras la noticia, yo estoy cuidando de mis padres. Llévate a alguien si lo precisas. Te debo una.

Se le pasaron muchas cosas por la cabeza. La primera, como no podía ser de otro modo, fue que ella no quería hacerse cargo de aquel suceso, podía hacerlo Oliver Henderson, el chico nuevo que la había sustituido como redactora jefa, o cualquier compañero redactor del periódico, pero no ella. No obstante, imaginaba que su jefa precisaba confiarle aquel material a su persona. Después de todo, era su hermano y nadie mejor que Mera en esa oficina parecía conocerlo.

Aun así, Lyla no tenía ni la menor idea de que ella había denunciado a John horas antes. ¿Cómo iba a cubrir una noticia sobre el fallecimiento de alguien al que acababan de denunciar por agresión?

No podía contarlo.

«Joder, espero que haya sido de muerte natural», pensó Mera, abrumada por lo que significaría que no fuese así.

Al momento, su cuerpo se relajó. John Barton había muerto, y aunque no quisiera reconocerlo, a partir de ahora respiraría más tranquila. Esa era la realidad.

Cerró el libro, dejó la taza de té en la cocina e intentó subir las escaleras todo lo rápido que sus piernas le permitieron, hasta el dormitorio de su hermana. Sus abuelos acababan de salir a dar un paseo, así que podía ahorrarse las explicaciones de por qué regresaba de nuevo al trabajo como una obsesa, pues ya solían tacharla de neurótica, como mínimo.

Golpeó apresuradamente la puerta de su hermana con los nudillos, y antes de que esta le diera permiso la abrió de par en par, se ajustó el audífono de manera inconsciente y le dijo:

—Emma, Lyla acaba de enviarme un mensaje: debo salir inmediatamente a cubrir una noticia. ¿Vienes conmigo?

La aludida levantó una ceja a causa de la sorpresa y sonrió. Mera la encontró sentada en su cama, con un libro de texto abierto y sujetando el teléfono móvil con ambas manos.

—¿Te ha pedido que vaya?

—Sí —respondió, mintiendo a medias—. Sola, me va a llevar más tiempo, y así me ayudas a sacar alguna foto.

—Pero ¿qué ha pasado? —respondió Emma mientras se levantaba de la cama y buscaba una chaqueta en el armario. Sacó una negra de cuero—. Joder, estás blanca Mera.

—Es John Barton.

Emma resopló.

—¿Qué ha hecho ahora el hermanito mayor?

—Acaba de morir —le anunció Mera.

Al instante Emma puso unos ojos como platos y dibujó una «O» de sorpresa con la boca.

—¿Qué me dices? —preguntó atónita la pequeña, con una voz de colegiala cotilla.

Mera asintió con la cabeza y le indicó que se apresurara con un gesto mientras bajaba las escaleras a toda velocidad. Su hermana la siguió lo más rápido que pudo. Miró por la ventana y vio unos nubarrones a lo lejos, así que antes de salir cogió su chubasquero amarillo. Al ponérselo, le vinieron a la mente algunos flashes del mes anterior. No eran precisamente agradables, así que necesitaba librarse de ellos lo antes posible. Sacudió la cabeza de izquierda a derecha, como si así fuese más fácil.

—Mierda —murmuró Mera.

—¿Se te olvida algo? —le preguntó Emma.

—No. Acabo de recordar que alguien debería avisar a Luca...

Emma resopló. El breve instante de calma que acababan de compartir se esfumó en cuanto mencionó al pequeño de los Moore.

—Pero si ya no se hablaban, ¿no? —fue más una afirmación que una pregunta.

Su hermana sabía perfectamente la respuesta. Esa historia ya se la había contado Mera, justo cuando Harry metió en la cárcel a John por violar a Aletheia. Cuando aún podía contarle cualquier cosa. Recordó aquella escena con ternura. Emma siempre había sido su mayor confidente, y sintió una pequeña e invisible punzada de dolor al rememorarlo.

—No importa, Luca debe saberlo.

Sus palabras sonaron más sombrías de lo que esperaba, pues debió de imaginarse el disgusto que Luca se llevaría cuando conociera la noticia; después de todo, habían sido como hermanos durante toda su vida. Pero Emma captó a la primera la respuesta de su hermana solo con mirarla a los ojos. La pequeña asintió, dando por terminada la conversación, y cerró la puerta de casa sin mirar atrás.

La sensación de angustia no desapareció al llegar a la casa del antiguo director del *Barton Express*; al contrario, se acrecentó.

Había coches de policía fuera del magnífico edificio que transmitía una imagen de grandeza y lujo. Mera hizo lo de siempre, cogió la cámara, el bloc de notas y salió del coche. Las hermanas se miraron entre sí antes de decidirse a entrar en el edificio.

—¿Seguro que estás bien? —le preguntó Emma, intranquila.

No sabía si su hermana había dejado el rencor a un lado por el morbo de la situación, o si su cara desencajada y traspuesta obedecía al giro de los acontecimientos. Fuera lo que fuese, realmente lo agradecía. No quería decir nada que pudiera estropearlo.

Mera tragó saliva y asintió. Su cara estaba cerca de parecerse al mármol traslúcido. No se encontraba nada bien, aquello parecía un *déjà vu* constante. De nuevo, una noticia sobre una muerte —fuera o no fuera un asesinato— en poquísimo tiempo.

Justo cuando las dos cruzaron el umbral de la puerta principal varias personas cargaban con una camilla y el cuerpo tapado de la víctima. A la derecha, Mera reparó en la presencia del portero del edificio, que dejó escapar pequeño grito ahogado al presenciar la escena. El hombre tenía aspecto de desmayarse en cualquier momento. Las dos hermanas se apartaron para dejar paso a los agentes y, antes de que volvieran a entrar, apareció una sombra familiar.

—Mera —dijo Harry sorprendido—. ¿Qué haces aquí? ¿Estás bien?

La sorpresa hizo que ella enmudeciera. No era tonta, sabía a la perfección que, si se presentaba allí, se encontraría al único inspector de Homicidios que tenía Torquay. Por eso el *déjà vu* aún resultó más vívido.

—Claro, ¿por qué no iba a estarlo? —respondió a la defensiva.

La subinspectora Andrews apareció detrás del inspector. Su cara también reflejaba consternación por verla allí junto a su hermana. En ese momento fue consciente de que Harry ya estaba al tanto de lo que Mera le había confesado a su compañera unas horas antes, de ahí su repentina preocupación al verla allí plantada.

Harry movió la cabeza de un lado a otro, como si estuviera descartando ciertos pensamientos o argumentos que darle a la periodista.

—Perdona, es que no te esperaba —le respondió, aún confuso.

Katy se adelantó y se situó delante de su compañero, interponiéndose entre la chica y él.

—¿Entiendo que venís a cubrir la noticia?

Emma asintió.

—Nos ha mandado un mensaje Lyla Barton.

—En ese caso venís en calidad de periodistas, y ahora mismo no os podemos decir mucho. Como bien sabéis, aún queda el examen forense y muchas otras cosas por hacer.

—¿Algo que destacar? ¿Se sabe la causa de la muerte?

Katy negó con la cabeza sin darle la posibilidad a Harry de que hablara.

—El cuerpo de John Barton ha sido hallado en su domicilio. Tiene claros signos de deshidratación crónica, pero aún no sabemos mucho más. Su cuerpo todavía está caliente, ha tenido que fallecer hace unas pocas horas.

Mera apuntó todo rápido en su bloc de notas, aunque más bien parecía que estuviera haciendo garabatos. Por su parte, Emma sostenía el móvil y grababa lo que decía la subinspectora.

—No podemos dar más detalles. Entiendo que la propia familia de la víctima es la que quiere esclarecer todo este asunto lo antes posible, dudo que Lyla os hubiese avisado tan rápido si no fuese así. Pero no podemos deciros mucho más.

Harry carraspeó, recomponiéndose.

—Una vez que tengamos el informe forense podremos hacernos una idea de lo que ha pasado... —El inspector se acercó a Mera, con las manos en los bolsillos, y le comentó en voz baja—: ¿Puedo hablar contigo un momento a solas?

Tardó un poco en reaccionar. Harry le había hablado en susurros, y entonces se dio cuenta de que, si no se hubiera fijado en sus labios, habría tenido que pedirle que repitiera la pregunta. De repente se sintió muy frustrada al reparar en que, si echaba la vista atrás, estaba claro que ya hacía tiempo que estaba más pendiente del movimiento de la boca de las personas que de sus ojos o de cualquier otra parte de su cuerpo cuando se dirigían a ella. Y eso iba en detrimento de su capacidad de observación. Jamás perdía detalle de nada, y era muy buena analizando a las personas, por eso siempre había pensado que era buena periodista, percibía cosas que a otros se les pasaban por alto.

Emma miró a su hermana, como si estuviera esperando a que le diera permiso para apartarse y dejarle espacio. Ella asintió y Emma se dirigió hacia el coche. Katy la siguió, pero no sin antes susurrarle a Harry si estaba seguro de lo que hacía. Este hizo un aspaviento con la mano para que lo dejara en paz. La subinspectora resopló y también se marchó hacia el coche.

—¿Qué quieres, Harry?

—¿Por qué? —dijo este bastante afectado.

—¿Por qué qué?

—Por qué narices no me lo contaste, Mera. En cuanto te pasó, por qué narices no viniste a mí.

El colmo. Aquello era el colmo, ¿todo se basaba en no haber ido a contárselo como una damisela en apuros? La mirada de consternación de Harry lo hacía parecer mayor de lo que era. Estaba agotado y cabreado.

—Precisamente por esto. Eres la última persona a la que se lo hubiese contado.

Y con aquella frase, ella supo que había ido directa a su estómago, porque el semblante de él se ensombreció al instante.

—Podría haber ayudado, podría, no sé...

—No podrías haber hecho absolutamente nada —le replicó—. Tú decidiste alejarte de mí hacía tiempo, Harry. Para lo bueno y para lo malo, todo esto es consecuencia de tu decisión. No puedes pensar ni por un momento que acudiré a ti para pedirte ayuda cuando me apartaste de tu lado sin tan siquiera darme una explicación. Me conoces lo suficientemente bien para saber que esa no soy yo.

—Y te conozco. Por eso sé que eres capaz de poner tu vida en peligro por otra persona o por un buen artículo. Por denunciar cualquier cosa que sea despreciable. Y esto lo es —le dijo, sacándose las manos de los bolsillos y señalando al vacío—. Lo que te hizo había que denunciarlo. No en tus artículos, pero sí a nosotros. Igual que tú impartes justicia comunicándoselo al mundo, nosotros también lo hacemos a nuestra manera.

—Y cuando me sentí preparada lo hice. Acudí a Katy. —Mera suspiró y miró a Harry con pena—. Lo que te molesta es que se lo haya contado a ella y no a ti. No la denuncia en sí. Tu ego...

—Esto no va de mi ego. Eres tú, Mera, le prometí a mi abuelo que cuidaría de ti.

—Ah, perdona, ¿entonces soy una promesa? Tranquilo, puedo cuidarme sola, y si necesito ayuda, tengo a gente que me quiere muy capaz de hacer lo que sea por mí.

—¿Quieres hacer el favor de tranquilizarte? No todos pueden mantenerte a salvo. A John Barton lo han asesinado, y tú lo denunciaste hace unas horas junto con Luca. Por cierto, ¿dónde está Luca?

Mera se había olvidado por completo de él. Estaba tan enfrascada en los últimos acontecimientos que Luca había salido de la ecuación. Se fue muy afectado después de la confesión, y cuando intentó llamarlo antes de llegar a la casa de Barton no le cogió el teléfono.

—No lo sé. Creía que había vuelto a su casa, no me coge las llamadas.

Harry miró con cara de pánico a Mera.

—Espera. —Ella lo agarró de la solapa de la gabardina antes de que se diera la vuelta y lo atrajo hacia sí—. ¿Acabas de decirme que lo han asesinado?

Entonces Mera pensó que el destino estaba volviendo a jugar una maravillosa partida de ajedrez, y que ellos eran los peones.

16

Luca

Octubre de 2019

El teléfono móvil sonó un par de veces mientras llegaba a casa. Sus manos temblaban de forma violenta, y sujetaba el volante con una fuerza inusual.

La mezcla de adrenalina y confusión que corría por su cuerpo no le permitía realizar ningún otro movimiento que no fuera el de conducir. ¿Acaso había pestañeado en algún momento mientras caminaba desde la casa de John hasta el coche? Estuvo dando vueltas sin parar durante lo que a él le pareció un abrir y cerrar de ojos; sin embargo, pudieron ser horas. No sabría decir cuánto. El concepto del tiempo había desaparecido para él, por eso no recordaba en qué momento decidió poner rumbo hacia su casa. Una vez que llegó y aparcó, se fue directo al baño.

Su cuerpo seguía sufriendo pequeños espasmos mientras caminaba. Cuando entró en la habitación le llegó a la nariz el olor a limón de la limpieza matinal. Miró el jabón que había encima del lavabo y agradeció que la pastilla estuviera casi entera. Abrir el grifo le provocó un intenso dolor. Metió las manos en el agua congelada. Se examinó detenidamente los nudillos inflamados. Se frotó las manos lo más fuerte que pudo con la pastilla, como si hubiera bacterias metidas en cada poro de su piel. No le importaba lo más mínimo que la fricción estuviera resultando más perjudicial para las heridas, mientras le proporcionase el alivio que necesitaba.

¿Cómo había podido, lo había ma...?

Intentó quitarse esa idea de la cabeza, sacudiéndola instintivamente. Deseaba pensar que había sido una pesadilla, pero el dolor era real, seguía ahí, en sus manos enrojecidas. Apenas podía notar el contacto del agua.

¿Así era como se sentían los asesinos tras cometer un delito? No, era innegable que a ellos la situación los reconfortaría, y experimentarían una subida de adrenalina que en nada se parecía a lo que él estaba sintiendo. Él, por el contrario, estaba aterrorizado. Se había dejado llevar por una ira desconocida. Mientras iba asestándole un golpe tras otro a John, sin el menor reparo, vio pasar ante sí los años de rencor y odio que había ido acumulando desde que era un niño.

En un momento de lucidez, al mirarse en el espejo, se fijó en su ropa. Lejos de reconocer al individuo que tenía enfrente, reflejado en el espejo, y que le devolvía la mirada, observó que llevaba la ropa cubierta de sangre. El jersey azul, e incluso la chaqueta, que no se había quitado en ningún momento mientras estuvo en casa de John, ni tampoco al entrar en su casa. El terror se iba apoderando poco a poco de él, conforme estudiaba su atuendo.

Le venían algunos flashes: John riéndose mientras él lo

golpeaba, él asestándole puñetazos cada vez más fuertes. Y después, su cuerpo tendido, casi inerte. No comprobó si estaba consciente o si se había desmayado. Simplemente, cuando una voz interna —bastante parecida a la de Mera, hasta el punto de que habría podido jurar que ella estaba allí presente a juzgar por la viveza de su tono— le pidió que detuviera aquella locura, se levantó y se fue dando un portazo, lleno de rabia.

Una vez que estuvo seguro de haberse limpiado bien la sangre de las manos, fue a la cocina y se quitó la chaqueta y el jersey. Como estaba exhausto, y también era presa del pánico, en vez de meterla en la lavadora, prefirió tirarla a la basura. Ya cogería la bolsa más tarde y la llevaría al contenedor para deshacerse de las prendas.

Dio media vuelta y sujetó con torpeza la cajita de pastillas que guardaba en la cocina. Desde el incendio en el *Barton*, había estado tomando somníferos recetados por su médico para poder conciliar el sueño a consecuencia del trauma sufrido.

Le habían aconsejado encarecidamente que fuese a terapia, por su bien y por el de quienes estaban a su alrededor, pero se negó con obstinación. Solía decirse a sí mismo que aquel sentimiento de tristeza y de impotencia terminaría por desaparecer, tal como ocurrió muchos años atrás con su infancia. Logró sobrevivir, al fin y al cabo, y llevar una vida normal, e incluso con cierto éxito en el trabajo. Seguramente terminaría pasándose con el tiempo, porque el tiempo todo lo cura tarde o temprano.

A la espera de que eso ocurriera, el bote de pastillas era su gran aliado cada noche antes de irse a dormir, pues lo ayudaba a reprimir las pesadillas que regresaban una y otra vez.

Por eso le pareció una buena opción tomarse una dosis mayor de la recomendable, para así poder tranquilizarse y entrar en un sueño profundo que lo desconectase del mundo durante un tiempo. Daba igual si eran horas, días o semanas. Entonces, cuando volviera a abrir los ojos, aquello solo sería un mal recuerdo perdido en su memoria.

No miró el reloj, no prestó atención a su teléfono, y tampoco se preocupó en absoluto de si había ingerido más pastillas de la cuenta porque eso podía significar no volver a despertar en aquel infierno.

17

Harry

Octubre de 2019

Harry permaneció sumido en sus reflexiones durante largo tiempo. Para él existían dos clases de personas en el mundo: aquellas por las que merecía la pena quedarse y aquellas de las que, en contraposición, tenías que alejarte a toda costa, por pura supervivencia.

Él siempre había pensado que pertenecía a la segunda categoría, y que el mejor amigo de Luca, que había ejercido de hermano por él todos los años en que había estado ausente, era de los primeros. Resultaba irónico pensar que llevaba toda la vida engañado. Al final era cierto aquello de que las apariencias, al fin y al cabo, terminan engañando.

La familia Barton no estaba muy lejos de poder compararse con la suya, aunque era bien cierto que la de él seguía siendo el broche de oro.

Le producía escalofríos reconocer que, en parte, le alegraba la muerte de John Barton. Qué narices, le alegraba tanto que se sentía excitado, y no por uno, sino por varios motivos. El primero era que Mera no tendría que volver a verle la cara a ese impresentable. El segundo, algo más egoísta, surgía de los celos que le tenía, aunque hasta ahora no se había permitido malgastar su tiempo pensando en ello ni un solo instante. John, el hermano postizo perfecto, hacía tiempo que ya no respondía a esa definición, lo cual arrojaba un rayito de esperanza en lo referente a reanudar su relación con Luca en un futuro. Por último, le había proporcionado un caso de envenenamiento en la propia ciudad de Torquay. Ya había resuelto unos cuantos antes, pero no tener que llorar a la víctima lo hacía más divertido, y, además, poder disfrutar de un caso digno de una novela detectivesca le había levantado el ánimo como no recordaba en muchos meses.

¿Era inapropiado? Sin duda alguna. Pero Harry siempre había sabido que era así, como bien recalcaba una persona de esas con las que era mejor mantenerse a distancia.

Salió de su ensoñación en cuanto observó a Katy ofreciéndole una infusión a la señora Barton. Ella y su marido habían acudido para prestar declaración sobre lo que se habían encontrado en la casa. Lyla, su antigua compañera, estaba al lado de su madre, que parecía inconsolable. El señor Barton, sin embargo, tenía una expresión apacible. Incluso se lo veía descansado. Como si se hubiera quitado un peso de encima en el mismo momento en que encontró a su hijo inerte en el suelo de su baño.

No obstante, aquello no se le hizo raro a Harry. Sabía que el señor Barton carecía de sentimentalismos, incluso con su familia.

Torquay estaba lleno de hombres con los bolsillos llenos de dinero, poderosos y de corazón tan gélido como vacío. Uno más que añadir a la colección.

Katy salió de la sala con el rostro contraído, cruzó los brazos y le dijo a Harry:

—Esto sí que no nos lo esperábamos.

—Hay que ponerse en marcha ya —decidió el inspector sin quitarles el ojo de encima a los padres—. Quiero una lista de todas las personas que hayan entrado y salido de su apartamento. De cada una de las personas que lo han visto desde que salió del juzgado. El portero podría darnos esa información, estoy seguro.

Katy asintió.

—Sus padres han ido a verlo una vez a la semana, pero no saben mucho más de lo que hacía o dejaba de hacer. Su madre asegura que llevaba ya una semana enfermo con una especie de gastroenteritis, estaban preocupados porque no mejoraba.

Harry arqueó una ceja.

—Eso es interesante.

—Puede que nos dé muchas pistas sobre cuándo empezó el envenenamiento.

—Katy hizo una pausa y miró a su compañero con una mueca burlona—; si es que lo hay, claro.

—Nos jugamos lo que quieras.

Katy se rio por lo bajo.

—Mejor no, que suelo salir perdiendo. Estás muy seguro —afirmó ella.

—Lo estoy. Ya les he dicho directamente a David lo que busco, aunque estoy seguro de que él me lo diría sin que yo lo pusiera sobre aviso. Y los de la científica están investigando cada rincón de la casa. No se nos puede escapar nada.

—Parece que John Barton te importa mucho —comentó Katy, intentando sonar lo más irónica posible.

—Todos importan —mintió él.

—Sí, pero en este caso no por los motivos más puros.

Harry sonrió. Su compañera llevaba razón. La verdadera explicación era que la persona que había cometido el asesinato, lo había privado a él de impartir justicia. Y eso le hervía en las entrañas. No haber podido mirarlo a los ojos mientras lo encerraba sabiendo lo que pretendía hacerle a Mera. Lo que le hizo a Aletheia.

Era imperdonable.

—¿Has avisado a Luca? —le preguntó Katy, sacándolo de sus pensamientos.

Harry negó con la cabeza.

—Si el periódico va a dar la noticia, supongo que será Mera quien se lo anuncie —aventuró Harry. Le tranquilizaba saber que no tenía que ser él quien le diera la noticia a su hermano, pero, aun así, tampoco le agradaba la idea de que tuviera que hacerlo Mera.

—Sabes que hay que volver a interrogar a la señorita Clarke, ¿verdad?

—Ella no ha sido —respondió escueto. Katy suspiró.

—Lo sé. Pero puso la denuncia hace unas horas... Si fuese otra persona la tendríamos en el punto de mira encabezando la lista.

Harry le lanzó una mirada cargada de reproches. Katy tenía razón, pero él llevaba un mes intentando no meter a Mera en todo aquello, y cuanto más lo intentaba, menos funcionaba. Era como si todo lo que hiciera por ella estuviera destinado al fracaso. Intentó ahuyentar aquel pensamiento sacudiendo la cabeza.

—Vamos a hacer una cosa. Yo hablaré con el portero, y tú, con Mera. A partir de ahí sacamos algunas conclusiones mientras esperamos autopsia y los análisis de la científica.

Katy asintió, y en ese momento, apareció Lyla, su antigua compañera del cuerpo, en la puerta. Tenía los ojos cansados y algo enrojecidos.

—¿Cómo estás? —le preguntó Harry, sintiéndose ridículo por lo que acababa de decirle.

Lyla hizo un mohín, intentando librarse del nudo que le oprimía la garganta impidiéndole hablar, y por fin les dijo, sin dejar de mirar a sus padres:

—Supongo que no es lo ideal que encuentren a tu hermano muerto en su propio baño y lleno de golpes.

Dicho lo cual, volvió la cabeza de nuevo hacia sus compañeros, con lágrimas en los ojos. Harry se percató al instante de que, a fin de cuentas, todo se resumía en que John Barton era el hermano de alguien, el hijo de alguien, el amigo de alguien... Que fuera un ser despreciable, y que no fuera de su agrado, no presuponía que los demás sintieran el mismo alivio que él por su repentina muerte. Había personas a las que él mismo apreciaba y que pasarían un duelo por aquella muerte. Una muerte de la que él en gran medida se había alegrado íntimamente hasta ese momento, aunque ahora ya no lo veía tan claro.

—¿Estabas con tus padres, Lyla? —le preguntó él.

Ella negó con la cabeza. Su respiración sonaba entrecortada. Harry se fijó en que su pecho se movía de manera arrítmica, sacudido por espasmos casi imperceptibles.

—Yo estaba con Dana, nos encontrábamos en el Blue Walnut Café tomando algo, unos amigos de ella tocaban allí. Mi padre fue el que llamó. Al parecer, mamá estaba en *shock*. Dejé a Dana allí, aún no tiene ni idea de lo ocurrido.

Harry lo anotó mentalmente.

—Entonces fui corriendo a casa de John —siguió explicando—. Mi padre ya había llamado a Urgencias y a comisaría. Yo me llevé a mamá para que la examinaran, en cuanto llegó al hospital no pudo dejar de llorar. —Lyla se secó las lágrimas con su jersey de punto de color verde, como si fuera una niña pequeña—. Pedí que le dieran algo para los nervios.

Harry y Katy asintieron con pesar. El desconsuelo de una madre al perder a un hijo es eterno. El inspector sintió una pena profunda al mirar a la señora Barton. La había visto en contadas ocasiones. Alguna vez, de pequeño, recordaba que le pareció una mujer elocuente y cariñosa. Tenía un halo que atraía a la gente. Por eso, en aquel momento, observando la evidente congoja y el dolor que reflejaba su rostro, empezó a sentir empatía por su angustia.

Recapacitó, y a pesar de lo que había pensado desde que vio el cuerpo sin vida de John Barton, reconoció que nadie merecía morir así. Y aquella imparcialidad se le atragantaba.

18

John

Septiembre de 2019

Eran las cinco de la tarde cuando John se enteró de la noticia. Contra todo pronóstico, aún no había derramado ni una sola lágrima. En cierto modo, había llegado a plantearse si sería por el simple hecho de tener miedo a que su propio pellejo estuviera en peligro o porque en realidad estaba en *shock*. Bien podría ser una mezcla de las dos cosas.

Su apartamento le pareció mucho más frío que de costumbre. Se acercó a la cocina y retiró la tetera del fuego que había puesto a hervir unos minutos antes de recibir la fatídica llamada. Si no fuese porque el dichoso cacharro empezó a maullar como un gato desvalido, se habría olvidado por completo.

Incluso el té, que era un Earl Grey, tan tradicional y genérico entre los ingleses, solo le recordaba a ella. Siempre lo tomaba con un poco de leche. Miró la bolsita de té con rabia y la tiró a la basura.

—Esto es una estupidez —dijo en voz alta. Nadie iba a escucharlo, de todos modos. Por lo general estaba solo la mayor parte del tiempo que pasaba en casa.

Suspiró y comenzó a plantearse que la culpa era de la propia Aletheia. Por haberse escondido y por oponer resistencia al amor que él le ofrecía a todas horas, desde que se conocieron.

Estaba cabreado con ella, pero era inevitable pensar que el causante de todo podría ser él. John negó con la cabeza, tratando de apartar aquel pensamiento de su mente. Fue hasta el vestidor contiguo a su espaciosa habitación y sacó un traje gris recién recogido de la tintorería.

Mientras se vestía, en su memoria empezaron a emerger los recuerdos de aquella noche. Recordó lo excitado que estaba cuando empotró a Aletheia contra el árbol al tiempo que le bajaba la ropa, mientras ella se negaba tercamente a que le hiciera aquello con lo que siempre disfrutaba tanto. Como una adolescente boba, sin acabar de decidirse por lo que realmente deseaba.

Necesitaba dejarle claro que no tenía otra opción. Después de tantos años, era a John a quien necesitaba. A fin de cuentas, siempre acababa llamándolo cuando más deprimida estaba. Él era su salvavidas y, aquella noche, cuando la vio llorando mientras paseaba en la oscuridad tenía que volver a serlo. Porque eso era él para ella, el parche para tapaba sus heridas cuando le escocían por el roce.

Pero esta vez opuso demasiada resistencia, y al terminar John, ella quiso quedarse allí descansado, él se imaginó que saboreando el momento pasional que acababan de vivir —o, al menos, de eso se convenció a sí mismo para dejarla allí, exhausta—, pensando en todo lo que él podía ofrecerle, cosas que Tom ni en sueños podría darle. Pero ella le había fallado.

Se le antojaban demasiados motivos por los que no debía seguir con Tom. No solo por el hecho de que no lo amaba. Aletheia, tenía muchos más puntos en común con él: se conocían desde hacía años, los dos vivían cómodamente, respaldados por una gran fortuna. Mientras que su patético novio trabajaba en un hotel. Existían diferencias irreconciliables, sin duda alguna.

Y, aun así, de alguna forma, todo había acabado volviéndose en su contra, y en cuanto Aletheia dejó de dar señales de vida, empezó a asustarse. Al principio, creía que necesitaba reflexionar sobre la intensa experiencia de la última noche. Pero más tarde, al ver que no había ido a su casa, comenzó a preocuparse. Bien era cierto que procuraban no llamarse por teléfono, y apenas se enviaban mensajes. Así no dejaban rastros de lo que hacían a espaldas de los demás. Pero al no tener noticias de ella transcurrida una semana, empezó a desquiciarse. Fue a su casa y comprobó que ella no estaba, aunque sí su vehículo.

John regresó inmediatamente a su apartamento, tenía que averiguar dónde estaba cuanto antes, pero sin parecer un acosador, para que después ella no se lo recriminara. Simplemente estaba preocupado, y sus temores se vieron confirmados al poco rato, después de haber puesto la dichosa tetera, cuando su hermana Lyla, cual topo infiltrado en la comisaría, le dio la primicia de que habían encontrado su cuerpo junto al campo de golf. Justo donde habían estado juntos por última vez.

Por descontado, Lyla no tenía ni idea de que él mantenía relación con la víctima. Solo quería que el *Barton Express* publicara la noticia antes que el otro periódico local.

Ahora John tenía la baza del conocimiento.

«La información es poder».

Su padre se lo decía constantemente, y hasta ese momento no se percató del verdadero significado de aquella expresión.

Una vez trajeado, cogió el teléfono, las llaves y salió del apartamento. Le pareció que el ascensor tardaba una eternidad, y cuando por fin llegó, le dedicó una retahíla de insultos a la máquina.

Una vez abajo, en cuanto se abrieron las puertas del ascensor, le llegó un olor a barro. El ambiente seguía húmedo por las recientes lluvias. Colin, el portero del edificio, lo saludó alegremente. John se llevaba muy bien con todo el personal, y con este en particular; pensaba que era un pobre diablo que había sido maldecido con un trabajo que le consumía media vida. Así que, de vez en cuando, lo invitaba a un buen vino o le traía un libro decente para que tuviera con qué entretenerse allí sentado.

«Nunca se sabe cuándo vas a necesitar un favor de alguien». Esa era otra de las enseñanzas de John Barton padre.

Ya en el coche, no lograba encajar la llave en el contacto a la primera, ni a la segunda. Hicieron falta hasta cinco intentos para introducir la endemoniada llave. Cuando por fin lo logró, suspiró e intentó relajarse.

Nadie sabía de su relación con Aletheia y, mucho menos que mantenían encuentros casuales. Así que puso el manos libres y habló con una voz firme y grave, que ya creía haber perdido.

—¿Señor Barton? —se escuchó al descolgar al otro lado.

—Buenas, Conrad —lo saludó, tuteándolo—. Ahora mismo voy de camino a Bristol para verte. Llegaré al anochecer. Tengo la esperanza de que me recibirás con una buena copa.

Se hizo un pequeño silencio al otro lado.

—¿Teníamos alguna reunión hoy? No me aparece en la agenda —dijo a su interlocutor con cierto desespero.

—No, amigo, no estaba planeado. Pero necesito de tus servicios como letrado. Tengo unas dudas urgentes y necesito —volvió a recalcar la palabra «necesito»— tus conocimientos. Prometo que te compensaré por esta inapropiada urgencia.

Conrad Rogers, el abogado de la familia Burton desde siempre, y también su abogado desde hacía ya unos cuantos años, no podía por menos que titubear ante tal descaro. John se imaginaba que le habría estropeado algún plan que tendría bien organizado para aquella noche, pues era un tipo metódico y le encantaba programar sus citas con antelación. Pero, a fin de cuentas, le pagaba bien y sabía que tanto él como su bufete trabajaban codo con codo para el *Barton Express*. Y no era que no se lo pasaran bien juntos, todo lo contrario.

Era un tipo estricto, y eso era lo que más admiraba John de él. Le hacía bien contar con alguien tan serio en su trabajo, y le gustaba rodearse de ese tipo de personas. Igual le pasaba en la redacción con la señorita Clarke.

—Está bien, no te preocupes. Cancelo un par de cosas —respondió Rogers, ya más relajado—, más te vale que sea una buena recompensa —dijo entre risas.

John sonrió al escucharle.

—No lo dudes, amigo.

John colgó el teléfono. Ahora solo le quedaba llamar a la redacción y decir que no estaría en unos días. Aunque no era un problema, dejando a Mera al cargo, él se quedaba más que tranquilo. Miró la hora y supuso que ella ya no estaría en la redacción, pero aun así marcó el número fijo de la oficina.

—¿Clarke?

—No, soy su ayudante, Daniel Wayne.

—¡Ah! El becario. Perdona, Daniel, soy John. Imagino que no estará Mera en la oficina, ¿cierto?

—No, señor, se fue hace ya un rato. —Notó cierto resquemor en su voz, pero se lo pasó por alto.

—Pues, chico, necesito que la localices y le des un recado urgente...

Bien podría haber llamado al móvil personal de Mera, pero no quería que pensaran que se trataba de algo más que un «contratiempo de trabajo».

En cualquier caso, su dilema no era en absoluto el periódico. Disponía de un par de horas para pensar cómo decirle a Conrad que la policía de Torquay había hallado el cadáver de su amante —si es que se la podía llamar así— junto al campo de golf y, peor aún, que esa misma noche habían tenido sexo entre unos arbustos, y que él se marchó solo, dejándola justo en el mismo lugar donde habían encontrado el cuerpo.

Estaba convencido de que no la había matado, puesto que seguía respirando, y reaccionó cuando él se fue. No tenía la impresión de haberla forzado, ni mucho menos. Pero nadie le aseguraba que los demás pensaran lo mismo.

No podían culparlo de nada, él no era un asesino ni un agresor. Solo podía reprocharse haberla amado sin recibir nada a cambio.

19

Mera

Octubre de 2019

Cuando Emma se arrojó resoplando sobre el sofá de casa después de pasarse largas horas en la redacción junto a Mera, la redactora jefa sintió que el cansancio empezaba a ascenderle desde los pies hasta la coronilla.

Un escalofrío le recorrió el cuerpo al notarse la pierna tirante y la piel dolorida. Sin embargo, aquella desagradable sensación desapareció por un momento en cuanto percibió un aroma proveniente de la cocina. Mera arrugó la nariz e inspiró profundamente.

—Emma, dime que eso que huelo es el *shepherd's pie** del abuelo —le comentó a su hermana con los ojos brillantes de apetito.

* *Shepherd's pie*: plato inglés tradicional. Traducido como «pastel de pastor» o «pastel de cabaña» consiste en carne picada cocida cubierta con puré de patatas. Este plato tiene muchas variantes, pero los ingredientes que lo definen son carnes rojas y cebollas en salsa, con un aderezo de puré de patatas.

Su hermana no pudo por menos que sonreír al verle la cara y asintió con la cabeza.

—¡Abuelo! —gritó Emma, que seguía tirada en el sofá—, dinos que ese olorcillo es de uno de tus maravillosos *shepherd's pie*, o a tu nieta la mayor, esa que va de responsable y roza la treintena —especificó— le puede dar una rabieta.

El abuelo Steve salió de la cocina con el delantal puesto. Sin duda los años se iban notando en su forma de caminar y en las arrugas cada vez más pronunciadas de su rostro. Pero la vitalidad que desprendían sus ojos anunciaba todo lo contrario. Sonrió al verlas en el salón.

—Con este olor, la duda ofende —dijo, simulando una regañina—. ¿Adónde habéis ido? —les preguntó al tiempo que se quitaba el delantal—. Mientras el pastel está en el horno, voy a hacerte las curas, *honey*, y así me ponéis al día.

—¿Qué ha dicho? —le susurró Mera a su hermana, un poco avergonzada. No quería tener que pedirle a su abuelo que le hablara más alto de lo normal cuando estaba a cierta distancia.

—Que te va a curar de nuevo, mientras le contamos nuestra maravilla de tarde —le dijo esta con suavidad, haciéndose cargo de la situación.

Mera miró a su hermana, no tenía fuerzas para contarle a su abuelo lo sucedido. Emma asintió, asumiendo el peso de la conversación que vendría de inmediato. La abuela también entró en el salón y las besó a ambas en la frente. Se sentó al lado de Emma y cogió *Persuasión*, el libro de Jane Austen que le tocaba releer esa semana.

Cuando el abuelo se sentó y empezó a desvendar a Mera, su hermana pequeña empezó a relatarle la tarde tan surrealista que habían vivido. Su abuela dejó el libro de inmediato y, boquiabierta, no paró de soltar expresiones como «¡santo cielo!» o «¡pobre familia!». Mera quería explicarles que no tenían nada de «pobres» y que, en cierto modo, seguramente John era culpable de lo que le había pasado, puesto que ella bien sabía que no era trigo limpio.

—Entonces, Harry vuelve a llevar otro asesinato en poco más de un mes —dijo el abuelo mientras terminaba de limpiarle las heridas a Mera, que ya estaban casi cicatrizadas.

—Sí, aunque se le escapó mientras hablaba conmigo. Ya sabes que el procedimiento normal es esperar a la autopsia. No pueden hacer mucho más que teorizar en función de lo que hayan visto en la «escena del crimen». —Esto último lo dijo trazando unas comillas en el aire con los dedos.

—Tiene información privilegiada —dijo Emma entre risas.

—Aun así, esto resulta bastante perjudicial para el turismo de la ciudad. Es cierto que ya no es verano, pero en plenos festejos de Halloween... la gente no va a querer Torquay como destino para pasar unos días por la costa de Devon, habiéndose cometido dos asesinatos en estos meses —respondió la abuela pensativa—. Seguro que prefieren Brixham, Paignton...

—O no —repuso Emma muy convencida—. Es Halloween, la gente es muy morbosa, abuela. A lo mejor quieren acercarse a Torquay precisamente por eso... —Se levantó, fijó la vista en un horizonte imaginario e hizo un gesto dramático con las manos—. La ciudad de los asesinatos —dijo solemne—, queda genial para Halloween.

Mera bufó al escuchar a su hermana. No le hacía gracia, pero una parte de ella se quería carcajear por las ocurrencias de Emma, e incluso sus ojos parecían brillar de ilusión ante la idea de un Halloween más siniestro.

—Eres un caso —comentó Mera, y a continuación le dio las gracias a su abuelo con un gesto, una vez que terminó de vendarla—. Por cierto, ¿comemos? Me muero de hambre.

Emma se levantó risueña y fue hacia la cocina junto con su hermana. Mera se percató de que había estado con ella todo el día de muy buen humor, como hacía tiempo que no pasaba. Sin embargo, cuando se giró para decirles a sus abuelos que las acompañasen a la cocina, vio que ambos intercambiaban una mirada de preocupación. Si bien lo sucedido no aterrorizaba a Emma, era evidente que sí hacia saltar las alarmas de los ancianos.

Los domingos de lluvia eran los días favoritos de Mera. No tenía que ir a trabajar y podía disfrutar de una buena lectura. El día había amanecido con llovizna, pero con una humedad que calaba en lo más profundo de los huesos. La pared de su habitación estaba cubierta por un papel pintado de estampado de flores típico inglés y se preguntó si algún día los abuelos querrían renovar las paredes de la casa. Sopesó proponérselo más adelante.

Se envolvió en el chal de la abuela Harriet y fue a por una taza de té. El silencio que reinaba en la casa era tan intenso que parecía añadir un halo de frío y de penumbra a todas las estancias, aunque sabía que aquello no tenía sentido. Pero lo cierto era que el silencio empezaba a aterrorizarla, había momentos en que dudaba de si realmente todo estaba tan tétrico como a ella le parecía, o solo era a causa de su fisionomía, que ahora no le permitía captar los sonidos y los ruidos como antes. Y eso la hacía sentirse en clara desventaja.

Una desventaja que jamás se hubiera imaginado que llegaría a tener.

Cogió el móvil y buscó el contacto de Luca. Aún no había contestado sus mensajes. De modo que miró la hora y, a pesar de que todavía era temprano, decidió volver a llamarlo, pero de inmediato escuchó la voz de la compañía telefónica al otro lado informándola de que estaba apagado o fuera de cobertura.

—¿Otra vez? —dijo en voz alta después de suspirar.

Mera empezó a preocuparse de verdad. Aquella actitud no era propia de Luca, ¿le habría pasado algo? Desde que estuvieron con Katy no había vuelto a comunicarse con él. ¿Sabría ya lo de John y por eso precisamente estaba incomunicado? Tampoco era algo que casase con el temperamento de Luca. Entonces recordó cuando el abuelo de Luca falleció, y su reacción en días posteriores; también en aquella ocasión, tras tan sensible pérdida, se incomunicó del resto del mundo.

Decidió acercarse a su casa. Lo más seguro era que estuviera allí, y entonces sus preocupaciones desaparecerían tan deprisa como habían llegado.

Sin embargo, cuando estuvo frente a la puerta de Luca nadie le abrió. Había estado allí un par de veces después de salir del hospital. Vivía en un apartamento cuyo edificio, a decir verdad, le recordaba bastante al de John Barton que había visitado el día anterior. Como si estuvieran cortados por la misma tijera, o, para ser más exactos, levantados por el mismo constructor.

Al no recibir respuesta desde el otro lado del rellano, Mera decidió llamar a su amiga Dana. Hacía tiempo que no se veían y, con toda probabilidad, ella lograría que se olvidase de Luca durante un buen rato.

Dana la esperaba en la cafetería de siempre. Llevaba un chaquetón verde caqui que resaltaba su larga cabellera anaranjada.

—Hola, zanahoria —le dijo la recién llegada dándole un beso en la coronilla.

Al sentarse, se dio cuenta de que Dana tenía los ojos hinchados y una cara tan larga que le llegaba a los tobillos. Mera se quitó el chaquetón amarillo y en cuanto volvió a sentarse lo primero que hizo fue estrecharle las manos a su amiga.

—Oh, dios, ¿estás bien? ¿Qué ha pasado?

Dana asintió con lágrimas en los ojos.

—Lo siento, no quería que me vieses así. Pero te echaba de menos y...

—¿Cómo puedes decir eso? —la reprendió—. Yo, que te he limpiado el vómito en la universidad y te he visto babear la almohada. Esto es mucho más agradable, ¡dónde va a parar! —bromeó Mera.

Con ello consiguió arrancarle una sonrisa a su amiga, que se lo agradeció con la mirada.

Entre amistades tan íntimas solo hacía falta eso, una mirada de complicidad y entendimiento, que hiciera la vida más amena y menos dolorosa en los peores momentos.

—Venga, va, ¿qué te pasa?

La pelirroja se limpió las lágrimas con la manga del jersey azul que sobresalía del chaquetón y suspiró entre hipos.

—Es Lyla. Sé que no hemos hablado mucho últimamente sobre el tema, pero cuando me enteré de que iba a ser tu jefa... tampoco quería meterme en medio. Está pasando por un mal momento. La obligaron a dejar su trabajo... y ahora la muerte de su hermano. Ya no sé qué hacer para animarla —le confesó, encogiéndose de hombros.

Guardó en su mente el detalle de que su amiga había recalcado que a Lyla la habían obligado a dejar su trabajo como policía.

Mera suspiró, y en ese momento llegó el camarero.

—Dos tés con leche de almendras, por favor —pidió, mirando a Dana—. ¿Pastel? —le preguntó a su amiga, y ella negó con la cabeza.

—Nada más. Muchas gracias.

El camarero asintió, anotando el pedido mentalmente.

—Es comprensible, Dana... Por norma general, las relaciones pasan por muchos baches, imagínate en la situación de Lyla. Os habéis encontrado con un camino sin asfaltar directamente.

Dana volvió a sonreír.

—Dale tiempo —añadió Mera—. Obligarle a dejar el trabajo que amaba tiene que ser complicado, y que se te muera un hermano, no digamos...

—No sé hasta qué punto le ha afectado lo de John —la interrumpió Dana—. Creo que desde lo del vídeo no se hablaban... lo odiaba —dijo cruzándose de brazos—. Solo habló un día con él antes de la vista. No parece que les fuera bien. Nunca me llegó a contar de qué fue la conversación que tuvieron, pero me bastó con la frase que me dijo —concluyó enigmática.

—¿Y cuál fue? —preguntó Mera por puro morbo.

—Que ese no era su hermano. Su hermano había muerto para ella.

A Mera se le erizó el vello de la nuca y tragó saliva. No quería ni imaginarse lo que supondría para Lyla todo aquello.

—Creo que ahora se siente culpable. Sus padres lo encontraron en el suelo del baño y ella no para de consolar a su madre. Porque, eso sí, su padre es un cabronazo, frío como el hielo.

Mera hizo una mueca que pretendía ser una sonrisa. La forma en que Dana le había soltado aquella última frase era mucho más típica de ella.

—Tú, tranquila, todo irá a mejor, ya verás —concluyó ella, apretándole la mano que seguía teniendo entre las suyas.

Dana sonrió justo cuando llegó el camarero a traerles la tetera junto con dos tazas. Entonces, su mirada volvió a ser la misma de siempre mientras se echaba el té.

—Y tú, ¿cómo estás? Dudo que haya sido plato de buen gusto.

—Estoy mucho mejor de lo que pensaba —respondió, más rápido de lo que le hubiese gustado.

Dana levantó una ceja, intrigada.

—¿Y Luca?

El tema del que huía salió antes de lo que esperaba.

—Pues... no sé cómo estará. No he conseguido hablar con él, no me responde los mensajes, me salta su contestador... además, acabo de venir de su casa para ver si se encontraba allí, y nada.

—Tal y como acabas de contármelo, pareces una acosadora —comentó su amiga con una sonrisa socarrona—. Seguramente se habrá enterado de alguna forma y estará mal. John Barton era un cabrón, pero hay que recordar que él era su mejor amigo. Habrán vivido muchas cosas... esos sentimientos nunca desaparecen.

—Supongo que no.

Mera le dio un sorbo a su té, que aún hervía.

—Aun así, no es propio de Luca encerrarse en sí mismo.

—Mera, el pobre chico ha vivido un trauma de proporciones descomunales. Su hijo, de cuya existencia no tenía noticia, casi lo asesina. Lo cual ya había hecho con su ex y con el padre de Luca, y por poco no caes tú también. Puede que sí, que necesite espacio.

Mera suspiró de nuevo. Dana tenía razón. Su amiga había conseguido tranquilizarla a pesar de que era ella quien necesitaba consuelo.

Quería haberle contado que al parecer John también había sido asesinado, y que ella misma había puesto una denuncia horas antes en su contra.

De pronto, una bombilla imaginaria se le iluminó en la cabeza. Luca había estado presente en la declaración de Mera, y cuando terminó, podía apreciarse a simple vista que acumulaba mucha rabia contenida. Desde entonces no había sabido nada de él y, John había aparecido muerto.

¿Podría Luca...?

No. Él jamás haría algo así.

Pero al instante pensó en Daniel, y en que ella jamás se hubiera imaginado que realmente era un asesino. El hijo de Luca era un asesino. Y su padre, Edward Moore, en cierto modo también, pues había sido el responsable de la muerte de los padres de Mera.

¿Y si aquella conducta fuera hereditaria?

Mera tragó saliva. Le costaba respirar mientras digería la idea que acababa de irrumpir en su mente, como un estallido.

Luca Moore podría haber asesinado a John Barton.

20

Harry

Octubre de 2019

La llovizna cabreaba a Harry. No llovía del todo, pero dejaba el asfalto resbaladizo y la tierra mojada. Con una fina capa de humedad que podía hacer caer a cualquiera.

Cuando llegó al rellano, observó que le esperaba el hombrecillo menudo que encarnaba el papel del portero. Estaba detrás de un pequeño mostrador. En parte, le hacía gracia. Parecía el amo de llaves de las novelas policiacas, pero en su versión actual.

—Buenos días, señor Russell, le agradezco que me atienda un domingo tan temprano —lo saludó Harry, tendiéndole la mano.

—Encantado de ayudar, inspector Moore —respondió el otro—, puede llamarme Colin, aquí todos me tuteaban, me hacía sentir como de la familia.

Harry asintió, parecía una persona afable y de buen trato. Bonachón.

El rellano del edificio estaba amueblado con un par de sofás y una pequeña mesa. Además había una máquina de bebidas calientes, lo cual daba a entender que uno se encontraba en una propiedad de lujo, aunque aquel artefacto no perteneciera a nadie en concreto Parecía un hotel neoyorquino de película, de esos en los que se alojaban las personas con gran poder adquisitivo, pero en este caso en la costa de Devon, con un estilo mucho más inglés y un permanente olor a té recién hecho.

—Siéntese, señor Moore —le propuso el portero—. ¿Té?

Harry asintió sin pestañear y se sentó. Mientras Colin Russell preparaba la infusión, pudo fijarse en la pulcritud del lugar. Lo curioso era el silencio. El día anterior, y también esa mañana, parecía que no hubiera ni un alma, aparte del equipo policial y del mismo Russell.

—¿Cuántas personas residen aquí?

—Son cinco plantas, señor. En realidad, son ocho apartamentos en total, ya que depende del domicilio. En uno hay una pareja, en otro, una familia...

—¿Ocho apartamentos? —después se acordó de que en el ático solo había una puerta.

—Sí, señor, como le digo, la última planta es exclusiva de los Barton.

Harry asintió de nuevo. Colin le ofreció la taza de té y se sentó frente a él.

—Dígame, señor Colin, ¿cuánto lleva trabajando aquí?

—Unos... cinco años.

Colin parecía tener unos treinta y pocos, pero su actitud servicial y tranquila le hacía parecer mayor.

—¿Ya vivía el señor Barton aquí?

Ahora era el conserje el que asentía.

—Esta edificación no es antigua, tendrá unos quince años. El padre del señor Barton compró a la constructora el último piso entero y uno de los apartamentos de la cuarta planta, es de los pocos que no han revendido, supongo que querría hacerse un buen dúplex en este edificio. ¡Ah! Se me olvidaba la señora Bennet del primero. Esa mujer tiene una buena vegetación en su domicilio, la primera planta tiene patio y una terraza maravillosa, no querrá deshacerse de él nunca, también tiene todo el primer piso para ella sola; compró los dos, tiró una pared y se hizo una buena residencia —dijo el conserje con gran determinación.

Russell estaba en su salsa. A Harry le fascinaba la facilidad que tenían algunas personas para hablar de la vida de los demás. Así que aprovechó la poca discreción de la que hacía gala el conserje.

—¿Sabe si en el edificio todos se llevaban bien? Ya sabe a lo que me refiero: las típicas rencillas entre vecinos, algún malentendido...

Russell negaba cualquier discordia mientras Harry intentaba tirar del hilo.

—No, señor. Por norma general todos iban a lo suyo. La señora Bennet era la única que podría ser considerada un poco cascarrabias, pero supongo que es cosa de la edad, nada que se salga fuera de lo común.

—¿Cascarrabias en qué sentido?

—Pues... ya me entiende. Tiene setenta y muchos. Los demás vecinos de este edificio son personas más jóvenes. Jóvenes con buenos trabajos, y la familia Doyle, con un par de hijas caprichosas y ricachonas. Que, por cierto, siempre le ponían ojitos al señor Barton, como dos adolescentes enamoradas. Como ya habrá podido ver por usted mismo —comentó—, esto siempre está muy tranquilo, todas las casas están insonorizadas con los mejores materiales. Y los residentes suelen ser educados... Pero la señora Bennet de vez en cuando deja alguna que otra nota en la puerta del vecino que la molesta.

Russell se quedó pensativo. Harry supuso que estaba recordando algo que le hacía cuestionar su propia afirmación de que en aquella comunidad todo era paz y concordia.

—Bueno —dijo al fin—, ahora que lo pregunta, es cierto que la señora Bennet ha tenido algún que otro encontronazo con el señor Barton. A veces llegaba algo bebido y alzaba la voz más de la cuenta a horas intempestivas. —Russell sacudió la cabeza, como expulsando todos los pensamientos que le estaban viniendo de repente—. Pero, como le digo, nada raro. La señora Bennet es un poco exagerada y, a ver, ¿qué podría hacerle una mujer mayor a un tipo como el señor Barton?

Harry sonrió. ¡La de casos cuya resolución se había demorado por el simple hecho de descartar a un asesino basándose en prejuicios! Sobre todo si el sospechoso era una persona mayor. Aun así, con la información que le había proporcionado Colin, él tampoco creía que la señora Bennet hubiera tenido algo que ver en el asunto. Aunque, por supuesto, no era descartable.

—Tiene usted razón, Colin, pero no he dicho que le hubiera hecho nada.

—Señor inspector, no soy tonto. Usted es de Homicidios, había mucha gente aquí. O se ha suicidado, o lo han asesinado. Y tanto en un caso como en el otro, usted necesita dar con testigos que le aporten alguna pista. Mi trabajo es muy aburrido, pero lo cierto es que me permite conocer a la gente que vive en este edificio. El señor Barton tenía algún enemigo, tuvo que granjeárselo después del altercado con la mujer que encontraron asesinada —farfulló «pobre muchacha» y añadió—: Pero no creo que lo vaya a encontrar aquí. En general era muy simpático con todos, amable y generoso. Solía tener detalles, así era él.

Harry asintió. Le pareció extraño que aquel hombrecillo hablara tan bien de alguien como Barton.

—Por último, ¿sabría decirme quién visitó al señor Barton durante las últimas horas?

Colin Russell volvió a darle un sorbo a su té y se quedó pensativo. Por fin se aclaró la garganta y dijo:

—Déjeme pensar... —El conserje se cruzó de brazos y Harry accedió a darle su minuto de gloria—. La verdad es que no suelo preguntar a las personas que pasan por aquí adónde van. Hace tiempo que dejé de hacerlo, porque parecía que les molestaba, o que me metía donde no me llamaban, aunque a fin de cuentas forma parte de mi trabajo, pero ya me entiende. Hoy en día la gente es muy susceptible. Además, a la mayoría los conozco. Estoy totalmente seguro de que los señores Barton han venido a menudo. El abogado del señor Barton y su médico... creo recordar que hacía días que le dolía el estómago. Su hermana, por el contrario, no ha aparecido por aquí en mucho tiempo... ¡Ah!

Colin dio un pequeño salto en el sillón. Su mirada traslucía entusiasmo, como si hubiera descubierto el tesoro de un gran pirata.

—Ayer estuvieron aquí hasta cuatro hombres diferentes, justo unas horas antes que los padres del señor Barton. Pero no les pregunté el nombre. Bueno, a uno lo conocía, era un allegado del señor Doyle del tercero, suele visitarlo a menudo. Es muy charlatán y siempre me cuenta cosas de su trabajo.

Aunque tengo que decirle, aquí en confianza, que en el edificio todos nos imaginamos que es la pareja del señor Doyle; me entiende, ¿no? —inquirió con una sonrisa picarona. Harry asintió con la cabeza e intentó no poner los ojos en blanco—. El segundo es otro hombre, de la edad de John Barton. Henderson es su apellido. Lleva poco tiempo por aquí. A los otros dos, recuerdo haberlos visto, pero no los localizo en ninguno de los pisos. Siento no poder ser más preciso... Esta ciudad es pequeña, pero la verdad es que soy muy malo para las caras. Esa es la mayor pega que tengo como portero, pero no se lo diga a nadie.

Harry suspiró. Un conserje al que no se le daba bien recordar nombres y caras. Solo podía tocarle a él.

—¿Al menos recuerda cómo eran? Algo característico que tuvieran los individuos —inquirió, un poco irascible.

—Oh, sí. Uno era moreno, bajito y de complexión bastante... ¿Cómo le diría? Le gusta hacer deporte, eso seguro. También recuerdo que iba bien uniformado, como si hubiese salido del trabajo, parecía de un hotel.

Harry lo apuntó mentalmente, era mucho más de lo que pensaba que le daría. Para no quedarse con las caras, sí se fijaba bien en otros detalles.

—¿Y el otro?

—El otro parecía su contrario. Puede que por eso los recuerde algo mejor con algo de perspectiva. Era alto y de rizos rubios. Me di cuenta porque no paraba de alborotarse el pelo.

A Harry le dio un vuelco el corazón, o puede que incluso se le llegara a parar durante unos segundos. La cabeza empezó a darle vueltas, y a él le pareció que el mareo duraba horas, en lugar de nanosegundos. No parecía que Colin se hubiese dado cuenta. Así que intentó recomponerse y le preguntó:

—¿Tienen cámaras en el edificio?

—La verdad es que no. Hicieron una reunión de vecinos y solo la señora Bennet estaba a favor. Estos ricos a veces son bien agarrados —aclaró el conserje, dando a entender que no estaba de acuerdo con ellos—. Así que no llegaron a instalarse, decían que cada uno ya se encargaría de su propio sistema de seguridad. Está la de la acera de enfrente que es pública, eso sí.

Harry apuntó mentalmente que tenía que hacerse con esa grabación sin falta.

—Entonces... ¿Los vio salir? —siguió preguntando el inspector.

—No. Era mi hora de comer, así que seguramente saldría en ese momento. O estaban en otros pisos. No sabría decirle si en realidad fueron a otro de los apartamentos. Podría darle la lista de todos los propietarios y residentes de cada planta, en eso no tendría ningún problema —dijo él, bien dispuesto—. Después encontraron el cuerpo y esto se volvió una feria, todo el mundo entrando y saliendo, ya sabe usted... no recuerdo mucho más con tanto revuelo. ¡Pobres señores Barton! Nadie debería ver a un hijo así.

«Y pobre del muerto, ¿no?», pensó Harry.

—Tiene usted toda la razón —le dijo mientras se levantaba—, no le robo más tiempo, Colin. Muchas gracias por atenderme, ha sido de gran ayuda. Si puede, sería maravilloso que me diera una lista con las personas que viven en el edificio, y en qué planta y puerta viven, tal como me ha sugerido antes. Me aclararía las cosas —hizo una pausa y elaboró una lista mental, por si se le olvidaba algo—. Por cierto, ¿cuántas salidas de emergencia tiene el edificio?

—Aquí abajo hay una, y después en cada planta, en la parte de atrás hay otra. Dan a una escalera exterior que va desde la planta primera a la última. En caso de incendio, ya sabe usted, aunque nunca las hemos usado.

Colin asintió con vehemencia y le prometió que tendría la lista en un rato. Harry le pasó un email para que se la enviara y salió de allí a paso ligero.

El corazón empezó a latirle con fuerza. Rebuscó a toda prisa en su gabardina, sacó el teléfono y pulsó torpemente el número de su hermano.

Estaba apagado.

Llamó a su madre, lo cual no le apetecía en absoluto; consideró que en ese momento tenía que dejar el orgullo a un lado. Le preguntó si sabía dónde podía estar su hermano, pero la respuesta fue negativa.

Harry empezó a andar en círculos fuera del edificio. Se percató de que Colin lo observaba de reojo en modo cotilla, y como supuso que seguramente estaría tramando algo, se metió en el coche.

Marcó el único teléfono que no quería teclear, pero esta vez necesitaba hacerlo con urgencia.

Al cabo de unos segundos el nombre de Mera apareció en la pantalla, mientras la preocupación de Harry iba en aumento.

21

Mera

Octubre de 2019

Mera miró la pantalla del móvil, intrigada. Dana la observaba confusa, sin entender por qué su amiga no cogía el maldito teléfono que, a su juicio, hacía un ruido infernal.

—¿Quién es?

—Harry —respondió perpleja.

—Pues cógelo, no seas tonta, será importante —la exhortó Dana, que trató sin éxito de que su voz sonara tranquila.

Mera descolgó el teléfono.

—No. No está conmigo —respondió Mera con voz errática.

—No lo veo desde ayer, cuando estuvimos con la subinspectora Andrews. He ido a su casa, pero tampoco estaba.

Dana miraba la escena sin entender, le faltaba la información del otro lado del teléfono. Pero podía apreciar cómo el rostro de su amiga iba contrayéndose de preocupación a medida que la conversación avanzaba.

—Vale, nos vemos en media hora en la puerta de su casa.

Entonces colgó y miró con preocupación a Dana.

—Tengo que irme, pelirroja, lo siento de veras.

—Pero ¿qué ha pasado?

Mera pensó en decirle la verdad, pero llegados a ese punto no sabía si entendería la situación de Luca. En ese momento no necesitaba que otra persona pensara lo mismo que ella. Al contrario, sentía una imperiosa necesidad de que le tranquilizaran. Sin embargo, sabía que Dana sacaría las mismas conclusiones que ella si compartía toda la información de que disponía con su amiga.

—Harry está intentando localizar a Luca para un tema de la empresa familiar. Tampoco él ha tenido suerte —dijo, meditando cada palabra—. Me ha pedido que lo acompañe a un par de sitios a ver si podemos dar con él.

Dana levantó una ceja, sorprendida.

—¿Tan urgente es?

Mera asintió.

—Eso parece.

—Pero ¿para qué quiere Harry que lo acompañes a buscar a su hermano? —preguntó acertadamente Dana sin entender nada.

Mera sabía que no era tonta, y que acababa de soltarle una excusa barata. Así que, como no podía hacer otra cosa, se encogió de hombros, como diciendo «no tengo ni idea», para no tener que seguir justificándose y poder marcharse de allí cuanto antes. Dejó un billete en la mesa para pagar la cuenta y le dio otro beso rápido a su amiga en la cabeza.

—Te quiero, pelirroja, no te preocupes, todo pasará. Llámame en cuanto llegues a casa.

—¡Tú también! —alcanzó a oír que le decía su amiga.

Pese a que estaba muy preocupada, Dana decidió creerla, aunque supiera con toda certeza que lo que le había contado no se asemejaba ni por asomo a lo que estaba sucediendo en realidad.

Al llegar al portal de Luca, Mera vio a Harry, y le pareció que estaba muy nervioso. Lo encontró desmejorado, y con las ojeras más marcadas que de costumbre. Olía a té y a césped mojado. En realidad echaba de menos aquel eterno olor a té verde, y las intensas conversaciones que lo acompañaban. Extrañaba a un Harry más risueño y que, en cierta manera, siempre había estado para ella, sin excepciones. Hasta que dejó de ser así.

Suspiró y se armó de valor para apartar aquellos pensamientos que pertenecían a su pasado en común y seguir en el presente.

—¿Cuál es el plan?

Él se volvió hacia ella de golpe, sobresaltado. Estaba claro que lo había pillado por sorpresa, aunque la estuviera esperando. Con toda probabilidad, pensó Mera, tendría la mente ocupada en resolver aquel rompecabezas.

—¡Hola! —dijo, subiendo la voz más de lo que hubiera querido.

Había hablado más alto al ver que ella se tocaba la oreja instintivamente para recolocarse el aparato. Lamentó haberle dado a entender que pensaba que no podía oírlo bien. Pero era cierto que, en la calle y a cierta distancia, tenía alguna dificultad para distinguir los sonidos.

—No hace falta que grites —dijo ella con sequedad.

—Perdona.

Él agachó la cabeza, sacó de su bolsillo unas llaves y se las mostró con expresión triunfal.

—Recordé que mi madre tenía en casa el segundo juego de llaves de mi hermano, por si pasa algo, ya sabes.

—¿Vamos a entrar sin permiso? ¿Otra vez? Ni de broma —dijo, negándose en redondo.

Aquella situación parecía calcada a la de la última desaparición. Cuando Aletheia Lowell llevaba una semana desaparecida, Tom Turner, su novio —y primo de Mera—, les ofreció su juego de llaves de repuesto para entrar y asegurarse de que no había sido una escapada furtiva y sus pertenencias seguían estando en casa.

—Es lo único que se me ocurre para descartar otras hipótesis —dijo él.

—¿Has preguntado en el trabajo?

—Claro que sí, ¿por quién me tomas? —preguntó ofendido.

—Pues para ser inspector de Homicidios, que las dos veces que desaparece alguien tu mejor opción sea allanar una vivienda me da que pensar.

Harry puso los ojos en blanco.

—Es mi hermano, las llaves estaban en casa de mi madre, no estoy allanando la casa de nadie. Entro porque soy un familiar preocupado —le replicó, más para autoconvencerse que por otra cosa.

Mera no lo tenía tan claro, ni mucho menos. Harry se dispuso a entrar en el edificio para subir al piso de su hermano. Ella, a pesar de estar en contra, no podía por menos que saciar su curiosidad, así que lo siguió en silencio. Tomaron el ascensor, que se detuvo en la tercera planta de cuatro. Mera se percató de que el inspector procuraba esquivar su mirada y el incómodo silencio que se impuso durante el corto trayecto se le hizo eterno.

Al llegar a la puerta, Harry lanzó un profundo suspiro.

Antes de encajar la llave en la cerradura, llamó un par de veces al timbre. Pero nadie contestaba. Entonces salió la vecina de la puerta contigua a la de Luca. Una mujer joven, de unos treinta y pocos. Vestía ropa de deporte y tiraba de una correa que finalizaba en un juguetón cachorro de spaniel.

Mera sonrió al verlo y no pudo evitar preguntarse por qué nunca lograron convencer a sus abuelos de tener uno.

—¿Estáis buscando al señor Moore?

Harry la miró con cara de sorpresa.

—Sí. Bueno, en realidad no. Es mi hermano. Creo que tiene un par de documentos míos en casa, pero no lo localizo —mintió sobre la marcha.

La chica asintió con convicción.

—¡Ah! Tú eres su famoso hermano Harry —dijo la extraña sonriendo. Harry hizo una mueca de fastidio. Mera se preguntó fugazmente si también le habría hablado de ella—. Pues me resulta raro —siguió diciendo—; aquí se oyen las puertas cuando se entra y se sale. Son bastante pesadas, e incluso con la insonorización de las casas se siguen oyendo. No crean que es porque soy una vecina cotilla —dijo soltando una carcajada que sonó más bien a risa nerviosa—. Ayer lo oí entrar, pero desde entonces no he oído que saliera. Además, suele bajar los domingos temprano a dar un paseo, me lo suelo encontrar con Sparky.

La vecina de Luca parecía interesada en saber por qué faltó a la cita informal de cada domingo. Mera intentó poner su mejor sonrisa y no pensar demasiado en aquella situación.

—Vaya, ¡qué extraño! —exclamó Harry con voz firme—. De todos modos, como no responde y me dejó sus llaves de repuesto, entraré a coger mis cosas. No creo que le moleste. A lo mejor se ha ido y ha dado la casualidad de que ha sido más silencioso de lo normal. Tampoco hay que ponerse quisquillosos.

Harry remató sus palabras con una amplia sonrisa. La chica aceptó la argumentación de Harry sin poner ninguna pega y asintió de buen grado.

—Vamos, Sparky, no quiero que te cagues en la moqueta otra vez —respondió la chica con su voz aguda. Se despidió de ambos con la mano y se fue escaleras abajo trotando con el cachorro.

Harry miró a Mera conteniendo la risa, y esperó unos segundos a que la chica se fuera.

—¿Es un poco metomentodo, o soy yo, que siempre pienso mal de la gente? —preguntó el inspector.

—Creo que las dos cosas son plausibles —respondió Mera, tapándose la boca para que no se le oyera la risa.

Harry se decidió por fin a abrir la puerta del apartamento de Luca. Lo poco que la espalda de Moore permitía ver a Mera era una luz tenue proveniente del salón, pero todo parecía cerrado. Harry se la quedó mirando, a la espera de que entrara con él. Pero ella volvió a negarse.

—Tú eres su hermano. Pero yo parecería una novia loca.

El inspector tardó unos instantes en asimilar la palabra «novia». Hasta aquel momento no había pensado en que, al emplearla, la relación se convertía en algo «formal», pero era lo que había.

Harry la fulminó con la mirada. Ella se arrepintió al momento de la dichosa palabra. Al parecer, a Harry aquella frase se le había clavado como una estaca, perforándolo sin miramientos.

—Entra tú, yo te espero —dijo Mera, reaccionando con rapidez para no prolongar aquel silencio tan incómodo.

Harry asintió moviendo enérgicamente la cabeza y entró. La oscuridad lo envolvió de golpe, así que ella dejó de verlo en cuestión de segundos. Oía muy vagamente cómo el inspector recorría las habitaciones.

El olor que desprendía la casa le resultó tan familiar como siempre. Por lo poco que podía apreciar de aquella estática penumbra, nada le pareció fuera de lo común. Aun así, para satisfacer su insaciable curiosidad, dio un par de pasos y entró en el piso. Se quedó en la entrada, pero decidió cerrar lentamente tras de sí, por si acaso regresaba la vecina cotilla.

A ella le gustaba observar todo con exhaustividad, hasta el último detalle, antes de llegar a cualquier conclusión. Era una persona analítica, o al menos así se consideraba a sí misma. Pero en ese momento percibió algo más, aunque no era nada que pudiera apreciar a simple vista. La oscuridad del piso le provocó un escalofrío que fue ascendiéndole hasta la coronilla, y sintió que estaba perdida. Aunque no pudiera constatarlo, su instinto le decía a gritos que algo fatal ocurría allí. Le recordaba a una casa del terror, cuando todo estaba apacible, en silencio, pero un silencio tan atronador que presagiaba un suceso horripilante.

Al final terminó entrando en la cocina y echó un vistazo alrededor; los rayos de luz que entraban por la pequeña ventana le permitían verse mucho mejor en aquel espacio. No había mucho desorden. Un vaso en el fregadero. El típico paño de cuadros en la encimera... pero al girarse, observó que algo sobresalía del cubo de basura. Pulsó el pedal con el pie, abrió la tapa y vio lo que parecía una chaqueta amazacotada. Era la favorita de Luca, y aquello le pareció muy extraño. Volvió a mirar más abajo y encontró un jersey blanco; supuso que también sería del dueño de la casa, aunque apenas lo recordaba. Sin embargo, esta vez distinguió unas manchas rojas y resecas por toda la prenda. Volvió a revisar de inmediato la chaqueta acercándola a la luz.

«No, no, no...», comenzó a murmurar angustiada.

Y entonces ocurrió. Un terror indescriptible sacudió todo el cuerpo de Mera. Una, dos, y hasta tres veces oyó a Harry gritar el nombre de Luca. Un grito desgarrador que en nada se parecía al de alguien que anduviera buscando a una persona en una casa. Sin duda, aquel alarido, que esta vez Mera había escuchado perfectamente pese a sus problemas auditivos, solo podía significar que lo había encontrado.

La joven se precipitó hacia el lugar donde Harry seguía gritando el nombre de Luca una y otra vez. No estaba en el salón, ni tampoco en la habitación contigua. Entonces se dirigió al segundo pasillo de la casa, que conducía al dormitorio principal. Y los vio.

La habitación estaba en penumbra, al igual que el resto del apartamento, pero unos finos rayos de luz solar que se colaban a través de la ventana le permitieron presenciar la escena. Harry zarandeaba a Luca sin parar. Al principio no entendía muy bien qué estaba sucediendo, abrumada por la situación.

Pero al momento reparó en Luca, que parecía estar profundamente dormido, sin mover un músculo. Harry tenía en la mano un bote de pastillas casi vacío, y cuando Mera se acercó con la intención de ayudar —aunque no tenía ni idea de cómo— se fijó en los nudillos de Luca, agrietados e hinchados. Llevaba el torso desnudo.

—¡Llama a una ambulancia! —le gritó Harry—. ¡YA!

Mera cogió su teléfono y, sin pensárselo dos veces, marcó el número de emergencias todo lo aprisa que sus temblorosas manos le permitieron. Uno, dos pitidos...

—Dios mío, ¡Harry! Está... —a Mera se le rompió la voz, estaba tan desesperada que no pudo terminar la frase. Las lágrimas atropellaban cada una de sus palabras.

—Tiene pulso, pero muy débil. ¡Luca!¡Luca, despierta! —seguía gritando el inspector.

—Harry, he visto su jersey...

Esta vez Mera también dejó la frase en el aire, y justo cuando había reunido el valor suficiente para continuar, al otro lado del teléfono respondieron:

—Emergencias, ¿en qué podemos ayudarle?

22

Harry

Octubre de 2019

La luz de la habitación no dejaba de parpadear ininterrumpidamente. Harry daba vueltas por la habitación y Mera estaba sentada en la silla, con la mirada fija en un punto inexistente.

El médico, que estaba atendiendo a Luca por petición expresa de Harry, era un buen amigo suyo. Lewis Smith y el inspector habían sido buenos compañeros en el instituto, y aún mantenían cierta amistad a pesar de los años transcurridos.

Smith se había acercado hacía un rato a ellos en la sala de espera, y les había pedido que subieran a la habitación, ya que Luca estaba a punto de despertarse.

Según les informó el médico, a Luca se le había ido la mano con las pastillas para dormir. La ingestión no había sido letal, pero había permanecido varias horas inconsciente. Después de que Harry le contara lo que había encontrado en su habitación, la solución más rápida consistió en hacerle un lavado de estómago. Smith les dijo que había que esperar los resultados de las pruebas y a que despertase, pero no había ningún signo de daños mayores, aparte de la arritmia cardiaca provocada por la sobredosis. Esperaban que mientras había estado inconsciente, al no haber dejado de respirar en ningún momento, no hubiera sufrido ninguna lesión neuronal, algo que puede ocurrir por falta de oxígeno en el cerebro.

Harry se percató de que, conforme el médico iba exponiendo el cuadro clínico, a Mera se le iba alterando la respiración. Incluso él había perdido los nervios cuando encontró a su hermano en aquel estado. Ahora solo necesitaba que se despertara, y que no hubiese nada que lamentar.

Como Mera permanecía al lado de Luca, a la espera de que volviera en sí, Harry aprovechó para sentarse fuera de la habitación un momento y pensar con calma. El doctor Smith pasó de nuevo por su lado.

—¿Te encuentras bien?

—Por supuesto —repuso él de inmediato, recobrando la compostura—. Han sido muchas emociones en muy poco tiempo.

Smith sonrió.

—Entiendo. He oído lo del señor Barton júnior. Es una pena.

—¿Sabes quién era su médico? —le preguntó Harry, procurando no sonar demasiado ansioso.

Smith negó con la cabeza.

—No lo sé. Yo lo conocía a consecuencia de una operación, hace ya unos años. Unos seis, si no me equivoco. Tuvimos que trasplantarle un riñón debido a una insuficiencia renal provocada por unos quistes.

—Vaya... no lo sabía —repuso el inspector, pensativo.

—Lo encontrarás en su historial médico, seguro. Fue un caso curioso, ¿sabes?

—Doctor Smith, necesito consultarle algo, es urgente —los interrumpió de pronto un hombre bajito y delgado, con el pelo largo y castaño recogido en una cola. Parecía un residente.

—Oh, por supuesto —respondió—. Lo siento, inspector Moore. Seguimos en otro momento, Si su hermano necesita cualquier cosa, hágamelo saber.

Harry asintió con una sonrisa y lo vio marchar. Apuntó en su móvil lo que acababa de decirle Smith, para recordar que debía contárselo a Katy.

Se levantó y volvió a la habitación algo más calmado.

Luca estaba postrado en la cama del hospital. Le habían cambiado la ropa que llevaba puesta por un camisón cuando ingresó, y tenía el pelo más alborotado de lo normal. También le habían limpiado las heridas, aún visibles, de los nudillos. En el brazo derecho tenía clavada la aguja de una vía con suero que colgaba junto a su cama. Su tez, blanca como la nieve, hacía pensar que aquel cuerpo allí postrado estaba inerte. La imagen resultaba desoladora.

—Grrrr... —Luca movió la cabeza mientras gruñía como un oso perezoso o como alguien con una gran resaca dominical.

Mera se movió con la agilidad de un puma y se le acercó.

—¿Luca?

Este respondió con otro gruñido y entreabrió los ojos. Era evidente que la luz le molestaba sobremanera. Harry se apresuró a apagarla, pues la luz que entraba por la ventana ya le pareció bastante sufrimiento para el doliente.

—¿Qué pasa? —respondió Luca con la voz ronca.

Comenzó a abrir y a cerrar la boca, y Harry llenó a toda prisa un vaso de agua de la botella que las enfermeras habían dejado allí amablemente para ellos y se lo acercó.

Luca intentó incorporarse para beber.

—¿Cómo te encuentras? —le preguntó el inspector.

Luca lo miró sin acabar de situarse todavía. Bebía despacio, y por su mirada se notaba que estaba tratando de procesar todo cuanto era capaz de rememorar.

Entretanto, Mera lo ayudaba a recordar.

—Llevabas desde ayer sin dar señales de vida. Cuando salimos de entrevistarnos con Katy para poner la denuncia. Estábamos preocupados, no cogías el teléfono y tampoco parecía que estuvieras en casa...

—Pero... estaba en casa —repuso él con voz afligida, sin entender qué estaba sucediendo.

—Sí —esta vez fue Harry el que retomó el rumbo de la conversación—, pero no lo sabíamos. Fui a por las llaves de repuesto que le diste a mamá y entramos en tu apartamento. Luca... estabas inconsciente... —Harry inspiró profundamente antes de proseguir—. ¿Acaso tenías intención de...?

Luca puso unos ojos como platos. Había entendido a la perfección lo que su hermano estaba insinuando y exclamó, ofendido:

—¡No, por Dios! ¡Cómo puedes pensar eso!

Sin embargo, nadie respondió. Lo más natural era pensar que eso era exactamente lo que había sucedido. Las experiencias traumáticas habían sido una constante en la vida del pequeño de los Moore. Y Harry siempre había sostenido la teoría según la cual, las personas que aparentan ser más felices y despreocupadas eran las que más marchitas estaban por dentro.

Luca volvió a negar con la cabeza.

—Llevaba días sin dormir. Mi médico me recetó las pastillas a causa de todo lo que había ocurrido. Lo que pasó fue que... como no me hacían efecto, pensé que alguna más no me vendría mal y podría dormir tranquilo.

«Mientes», pensó Harry.

Quiso ser benevolente, y se dijo a sí mismo que quien estaba al lado de su hermano con una mano posada en su brazo era Mera.

«Mientes por ella», se repitió mentalmente.

Mera miró a Harry, dándole a entender que ella tampoco se creía que Luca fuera tan tonto como para tragarse medio bote de somníferos con la simple excusa de que no le hacían efecto. Así que, como persona empática y de buen corazón que Harry sabía que era, la chica se levantó e hizo por dejarlos a solas de manera discreta.

—Voy a por un té. ¿Quieres uno? —le preguntó a Harry.

Este asintió agradecido y la observó mientras se marchaba, impregnando la sala con su perfume.

—¿Y bien? —insistió Harry.

Luca puso cara de cachorro abandonado. Al inspector le recordó cuando años atrás siempre terminaba pidiéndole auxilio a su hermano mayor. Y aquella imagen lo perturbó.

—No lo hice adrede, tienes que creerme.

—Eres una de las personas más inteligentes que conozco, hermano. Y sabías perfectamente lo que comportaba tomarse medio bote de somníferos. ¿En qué narices estabas pensando?

Luca se miró las manos —se las habían vendado primorosamente— y alzó los ojos hacia Harry, horrorizado.

—Anoche hallaron el cadáver de John Barton en su domicilio, asesinado —le soltó a bocajarro—. Dime que tú no tuviste nada que ver —inquirió, pero su voz sonó como una súplica.

Harry jamás se hubiera imaginado que aquellas palabras saldrían de su boca. Pero necesitaba saberlo. La verdad, pese a todo, es lo único que nos hace libres.

Luca, a su vez, se quedó petrificado. Harry se sentó a los pies de la cama a fin de que se tranquilizase. Tenía claro que, esta vez, no podía ejercer el papel de hermano mayor, sino el de un inspector de Homicidios tratando de lograr que alguien se abriera y le contara lo que sabía. Luca negó con la cabeza, visiblemente asustado.

—No... no... ¿asesinado? —dijo sin comprender.

—Luca, ¿qué sucedió? Lo encontramos con la cara desfigurada a puñetazos, y al día siguiente te hallamos a ti en este estado. Sin dar señales de vida, junto a un bote de pastillas y con los puños llenos de heridas como si acabaras de salir de un ring. Mera vio tu ropa en la basura. Y, ya puedes dar gracias a Dios, me desharé de las prendas en cuanto salga de aquí.

Había decidido arrojarlas a la chimenea en casa de su madre y calcinarlas. Por si las moscas. Estaba seguro de que Diana no haría preguntas. Su cabeza había ido a mil por hora desde que se encontró a solas con su hermano en la cama.

Luca seguía negándolo, y Harry presionó un poco más.

—El portero del edificio te vio. No sabe quién eres, pero ha dado una pequeña descripción de tus características físicas. Si te ve —añadió— seguro que te identifica.

Justo cuando el inspector creía que su hermano no podía ponerse más níveo, la palidez de su rostro subió un nivel.

—Yo, no... él...

Y entonces Luca se echó las manos a la cabeza y empezó a sollozar.

«Mierda», pensó Harry, presa del pánico.

Se le hizo eterno. El inspector dejó de deleitarlos con su presencia e instintivamente apareció el hermano mayor. Sin poder evitarlo, Harry dejó a un lado todo aquello por lo que había luchado cada día de su vida y se postró a los pies de la cama de su hermano.

—Lo he matado... —susurró, sujetándose la cabeza con ambas manos—. Yo no quería, yo...

Harry se dejó llevar por un impulso y se acercó más a Luca. Lo rodeó con sus brazos y lo estrechó contra su pecho para consolarlo. Como cuando eran críos y su padre le daba una paliza sin motivo al más pequeño. Eran los dos contra el mundo. Y seguiría siendo así, porque Harry no se permitió pensar que su hermano era un asesino.

—Chisss... Luca, escúchame —le dijo—, ¿sabes algo de venenos?

—¿De qué? —preguntó sorprendido su hermano entre lágrimas, cada vez más confuso.

—Eso me imaginaba —respondió Harry sonriente. Y volvió a abrazar a Luca.

—Tú no has matado a nadie, ¿entiendes? No has matado a nadie. Pero, de momento, ese será nuestro secreto.

Ahora solo necesitaba que la autopsia y el informe toxicológico de John Barton le dieran la razón, pues, aunque Harry se empeñara en creerse su propia mentira, sabía que en cualquier momento él mismo podría poner en entredicho la inocencia de Luca.

Y lo que aún era peor, sin que ninguno de los dos hermanos se diera cuenta, en el umbral de la habitación del hospital acababa de reaparecer Mera sosteniendo los dos vasitos de té. Cuando Harry la vio, ya era tarde para una explicación.

Y entonces tuvo que replanteárselo: ¿la verdad los hacía libres, o los convertía en prisioneros?

23

Mera

Octubre de 2019

Le hubiera gustado no ir a trabajar al día siguiente. Sin embargo, decidió hacer lo que correspondía, a fin de que todo estuviera bajo control, e ir a visitar a los señores Barton para darles el pésame.

Por un lado, pensó que sería un acto de hipocresía; por otro, creyó que sería de lo más normal, siendo ahora ella la directora de su periódico.

Se había levantado con un dolor de cabeza atronador que le martilleaba las sienes. Todo lo que había pasado el día anterior acudía a su cabeza en forma de imágenes aleatorias, y no necesariamente las más agradables. Se armó de valor, entró por la puerta principal de la redacción y se encaminó hacia el despacho del actual jefe de redacción, que ocupaba su antiguo puesto. Oliver Henderson había sido, además, compañero de Luca y de John en el instituto.

«¿En esta maldita ciudad se conocen todos o qué?», pensó cabreada Mera el día que Lyla se lo presentó.

Tenía que reconocer que el chico trabaja mejor que bien. Era rápido, ágil y organizado. Llegó a pensar que era una versión de ella en hombre, con algunos años más.

Llamó un par de veces a la puerta y aguzó al máximo el oído para poder escuchar que le decían que pasara. Pero el ruido de la redacción en plena mañana no ayudaba en absoluto. Al no oír ninguna respuesta, esperó lo que consideró un tiempo prudencial y abrió la puerta.

—Disculpa, Oliver —dijo ella amablemente, y añadió con una gran sonrisa mientras entraba y cerraba la puerta—: Buenos días, ¿te importaría encargarte hoy tú de verificarlo todo? Voy a repasar los temas de actualidad y a comprobar que todo esté correcto para quedarme tranquila.

Oliver la miró confuso. Mera pensó que aquello debía de resultarle extraño, pues a esas alturas ya la conocía lo suficiente como para saber que pocas veces solía delegar trabajo. Oliver clavó sus ojos verdes en el rostro de la directora, le sonrió con dulzura y le devolvió el saludo:

—Buenos días, jefa.

La forma en que lo decía le recordaba a Luca, y eso le provocó otra punzada de dolor en la cabeza, como si su propio cuerpo quisiera hacérselo recordar a cada instante.

—Claro, no temas, ¿hay algo a lo que le tenga que dar prioridad?

Mera negó con la cabeza.

—No. Pero creo que debería hacerle una visita a los Barton, después de la muerte de John en estas circunstancias... lo correcto sería ir a darles mis condolencias.

Oliver asintió. Su mirada se transformó en tristeza y se

quitó las gafas redondas que llevaba para frotarse los ojos. Daba la sensación de que también estaba cansado.

—Yo esperaré al funeral. He compartido parte de mi vida con John Barton, y aún no asimilo que ya no esté vivo. Parecía que podía con cualquier cosa, ¿no te parece? —preguntó a la nada, reflexionando en voz alta mientras volvía a ponerse las gafas—. Era de ese tipo de personas que lo conseguía todo, seguro de sí mismo. De los que le plantarían cara a la propia muerte y saldría ganando.

Mera se quedó inmóvil en la puerta, sin saber muy bien qué contestar.

—Supongo que, al fin y al cabo, todos somos simples mortales. Nacemos y morimos solos, no hay excepciones —concluyó el redactor jefe.

Mera asintió con la cabeza. La voz de Oliver había ido volviéndose cada vez más sombría y seria. Sin embargo, la frase la terminó con una sonrisa petrificante. Mera sintió un escalofrío por todo su cuerpo y, sin pensárselo dos veces, salió del despacho de su compañero despidiéndose y dejándolo solo con su reflexión sobre la vida y el fin.

La casa de los Barton estaba a unos veinte minutos en coche. Se encontraba en Brixham, una localidad bastante más pequeña que Torquay, justo pasado Paignton. Un pueblo pintoresco desde cuyo faro se podía apreciar la costa de la misma Torquay al fondo. La vista era asombrosa desde allí.

La casa estaba cerca de esa zona, pero a cierta distancia del puerto. Al llegar, Mera se sintió abrumada cuando alzó la vista. En su mano derecha llevaba una tarta de calabaza —la fruta de temporada de aquel mes por excelencia— cocinada por su abuelo. Ella no era una lumbrera de la cocina, pero el abuelo tenía un arte culinario que, a su parecer, Emma y ella no habían heredado.

Su perplejidad era debida a que la casa transmitía una peculiar imagen de lujo, como el que exhiben las fincas de las películas filmadas en la Toscana. La fachada era muy italiana, y eso contrastaba con la costa de Devon. Predominaban los tonos cálidos, lo cual era de su agrado. Abrió la verja de la entrada, cubierta por una solería de piedra que formaba un pasillo largo y conducía hasta la puerta. A ambos lados, numerosos arbustos y macetas coloridas. La imagen era preciosa y acogedora. Un aire latino que le hizo rememorar algunos pueblos de España que había visitado cuando era más joven.

Conforme iba caminando hacia la entrada de la casa, vio a Lyla en el porche, consultando su teléfono móvil. La recién llegada carraspeó levemente en señal de aviso.

Lyla levantó la vista del aparato, dio un pequeño respingo y Mera le correspondió con una sonrisa.

—¡Oh, Dios mío, Mera! ¿Qué haces aquí? —preguntó algo asustada.

—Perdona, no quería molestarte. Venía a... —se quedó sin palabras y le mostró el postre que tenía en sus manos a modo de defensa.

Lyla puso cara de no entender nada mientras miraba la tarta.

—La ha hecho mi abuelo, yo no soy muy buena en la cocina. Pero esta os encantará —dijo, procurando que su voz sonara lo más afectuosa posible.

—Oh, muchas gracias. No me malinterpretes, creía que pasaba algo en la redacción —dijo, levantándose de inmediato—. Qué maleducada, pasa, por favor. Mis padres están dentro —repuso Lyla, al tiempo que abría la puerta de la entrada.

Su jefa le hizo un gesto con la mano, indicándole que pasara. Al entrar, solo pudo maravillarse aún más de aquella casa. Ya desde fuera parecía encantadora, pero el interior era un diamante bien pulido. Tenía un toque pintoresco con un estilo rústico único. Un arco de piedra natural conformaba el vestíbulo que daba al salón. El techo estaba formado por unas grandes vigas de madera natural que añadían un toque hogareño a la altura.

Sin lugar a dudas, era como si estuviera en la misma Toscana. Una punzada le atravesó el estómago. En su mente, apareció un pequeño John Barton recorriendo los pasillos y las habitaciones de la casa. Había sido su hogar en otro tiempo y, ahora, no volvería a pisar aquel lugar.

—Es preciosa —exclamó, aún embriagada por la casa.

Lyla sonrió complacida.

—Mis padres se conocieron en Italia. Él estaba en viaje de negocios y mi madre se fue a pasar un año sabático antes de comenzar como profesora aquí, en Inglaterra, en Exeter. Le encantaba conocer otras culturas. Así que quisieron recordarlo por siempre con esta casa.

Mera asintió complacida.

De pronto apareció el señor Barton junto a un hombre alto y trajeado.

—Oh, señorita Clarke —dijo sorprendido al tiempo que le tendía la mano y se la estrechaba—. ¿A qué debemos el placer?

Mera liberó su mano derecha, que sostenía el pastel, para corresponder al anfitrión.

—Buenas, señor Barton, siento la intrusión. Solo venía a traerles un postre que cocinó mi abuelo para ustedes y darles mis condolencias. Sabemos lo que es tener una pérdida así de grande en la familia. —Al escucharse, se sintió hipócrita. Sin embargo, se recordó por enésima vez que aquello era lo correcto.

Barton asintió distraído. Estaba mucho más atento al hombre que tenía a su lado, y ambos parecían ir con prisas.

—Muchas gracias, querida. Es todo un detalle, mi mujer estará encantada de recibirla, yo debo marcharme. Aún tenemos mucho papeleo pendiente. —Barton volvió a encaminarse hacia la puerta de salida—. Deles las gracias a sus abuelos de mi parte una vez más, siento tener que irme —dijo antes de desaparecer.

Mera no se esperaba tan buena disposición y amabilidad por parte del hombre con el que acababa de cruzarse. Tenía fama de ser arrogante y frío, pero a ella le pareció distraído y cordial. Nada en aquella casa sugería que su primogénito acabara de fallecer, y mucho menos asesinado. Se lo veía tranquilo, a pesar de las prisas.

—Mi madre estará en el porche trasero —respondió Lyla sin dar mayor importancia al encuentro con su progenitor.

Ella se dejó llevar hasta el jardín de atrás mientras apreciaba el esplendor de la decoración que ostentaba la casa. Al llegar, observó una linda zona ajardinada. Los árboles resplandecían: una hilera de árboles bien cuidados rodeaba el área, donde también había macetas con distintas variedades de hierbas aromáticas y de cocina. Por último, un majestuoso rosal llamaba la atención del lugar. A su abuelo le hubiese encantado poder apreciar aquel patio europeo. La señora Barton estaba sentada en una mecedora, sosteniendo dos agujas de coser grandes que llegaban a un ovillo de lana de color rojo.

—Mamá —anunció Lyla—, tenemos visita.

Jane Barton levantó la vista por encima de las pequeñas gafas redondas que se sostenían sobre su pequeña nariz. La hacían una mujer más anciana de lo que Mera había visto días atrás, o puede que fuese la pena y la tristeza, que irremediablemente le habían echado años encima.

—Señora Barton.

Ella sonrió con dulzura al escucharla y se levantó de inmediato, dejando las madejas en la mecedora.

—No, querida. Ya sabes que para ti soy Jane —respondió.

La recién llegada asintió complacida de nuevo y le ofreció el pastel de calabaza.

—Vengo a darle el pésame de parte de mi familia. Mi abuelo ha querido cocinarle esto expresamente. Dice que con el estómago lleno se llora mejor.

—Tu abuelo es un hombre muy sabio, querida —dijo ella, cogiendo el pastel y abrazándola con gracilidad—. Este detalle significa mucho para nosotros. Ahora no estamos pasando por un buen momento.

—No se preocupe, no quiero molestarlos. Solo quería hacerles llegar el mensaje. Todos tenemos que pasar el duelo, y eso requiere tiempo. Cada persona necesita el suyo, Nadie es igual.

—Cierto, mi niña —convino con Mera, y miró a su hija sonriendo como pudo de nuevo—. Todo es muy reciente, y me he refugiado aquí con mis pensamientos. Mi marido, por el contrario, no hace más que ir arriba y abajo, creyendo que así no tendrá que pararse a reflexionar o a enfrentarse al problema.

La mirada de Jane Barton estaba vacía. Mera sintió un dolor inmenso por aquella mujer que, en su opinión, había perdido la alegría y la energía que la caracterizaban. Era otro ser, que respiraba por inercia y sin razón.

—Gracias, Mera. Tan atenta y amable como siempre —añadió.

—No tiene por qué darlas, Jane. He de decirle que me ha encantado venir, tienen una casa maravillosa. A mi abuelo le encantaría.

—Oh, querida, en cuanto las aguas se calmen está más que invitado a venir junto con su esposa. Son dos personas encantadoras, alguna que otra vez he ido a su librería. La gente que adora los libros siempre es de fiar.

Mera sonrió en señal de que corroboraba sus palabras y decidió despedirse de los anfitriones para dejarlos tranquilos con su pena. La señora Barton volvió a su mecedora con gesto triste, y Lyla la acompañó agradecida hasta la puerta de entrada.

Mientras caminaba hacia su coche pensó que había hecho lo correcto yendo allí. Sin embargo, en su interior solo había un vacío clamando que ella tenía la culpa.

24

Harry

Octubre de 2019

Salir de la casa de su madre sin responder a la mitad de sus preguntas había sido complicado. Diana Moore les guardó más secretos de lo que nunca se hubieran imaginado, ni él ni su hermano. Ella sabía bien cuándo alguien mentía o cuándo ocultaba algo, por no mencionar que, además, eran sus propios hijos.

No pudo evitar pensar que ambos se parecían mucho más de lo que nadie alcanzaba a ver. Aún no había decidido si eso era una suerte o una desgracia.

Dejó a Luca en casa de su madre, y este le contó a medias lo que sucedía. Le dijo que se había tomado más pastillas de la cuenta, y que lo habían hallado inconsciente. No tenía secuelas, pero necesitaba descansar y que cuidasen de él. Consideró que su madre sería quien mejor podría atenderlo, no porque en otro tiempo lo hubiera hecho, sino porque se lo debía. Después de todo lo que les hizo pasar, y de haberle ocultado a Luca que tenía un hijo, lo menos que podía hacer era ponerse enteramente a su disposición y darle refugio.

Harry, por su parte, tenía que seguir con la investigación. Compró un té para llevar mientras paseaba hasta la comisaría y trataba de ordenar sus pensamientos.

Necesitaba hacer un pequeño esquema de la gente del edificio, esa era su prioridad. Después, mirar a solas la cámara que enfocaba hacia la finca. Era primordial comprobar que Luca salía y entraba a una hora en concreto, y tenía que hacerlo solo. Sin Katy; habría que convencerla de que mientras tanto se encargara de otra tarea.

Al llegar, ella ya lo esperaba en su despacho con una hoja de papel en la mano.

—¿Estás bien? Te veo hecho polvo —le dijo a modo de saludo, tratando de que sonara gracioso.

Harry le respondió con un gruñido:

—Hay mucho que hacer, ¿qué tienes ahí?

Extendió la mano y ella le pasó el folio. Estaba lleno de nombres.

—¿Las personas residentes en el edificio? —le preguntó de nuevo el inspector.

Katy asintió con energía. Estaba contenta, parecía que había dado con algo. Esperó a que Harry se sentara detrás de su escritorio y ella se quedó de pie esperando a que leyera.

—Veo muchos nombres, y a ti con una sonrisa de oreja a oreja, ¿has descubierto algo?

—Como mínimo, algo curioso.

Harry repasó la lista y, sí, había cosas curiosas en aquel edificio.

La famosa señora Bennet ocupaba por completo la primera planta, como le había anticipado Colin Russell, al igual que el último piso, que era enteramente de John Barton. Pero a partir de ahí la cosa se complicaba.

—Como ves, el cuarto piso también es propiedad de John Barton, pero según nos han informado, uno de los pisos de la cuarta planta está vacío, y el otro lo tiene alquilado un tal Oliver Henderson.

Harry alzó las cejas sorprendido.

—Espera, creo que me suena. Si es el mismo Oliver Henderson... era compañero de Luca y John en el instituto... hubo una época en que siempre iban juntos.

—Ya he hecho los deberes. Parece ser que también es periodista y trabaja en el *Barton Express*.

«Curioso», pensó el inspector.

—La tercera planta está habitada por la familia Doyle; el padre, Andrew, y sus dos hijas adolescentes, gemelas, por más señas. Se llaman Jacqueline y Cornelia. La madre falleció en el parto de las dos criaturas.

—Ufff, siempre me dieron mal rollo las personas que son iguales.

—Eso es por las películas de terror, las han dejado en mala posición —repuso Katy.

—Lo que sea, pero cuando me mencionan a dos niñas gemelas, solo puedo pensar en *El resplandor*.

Katy se carcajeó.

—En Halloween seguro que verás a más de una. No pasan de moda —comentó divertida la subinspectora.

—Veo que en la tercera planta también vive una tal Agatha Bowers.

—Sí, una escritora de novela negra superventas, ¿no la conoces?

—Para mi desgracia, hace mucho que no leo —dijo negando con la cabeza y recordando que la última librería a la que había ido no era otra que la de los Clarke.

—Eso no es propio de ti —le dijo su compañera en un tono más amable—, deberías leer alguno, enganchan muchísimo.

—Soy más del género fantástico —le aclaró Harry.

—¡Quién lo diría! Eres una caja de sorpresas.

Harry se encogió de hombros. Decir que le gustaban las novelas policiacas siendo inspector no tenía nada de original. Así que se pasó a la fantasía épica, aunque, para ser sincero, había leído mucha novela detectivesca.

Volvió a retomar el asunto del papel con los nombres de los vecinos.

—Pasamos a la segunda planta. Allí tenemos a Mr. y a Mrs. Robison, Simon y Daisy.

Ella asintió.

—Compraron el piso hace años, son una pareja joven, sin hijos. Ella es banquera y él al parecer es auditor. Dos personas jóvenes y con buenos trabajos. Sin embargo, la casa está vacía, la tienen en venta. Así que de poco nos sirve.

Harry asintió.

—Es con la otra persona del segundo piso con quien me ha saltado la alarma —siguió explicándole Katy—. El piso es de Harvey Turner.

—No.

—Sí.

—Pero no viven ahí, ¿verdad?

Katy negó con la cabeza, sonriente.

—No, que yo sepa. Sigue viviendo con su mujer en la casa que tienen cerca de Cary Park. Al parecer este piso lo compraron directamente a la constructora cuando se edificó.

Harry se acarició la barbilla, pensativo. Miró de nuevo el papel y dibujó el edificio con los nombres que acababa de mencionar la subinspectora, para aclararse mejor visualizándolo. Entretanto, ella se sentó en la silla más cercana a la puerta.

—Te veía muy feliz, para lo poco que tenemos —le reprochó Harry mientras terminaba de garabatear su esquema.

—Bueno, de no tener ningún sospechoso en el edificio, ahora hemos pasado a saber que uno de los propietarios es el padre del exnovio de Aletheia.

«El tío de Mera», pensó Harry.

Y sí, ciertamente habían dado con algo. Habría que investigar quién estaba en ese piso que presuntamente estaba vacío.

De pronto, a Harry se le encendió la bombilla y empezaron a brillarle los ojos. Recordó la charla con Russell, cuando este le dijo que el día que murió John había pasado por el vestíbulo un hombre de complexión fuerte, bajito y moreno, y esa era la descripción exacta de Tom Turner, tal como él lo recordaba. ¿Habría tenido algo que ver en todo aquello?

Era una opción más que plausible: sin duda, la venganza contra John por haber salido airoso del juicio constituía un motivo de peso. Pero, al recordar una vez más el temperamento de Turner, le costaba mucho creer que fuese capaz de matar ni a una mosca.

Aun así, era una nueva vía de investigación con posibilidades. Y entonces le vino a la mente otra tarea pendiente.

—¿Han llegado las grabaciones de la cámara que pedimos?

Katy asintió.

—Perfecto, voy a ponerme a ello. ¿Interrogas tú a los vecinos del edificio? Me han dicho que la señora Bennet es todo sonrisas —comentó en tono irónico.

—Me la estás jugando, ¿verdad? —repuso Katy con cara de pocos amigos.

A Harry le dio un vuelco el corazón. Por un instante pensó que le había leído la mente con respecto a Luca, pero disimuló.

—Un poco. Russell me dijo que era más bien quisquillosa. Pero esta vez te toca a ti la ronda de preguntas. En cuanto termine con las cámaras me uno, ya sabes que me encanta verlos testificar a todos.

Y era verdad. Le fascinaba observar a las personas cuando tenían que responder en los interrogatorios y en las encuestas. Cada individuo solía tener una naturaleza distinta y peculiar, y todos ellos brindaban a Harry un abanico de posibilidades con las que afrontar las investigaciones.

Katy se levantó de la silla y abrió la puerta.

—Está bien, pero en cuanto termines, más te vale venir. Y avísame si se sabe algo del informe toxicológico y de la autopsia.

Harry asintió sonriendo. Pero en su interior sabía que solo la informaría una vez que supiera que Luca no había tenido nada que ver con la muerte de John Barton.

25

John

Septiembre de 2019

Mientras cenaban, John se preguntaba por qué Mera no bebía el vino que él había pedido para ambos. Al principio le pareció una falta de educación, pero enseguida lo atribuyó a la tensión del momento. Lo estaba retando, sin duda alguna, con el vino, con la mirada... con su interesante y relajada conversación sobre el trabajo.

Bien era cierto que, aunque parecía algo molesta por su repentina huida a Bristol, seguía sonriéndole como de costumbre. Cuando observó que ella achinaba los ojos, y que le brillaban bajo la tenue luz que envolvía el restaurante, sintió un cosquilleo en el estómago. Claro que se había fijado en ella, habría que ser muy necio para no hacerlo cuando la contrató, no solo por su buen hacer en el trabajo, sino también por la intensidad de su mirada, que a él tanto le gustaba. Sin embargo, hasta entonces solo había tenido ojos para Aletheia, y ahora que no estaba, y que se había marchado para siempre, tendría que buscar alguien que recompusiera los pedazos de su corazón desvalido y fracturado.

Después de la cena y, de la acalorada discusión que mantuvieron en el coche, decidió apearse y abrirle la puerta amablemente. Él había cambiado a conciencia el artículo que había escrito Mera, de forma que pareciera que el primer sospechoso de la desaparición de Aletheia era Tom Turner. Su abogado le había insistido en que lo negara todo y se cerrara en banda, motivo por el cual él juraba y perjuraba que no la había asesinado. De este modo todo apuntaría a su novio, que infortunadamente era el primo de Mera, circunstancia esta que debía considerarse un mero daño colateral sin importancia.

Una vez que pasó el mal rato del coche, decidió relajarla. Al menos así la noche acabaría bien para ambos y no se sentirían solos.

Pero la chica era terca, y, aunque John estaba convencido de que su insistente negativa era una maravillosa forma de tentarlo, ya se estaba cansando. Por eso hizo un amago de empotrarla contra el coche, a pesar de su resistencia.

—John... creo que debería irme, se está haciendo tarde y aún tengo que conducir hasta casa —le dijo ella.

Aquella respuesta aún excitó más a John. Sí, deberían irse. Sin embargo, no podría soportar verla a la mañana siguiente sin haberla poseído. Así que insistió.

—Podrías quedarte un rato más. Creo que lo hemos pasado mejor de lo que pensábamos, y no quiero que te vayas así —le susurró, deslizando una de sus manos hacia los muslos de ella con supuesta delicadeza.

Era su mejor movimiento. Ninguna mujer podía resistirse a su voz aterciopelada y a sus dulces caricias.

—John, me estás haciendo daño —protestó Mera.

«¿Daño?», pensó él, perplejo.

Estaba acariciándola con los dedos, rozándole apenas la piel. Solo la presionaba contra el coche para que se relajara de una maldita vez. Era imposible que la estuviera lastimando. Entonces, cuando notó que ella había cambiado la cadencia de su respiración, interpretó que empezaba a relajarse de verdad y a dejarse llevar. Después de tantos años trabajando juntos, el olor de Mera embriagaba su piel. Su pelo y su tez aún morena de las recientes vacaciones hacían que olvidara por un momento la pena y el extraño vacío que había dejado Aletheia.

Sin embargo, cuando John empezó a subir las manos para bajarle la ropa interior, Mera lo empujó y lo hizo trastabillar, perdiendo el equilibro y dando varios pasos hacia atrás.

—Te he dicho que basta, John. Creo que te has equivocado conmigo. He pasado un buen rato, pero nada más —le espetó, señalándolo con un dedo amenazante.

Mera se dirigió hacia su coche mientras él empezaba a perder los estribos. Se alisó el traje cuidadosamente. Nadie, absolutamente nadie, podía decirle que no, y mucho menos una empleada. Así que fue tras ella hecho una furia.

—Espera, Mera. Te he dicho que esperes, ¡JODER! —le gritó, mientras ella abría la puerta de su coche a toda prisa.

—John, te juro que si no dejas que me vaya a casa, te vas a arrepentir.

—Mera, la única que se arrepentirá serás tú mañana en el trabajo. —Sabía que aquellas palabras eran mezquinas, pero en su cabeza sonaban de lo más sensual. Se arrepentiría porque, ciertamente, la oportunidad de acostarse con él no volvería a repetirse. Él no iba a suplicar dos veces.

—¿Eso es una amenaza? —inquirió ella.

—Mera... —comenzó a decirle, cogiéndole la mano antes de que entrara en el coche—. No seas así, podemos divertirnos esta noche. Nadie tiene que enterarse, si eso es lo que te preocupa.

Volvía a estar pegado a ella, y mientras le hablaba le rozaba el oído con los labios. «Ahora sí que sí», pensó él, ya más relajado.

Pero la tranquilidad duró poco, porque la chica le propinó un certero rodillazo en sus partes íntimas, rápida como un rayo y con una fuerza inusual. Eso sí que no lo vio venir. Había tenido muchas peleas con Aletheia, pero lo que acababa de hacerle Mera no estaba en su catálogo de relaciones tempestuosas. La chica subió al coche y puso el seguro, mientras él se retorcía de dolor en mitad de la acera, arrodillado en el suelo.

«¡Joder!», pensó.

—¡¿QUÉ MIERDA HACES, NIÑATA?!—le gritó, sacando la poca voz que le quedaba de lo más profundo de sus entrañas.

—Ya te lo he dicho, John. No era mi intención —dijo ella, medio arrepentida—. Bueno, sí, ¡qué hostias! No vuelvas a acercarte a mí de esa forma, y mucho menos a amenazarme. Nos vemos mañana.

Arrancó el coche y lo dejó allí, insultándola, maldiciéndola y llamándola zorra, mientras su voz se iba perdiendo a medida que Mera se alejaba.

Se las pagaría, de una forma u otra.

26

Mera

Octubre de 2019

El vaho del té hirviendo salía de la tetera que había encima de la mesa de madera maciza. Un posavasos circular de junco protegía la exquisita porcelana de la superficie, ¿o era la superficie de la porcelana la que ardía? A Mera no le quedaba claro cuál de los dos materiales era más exquisito.

Frente a sí tenía a Diana Moore, inspeccionándola como si de un extraterrestre se tratara. Aquella mujer, que no dejaba de mirarla por encima del hombro, hacía que Mera se sintiera lo bastante pequeñita como para caber en la taza de té.

Respiró profundamente, y mientras Carl —el amo de llaves, si es que era posible que semejante cargo siguiera existiendo en pleno siglo XXI— les servía el té, decidió romper el silencio.

—Cada día me maravilla más su casa, señora Moore.

—Ya me lo imagino, querida —respondió, condescendiente—. ¿No vivís tus abuelos, tu hermana y tú en una casa diminuta?

Mera esbozó una falsa sonrisa, y antes de responder se recordó a sí misma un par de veces que aquello lo hacía por Luca.

—Yo no diría diminuta. Es suficiente para cuatro personas; de hecho, tenemos una habitación de más con la que nunca sabemos qué hacer. No somos personas materialistas —añadió con desparpajo—, nos gusta estar cerca los unos de los otros y disfrutar de tiempo en familia en nuestra propia casa.

Aprovechó aquel momento para beber un sorbo del té que le acababan de servir. Se quemó la lengua, y luchó contra sus instintos para que no se notara después de haber quedado tan bien con su argumento.

—Ya —dijo Diana, con cara de asco—. Puede que Luca tarde un poco. Se distrae con el huerto trasero que tenemos. Aunque Carl ya lo ha llamado, por supuesto.

Mera miró al sirviente y vio confusión en sus ojos. Por supuesto, no le había anunciado que estaba allí para visitarle. Entonces, cuando los ojos de Carl se encontraron con los de Mera, fue como si hubiera descifrado un mensaje de súplica en sus pupilas y salió de la sala.

—Señora Moore —dijo Mera, cansada de la situación—, nos hemos visto unas cuatro veces y siento que tiene algo en contra de mí. No sabría decirle el qué, a lo mejor es una sensación estúpida por mi parte. Pero me gustaría que empezáramos con buen pie.

Diana levantó una ceja. Sus labios pintados de carmín se arquearon componiendo una sonrisa insolente.

—*Darling*, esto es algo más que una sensación tuya. Por

desgracia, guardas un parecido extraordinario con tu difunta madre. Una mujer que, por cierto, en mi juventud no me agradaba en absoluto.

Mera se quedó sin respiración. La mirada fría y desafiante de Diana cortaba el aire.

—No creo que...

Diana la frenó en seco, haciendo un gesto con la mano para que guardara silencio.

—Crees mal. Conozco a mis hijos, a pesar de lo que ellos crean. Los tengo bien vigilados y no son ni por asomo como mi marido. No me gusta la idea de que otra Clarke venga a mi casa a llevarse a las personas que amo.

—Yo no quiero llevarme a nadie, señora Moore.

—No quieres, pero lo harás. A uno o al otro, porque así es el dichoso amor. Hasta que tengas tus propios hijos, y entonces el amor de romance que sentías ya no significará tanto como el que les profesarás a esas criaturas. Sin embargo, para mí, mi mundo sigue siendo ellos, ¿comprendes?

Mera asintió con la cabeza a pesar de no entender nada. ¿Estaba enfadada con ella por lo de su madre, por estar con Luca o simplemente por existir?

—Lamento que mi presencia le resulte tan abrumadora, señora Moore.

—¡Ja! ¿Abrumadora, dices? —Diana dejó la taza de té sobre el junco circular—. No, querida. Me has pedido que empezáramos con buen pie, y yo, cordialmente, te estoy explicando por qué no podemos hacerlo, dada la naturaleza de nuestra relación. Al menos, lo de empezar. Ya veremos cómo podemos encajar nuestras circunstancias.

En cuanto Diana terminó la frase Luca apareció por detrás de su madre. Llevaba puestos unos pantalones vaqueros con rasgones, una sudadera deportiva azul con la cremallera abierta, y una camiseta negra debajo.

—Mera —exclamó un sorprendido Luca.

Ella se levantó de inmediato y fue a abrazarlo instintivamente. Lo vio bien de aspecto, casi como siempre.

—¿Qué haces aquí? Si me hubieras avisado, habría procurado adecentarme.

Mera negó con la cabeza.

—Solo venía para saber cómo estabas. Tu madre... —dijo ella mirándola de reojo. Diana no perdía ni un segundo de atención a los dos— me ha recibido muy amablemente y me ha ofrecido té. Gracias, señora Moore —concluyó, dirigiéndose a ella.

Luca no se lo creyó y miró a su madre con desaprobación.

—Si no te importa, mamá, me llevo a nuestra invitada. Voy a enseñarle el jardín.

—Claro, claro, hijo. No hay problema. Seguro que le fascina —respondió Diana levantándose de la mesa.

Luca le pidió a Mera que lo siguiera y avanzaron por la casa hasta llegar frente a dos puertas enormes. La mansión de los Moore era mucho más apabullante que la de los Barton. Era de un lujo escandaloso. Tras abrir una de las puertas fueron a dar a una zona ajardinada que bien podría ser tan grande como otras tres fincas unidas entre sí.

—¿Cuán incómodo ha sido lo de mi madre? —le preguntó Luca, sonriente, pero con una nota de tristeza en la voz.

—Ni lo pienses —dijo ella—. Y tú, ¿cómo estás?

Mientras lo interrogaba, Mera no podía apartar la vista del esplendor que derrochaba aquel lugar. Había infinidad de hortensias y de rosas, entre otras variedades de flores que no alcanzaba a distinguir, además de arbustos que rodeaban toda aquella extensión de terreno.

—Estoy —respondió él.

La llevó a un banco que había bajando un par de pequeños escalones del porche trasero y la invitó a sentarse.

—Harry me está encubriendo, aunque imagino que no por mucho tiempo. Estoy seguro de que terminarán encontrando restos de mi sangre o algo por el estilo.

—No has hecho nada, no hay nada que esconder —repuso ella con voz serena.

Luca la miró sin entender lo que le decía.

—No sé si es que no quieres verlo. Pero no soy el bueno de esta película. John está muerto y la última persona que estuvo en su casa dándole una tunda fui yo.

Mera sintió un escalofrío al escuchar las palabras de Luca. Como estaban en el exterior y había bastante ruido ambiental, se acomodó instintivamente el audífono en la oreja.

—Harry dijo que había algo más. Que no había muerto debido a los golpes.

—Está encubriéndome, ¿por qué, si no, iba a estar muerto John?

—No lo sabemos, y Harry no puede contarnos más de la investigación hasta que no tenga el resultado de la autopsia. Y está seguro de que no fuiste tú, Luca.

Él negó con la cabeza.

—No sabe nada.

—Y al parecer, tú tampoco.

Mera cogió la mano izquierda de Luca con delicadeza.

—Lo que le hiciste no tiene justificación, y aun así, no me creo que lo hayas... asesinado —al pronunciar aquella palabra se le hizo un nudo en la garganta—. Tú no eres un asesino —sentenció. A pesar de que en aquel instante recordó por qué había ido a por John. Había confiado en él para contarle lo sucedido y pedirle apoyo para testificar junto a Katy. Y, a pesar de todo, Luca rompió su promesa de no hacer nada que ella no quisiera.

—Mi padre lo era, mi hijo... lo era.

—Y sin embargo tú no te pareces en nada a ellos.

Luca negó con la cabeza y le retiró suavemente la mano.

—Deberías marcharte. Es lo mejor. Necesito descansar —dijo, zanjando la conversación con frialdad.

El cambio en la actitud de Luca dejó descolocada a Mera y, aunque comprendía sus motivaciones, no le hizo ninguna gracia. Su habitual carácter afable y divertido, que tanto le atraía de él, se había esfumado de repente.

—Estás empezando a sonar como Harry.

Fue una jugada sucia, pero le había dolido que él pensara que aquella salida intempestiva era lo mejor para ella. Así que se levantó, le deseó una pronta recuperación y huyó de aquella enorme casa. La sensación que le producía la actitud de Luca era cercana a la traición. No solo por cómo acababa de comportarse, sino porque había sucumbido a la idea de que había ido a casa de John por puro egoísmo. Sin pensar en ella en absoluto.

Hasta que no llegó a su coche no se dio cuenta de cuánta verdad había en las palabras de Diana.

Quizá el apellido Clarke y el apellido Moore estuvieran destinados a compartir la decadencia de sus respectivos linajes. Unos no podían vivir sin los otros, pero les resultaba imposible ser felices juntos.

27

Harry

Octubre de 2019

Se encerró en su despacho y echó el pestillo. Agradeció eternamente que aquella puerta fuera tan antigua que tuviera uno de esos que se atascaban y te hacían dudar de cuándo podría volver a abrirse la cerradura. La tarde empezaba a caer y la penumbra lo reconfortó. Desde su ventana se podían apreciar algunas luces anaranjadas provenientes del exterior, de las calles decoradas con temática de Halloween.

Harry encendió el ordenador. Seguía odiando la tecnología, así que tenía que esmerarse cada vez que quería hacer algo. Clicó sobre la imagen con la fecha del día de la muerte de John Barton y fue acelerando la grabación.

Podía apreciarse con detalle la puerta de entrada del edificio, además de la recta de la carretera que lo cruzaba.

Mientras tanto, Harry, asqueado, le daba vueltas a la cucharilla de la taza de té que se había llevado a su despacho.

A los pocos minutos empezó a llegar gente al edificio. El cartero, algún que otro repartidor de Amazon... aún era temprano. Salió un hombre de la edad de su hermano, llevaba un abrigo gris tipo gabardina y tenía el pelo de un color pelirrojo apagado, casi castaño. Podría ser Oliver, y lo apuntó en una libretita que tenía siempre sobre su mesa. A la media hora, dos chicas iguales salieron del edificio, uniformadas. Se posicionaron frente a la cámara. Harry comenzó a replantearse si no lo estaban observando, clavando su mirada en él.

—Para que después Katy me diga que no están sacadas de una película de terror —se dijo a sí mismo sin apartar sus aterrorizados ojos de la pantalla. Tal como aparecían allí, las adolescentes uniformadas eran un calco de las niñas de *El resplandor*, pero con unos cuantos años más sobre sus hombros. Ya crecidas. Y, en consecuencia, más peligrosas.

En lo referente a este tema, su enfoque era del todo irracional.

La cámara parpadeó un par de veces cuando el autobús escolar apareció, y dejaron de verse.

—Se habrán subido, pero parece como si se hubieran esfumado por arte de magia —dijo en voz alta, nada convencido.

Le parecía ridículo que, precisamente él, tuviera reparos con esas tonterías.

Bebió un sorbo de té y suspiró aliviado al no tener que volver a verlas en la cámara, al menos, durante un buen rato.

Pasaron un par de horas sin que nadie apareciera en la grabación. Hasta que una señora mayor salió por la puerta.

—La famosa señora Bennet —exclamó, y su voz resonó en el silencio del despacho.

Al poco, la señora llegó con un par de bolsas de cuyo interior parecían emerger verduras y hortalizas. Ya por la tarde, el chico que Harry pensó que podría ser Oliver, volvía a entrar en el edificio. En el umbral se encontró con una chica joven y supuso que sería la señorita Bowers.

Tras ellos llegaron de nuevo las gemelas y subieron a su casa, discutiendo acaloradamente, según parecía.

A esas alturas, Harry ya pensaba en ir a por palomitas. Se sentía un vigilante omnipresente. Y entonces lo vio.

Luca aparcaba su coche en la esquina del edificio y entraba a paso ligero, sin miramientos. Harry pudo apreciar de refilón su semblante cabreado.

Pero mientras observaba a Luca, a los pocos segundos llegó otro hombre al que no pudo identificar. Algo más mayor, con bastantes arrugas y un poco de chepa.

«Puede que este sea el hombre que iba a ver al señor Doyle», se dijo haciendo memoria de todo lo que le había contado Colin Russell.

El hombre que había salido aquella misma mañana —posiblemente para ir a trabajar—, y que en sus notas había identificado como Oliver Henderson, entró en el edificio caminando relajadamente.

Luca seguía sin salir del edificio. Ya llevaba un buen rato en el piso de John Barton, y Harry no pudo evitar impacientarse. Miraba fijamente la pantalla, sin pestañear, procurando no perder un solo detalle de lo que fuera a suceder durante los próximos minutos.

Entonces llegó Tom Turner. Su forma de andar y su complexión atlética no dejaban lugar a dudas. Desde aquel ángulo de cámara parecía mucho más bajito de lo que realmente era, o al menos de lo que él recordaba. Llevaba puesto el uniforme del hotel en el que trabajaba y avanzaba a paso lento hacia la entrada, llevando algo en las manos que el inspector no alcanzaba a ver y que se guardó en el bolsillo de la chaqueta. Era un objeto pequeño, podrían ser las llaves, pensó.

Y cuando todo estaba en la más absoluta calma, a Harry se le aceleró el corazón.

Luca apareció en el umbral de la puerta con la cara desencajada y desorientado, y se dirigió apresuradamente hacia al coche. Hizo *zoom* sobre su hermano. Pudo ver con toda claridad el jersey blanco manchado, como si hubiese estado en una carnicería y él hubiera empuñado el cuchillo. Parecía tener los ojos fuera de las órbitas, y la adrenalina por las nubes. Harry ya había visto esa misma expresión en algunas personas. Por un momento, se convertían en animales salvajes y entraban en un trance del que les resultaba muy difícil salir, una especie de crisis nerviosa.

Si no lo conociera, habría jurado que él era el asesino. Y entonces cogería la grabación, se la enseñaría a Katy y la llevaría ante un tribunal.

Pero sabía perfectamente que eso no sucedería jamás. O al menos que no sería él quien la mostrara. ¿Y si la borraba? ¿O la editaba?

No. No podía obstruir la justicia. ¿Qué diría su abuelo? Seguramente, si lo estuviera viendo, se sentiría decepcionado. O tal vez no. Él encubrió a su propio hijo hasta el final.

«La familia, Harry. La familia es lo más importante». La voz de su abuelo resonaba en su cabeza como si estuviese allí, a su lado. Vivo, contemplándolo con pena.

—Joder, Luca.

Harry espiró todo el aire que llevaba conteniendo hacía rato. Cuando Luca se marchó llegaron los señores Barton, y luego la policía, Mera y Emma... y lo demás ya era una historia que él conocía bien. Para entonces John ya estaba muerto. el margen de tiempo que transcurrió entre la entrada y la salida de su hermano en el edificio coincidía perfectamente con la hora en que fue asesinado.

¿Qué iba a hacer ahora?

Se sentía frustrado hasta la extenuación. Logró salir del despacho después de forcejear un buen rato con la cerradura, se dirigió a la sala de descanso para servirse otro té y regresó al punto de origen a paso de autómata. Lo visionaría una y otra vez, hasta que encontrase algo, o más bien hasta que lo llamara el forense con la autopsia definitiva. Pero aún podían faltar unos días.

Necesitaba un milagro, o una buena explicación científica. En lo primero no creía en absoluto, y lo segundo dependía enteramente de la verdad.

28

Katy

Octubre de 2019

Ante sus ojos tenía la auténtica imagen del buen hacer. Aquella mujer que, contra todo pronóstico, se movía con ligereza y diligencia, iba de un lado para otro de la casa atendiendo a su invitada como mejor podía. La casa, llena de plantas, recordaba un invernadero. La humedad impregnaba el ambiente, y aun así, Katy recibía una energía de paz arrolladora.

El apartamento era muy amplio. Al otro extremo del salón podía distinguirse un arco que daba al comedor, y que correspondía al otro piso de la primera planta. Los dos juntos hacían de aquel apartamento un espacio lujoso, que también contaba con dos amplias terrazas anexas. Además, el tiempo había firmado una tregua y ahora resplandecía el sol, haciendo que la vivienda reluciera mucho más. El papel pintado de las paredes podía parecer pasado de moda, si bien la luz que entraba en la casa lograba que pasara desapercibido.

La anciana se sentó frente a ella una vez que plantó sobre la mesilla una tetera hirviendo y dos tazas de té de porcelana fina. Las pastas ya las había traído anteriormente, preguntándole si eran de su gusto, a lo cual Katy dijo que sí con agrado.

—Tiene leche y terrones de azúcar, por si le apetece —le dijo, señalando la azucarera y la jarrita—. La leche es de vaca. Ya sé que a los jóvenes de hoy en día os van más esas bebidas vegetales que están de moda. Pero en esta casa no hay de eso. Espero que no le suponga mucha molestia, subinspectora —le anunció la señora, pero al decirlo con una sonrisa en los labios no sonó despectivo en absoluto. Aunque sí lo fuera.

—No se preocupe, señora Bennet. No voy a robarle mucho tiempo —le comentó la subinspectora.

A pesar de todo, la mujer quería agasajarla. Katy pensó compasivamente que no tendría muchos invitados.

—No se preocupe, muchacha. A mí lo que me sobra es tiempo. Aquí la gente es muy maleducada, y ver a una joven con educación le alegra a una el día —le dijo con una amplia sonrisa.

A Katy le sorprendió su revelación. Por lo que le había dicho Harry, la mujer no tenía fama de persona amable, así que había estado dándole vueltas a cómo podría abordarla, pero se encontró con un ser muy distinto.

Bien era cierto que, aunque tuviera unos setenta y pocos, su aspecto no era el de una anciana. La mujer era de armas tomar, de las que se cuidaban y mimaban. Lucía una piel bastante tersa, comparada, por ejemplo, con la tía abuela de Katy, que debía de tener aproximadamente la misma edad que la señora Bennet. Y la rapidez con que se movía dejaba claro que tenía una mente lúcida y joven.

—Señora Bennet —retomó el hilo la detective—, como le

comentaba, tengo unas preguntas que hacerle sobre el día que encontramos al señor Barton en su apartamento.

La mujer asintió en silencio.

—Dígame qué hizo aquel día.

La señora Bennet sirvió el té mientras hacía memoria. Y en cuanto hubo terminado de verter la bebida en las tazas empezó su historia.

—Por las mañanas me levanto muy temprano. Ya sabe usted, ves la muerte llegar pronto cuando cumples una edad y necesitas aprovechar la vida al máximo. Bueno, puede que usted no lo sepa aún porque todavía es muy joven, pero seguro que sabe que al llegar a cierta edad la gente empieza a cambiar sus hábitos. A mí, por ejemplo, en mi juventud me encantaba irme a dormir tarde y despertarme al mediodía. ¡Bendita juventud! —exclamó, yéndose por las ramas.

Entonces fue cuando Katy pensó que no se lo iba a poner fácil. Si la señora Bennet accedía a contarle a la investigadora lo que hizo aquel día, sería bajo sus condiciones. Es decir, añadiendo un contexto innecesario que le haría perder un tiempo valioso.

«Maldito Harry», pensó, suspirando.

—Bueno, regué las plantas antes de desayunar como cada mañana. Y trasplanté la tomatera que está comenzando a dar su fruto. ¡Qué maravilla! Cuando salen, son espléndidos. Sin embargo, eso me llevó un buen rato; como podrá observar, necesitan mucho mimo y cariño. Después, cuando terminé las cosas que tenía en casa, fui a comprar. Volví a eso de las doce, y desde entonces me quedé todo el día en casa. Por la tarde, sus compañeros me avisaron de que algo había ocurrido en el quinto, hubo mucho movimiento y jaleo, por supuesto. Yo estuve toda la tarde viendo la televisión, hay un programa de cocina veinticuatro horas que le alegra el día a cualquiera, ¿sabe?

—¿Alguien puede corroborar que usted estuvo aquí todo el día sin moverse de su habitación?

La señora Bennet se llevó un dedo a la barbilla, pensativa.

—Déjeme que recuerde... ¡Ah, sí! Esa tarde estuve hablando con mi amiga Louise por el teléfono fijo. Podrán comprobar eso en mi lista de llamadas, ¿no? Ustedes pueden ver todos esos registros sin problemas.

Katy asintió satisfecha.

—Y dígame, señora Bennet, viendo que es usted una mujer tan agradable, ¿podría contarme su relación con John Barton? Y, a su parecer, ¿qué clase de vecino era?

La señora Bennet sonrió con malicia, y al instante Katy sintió un escalofrío. El semblante bonachón de aquella dulce anciana pasó a ser el de una víbora sin escrúpulos.

—Pues verá, con total sinceridad tengo que decirle que estaba deseando que me hiciera esa pregunta. —Katy ya empezó a olerse que estaba a punto de descubrir el verdadero carácter de aquella mujer—. El señorito Barton —escupió con cara de asco— era un mocoso insolente. En el edificio se comenta... ¿Sabe usted? Me he enterado de que lo encontraron en el baño, y que lo habían golpeado. ¡No me extraña! Era, como le decía, un niño malcriado. Al portero lo tenía controlado, se hacía el simpático y le llevaba algún que otro regalo. Pero ya le digo yo que era para que mantuviera la boca cerrada.

Katy permaneció impasible. No quería mostrarle a la mujer el interés que empezaba a despertarle la conversación, eso podría animarla a que mintiera para darle más morbo al asunto; recordaba aquella táctica de todas las veces que había estado presente en los interrogatorios de Harry. Eso sí, él era mucho más inexpresivo que ella, y se le daba mejor. La veteranía también era otro punto a favor del inspector.

—Como le decía, no me extraña. Era muy maleducado si las cosas no eran como le gustaban. Y, claro, yo tampoco le agradaba, no soy plato de buen gusto para él. Ni soy guapa ni joven. Sin embargo, las dos jovencitas que viven en el tercero... ay, ¡Dios me libre de pensar mal! Pero estoy segura de que a esas dos las tenía en la palma de su mano. La idiotez de los jóvenes.

—Está diciendo que...

—¡No estoy diciendo nada, subinspectora! —exclamó alzando la voz—. Solo le cuento lo que observaba. Era un mujeriego, les ponía ojitos a esas niñas, y ¿cree que no me daba cuenta de las miradas que le echaba a la señorita Bowers? Agatha es una mujer muy bonita, y le va bien en su trabajo.

—Entiendo, señora Bennet —convino Katy con voz relajada—, pero ha de comprender que necesito algo más. ¿Tiene alguna prueba de lo que me ha contado?

La señora Bennet negó con la cabeza.

—No, querida. Pero esas cosas se notan, se perciben en el ambiente. Cuando oí que había muerto de una paliza... pensé en el señor Doyle, el padre de las crías. Después lo medité con calma, y llegué a la conclusión de que era imposible, porque ese hombre es un bonachón. Sin embargo, respecto a Barton, mi impresión era que ya tardaba en meterse en verdaderos problemas —repuso mientras daba otro sorbo a su té—. De todas formas, es cierto. No tengo pruebas. Pero él se creía dueño y señor de todo. A veces llegaba borracho y se ponía a gritar como un vándalo... definitivamente no era trigo limpio. —Hizo una pausa, y le dio el último sorbo a su taza—. En cierto modo, me da pena. Pobres padres... el señor y la señora Barton eran muy educados. Son personas con las que da gusto estar, al igual que esa hermana suya, también es policía, ¿verdad? Qué disgusto tendrá la familia...

—Perder a alguien siempre resulta doloroso —respondió Katy.

—¡Ah, no! —la subinspectora puso cara de sorpresa, y la señora Bennet matizó su respuesta—. Bueno, seguramente sus padres sí lo piensen. Aunque ha de saber, querida —añadió en un tono menos beligerante—, que por lo general es más doloroso tener que ocuparse de la oveja negra y descarriada, a la que, por mucho que lo intenten sus allegados, jamás podrán llevar por el buen camino. —La señora Bennet suspiró y volvió a adoptar su semblante más dulce—. Pensándolo mejor, tiene usted razón. La pérdida de un ser querido, sea como fuere, es terrible y te deja una marca imborrable.

Katy asintió. Ya tenía suficiente con todo lo que le había contado la anciana. Una metomentodo observadora y con una pizca de envidia hacia la juventud. Según la información que poseía la subinspectora, era una solterona que no quería ni oír hablar del tema familia. Al parecer no tenía ningún pariente salvo algún primo lejano. Sus padres habían fallecido hacía ya mucho y era hija única. Así pues, sin familia. Y, sin embargo, le parecía una mujer audaz e inteligente que se escondía detrás de aquella fachada.

Se planteó si las últimas palabras pronunciadas por la señora Bennet tenían algún significado genuino para ella. ¿Realmente había perdido a alguien en algún momento, y dicha pérdida le provocaba sentimientos tan dolorosos? ¿O simplemente estaba interpretando una fantasiosa representación teatral cuya única espectadora era Katy?

29

Mera

Octubre de 2019

El día, inevitablemente, no había sido lo que esperaba. El encuentro con Luca había ido mucho peor de lo que se hubiera imaginado. Asimismo, la confrontación con la madre de su novio, Diana Moore, no había sido para nada lo que cabría esperar de una relación nuera-suegra... ¿o sí? Claro que, hasta el momento, nunca había tenido una relación lo suficientemente seria como para poder establecer comparaciones. Solo había estado con un par de chicos antes de conocer a Harry, y únicamente había tenido contacto con la familia de uno de ellos. Eran amables y serviciales, pero no existió una relación estrecha.

Su educación le dictaba que debía tratar de llevarse bien con la señora Moore pese a todo. Y aun así, una vocecita en su cabeza insistía en recordarle que esa mujer había causado daños irreparables en la vida de las personas que amaba. Incluso en la de quienes ya no estaban y a los que Mera apreciaba sinceramente. Como Daniel.

Si bien era cierto que Daniel había tejido una mentira alrededor de su persona cuando trabajaban juntos, sentía simpatía por él, y lo extrañaba. Al fin y al cabo, era el hijo de Luca. Su cabeza no dejaba de dar vueltas a un sinfín de hipótesis y teorías sobre qué hubiera pasado si no hubiese resultado ser... un psicópata.

Suspiró, y al abrir la puerta de casa se topó con Emma al otro lado.

—Vaya cara traes —le dijo con una sonrisa pícara.

—Ni me preguntes. ¿Adónde vas?

—Pues había quedado con mi amigo Peter, pero creo hoy tú me necesitas más, ¿me equivoco?

Mera asintió con la cabeza. La verdad era que quería estar con su hermana antes de volver a la redacción, pero Emma tenía el día libre.

—No te preocupes, tengo que ir a trabajar. Dejé a Oliver solo, con todo lo que ha sucedido, y no debería ausentarme por más tiempo.

—Entonces salgo a comer, acompaña tú a los abuelos a la mesa. En cuanto termine te recojo y volvemos a la oficina juntas. No me importa echar horas de más, así mañana estoy más tranquila.

Le dio un beso rápido y se fue hacia el coche. A Mera le sorprendió que estuviera tan suave con ella. Con toda probabilidad había reparado en que su hermana mayor había llegado con una cara tan larga que le llegaba hasta las pantorrillas, y se había apiadado de ella.

Cuando entró en casa los abuelos estaban poniendo la mesa en la cocina.

—*Honey!* ¿Te quedas? —le preguntó su abuela Harriet.
Ella asintió con una sonrisa.

—¿Todo bien?

—Sí. Cosas del trabajo.

Su abuela miró a su marido con cara de «no me creo nada, pero vamos a hacernos los locos», Mera conocía muy bien aquella expresión.

—De verdad —insistió, como si quisiera convencerse a sí misma en voz alta.

Los abuelos asintieron mientras terminaban de poner los vasos en la mesa.

—¿Pudin de Yorkshire? —preguntó Mera entusiasmada.

—Con salchichas, que te hacen falta proteínas —confirmó el abuelo con cierto tono de regañina.

Mera llevó la comida a la mesa y la sirvió.

—Por cierto, *honey*, mañana queríamos decorar la casa para Halloween, este año se nos ha retrasado con...

—Con todo —saltó la abuela con una gran sonrisa, ayudando a Steve a terminar la frase—. Ha sido una locura de mes. Sin embargo, ahora que estamos más tranquilos, podríamos pasar el día en familia, ¿qué te parece? Mañana tenías el día libre.

A Mera le encantó la idea. Necesitaba pasar un día así. junto a sus abuelos y su hermana, lejos de la redacción. Si Emma hacía horas extra aquella tarde también podría tener el día libre.

Pero la calma no duró mucho, pues cuando ya terminaban el último bocado llamaron al timbre. La abuela Harriet, que ya se había levantado para recoger, fue a abrir.

Mientras tanto, Mera y Steve seguían recogiendo. La chica le echó un vistazo al reloj de pared y vio que ya tendría que salir para la redacción. Se dirigió al salón en busca del móvil para llamar a Emma y preguntarle cuánto tardaría en llegar.

—Oh, *darling*, ¿cómo tú por aquí? ¿Cómo estás? Pasa, pasa...

Al oír la voz de su abuela, Mera se asomó a la puerta de entrada y el corazón le dio un vuelco. Hacía mucho que no lo veía y, aunque él era quien la había alejado, ella se alegraba enormemente de aquel reencuentro.

—Gracias, tía. En realidad, he venido a ver...

—¡Tom! —gritó Mera.

«Otra vez has chillado más de la cuenta», pensó ella al instante, sujetándose el audífono.

—... a Mera —terminó la frase con una sonrisa.

Cuando fue a su encuentro, se percató de que aún estaba más fornido que la última vez que lo vio. Tenía el pelo algo más largo y barba de unos pocos días. Podía decir que estaba mejor que cuando se vieron el mes pasado, pero algo en el semblante de él hizo que Mera no estuviera del todo segura.

—Claro —respondió ella, ya más tranquila—, ahora me disponía a ir a la redacción, pero tengo que esperar a Emma, ¿prefieres pasar o nos sentamos en el porche? Hace buen día.

—En el porche estará bien —respondió este, algo azorado.

—¡Tonterías! Entrad y tomáis una buena taza de té.

Tom miró a su prima y a su tía con apuro.

—No se preocupe, tía, tengo prisa y Mera parece que también. No quiero molestar, pero le agradezco la invitación. Le prometo que a la próxima vendré para estar más rato con ustedes.

Harriet se dio por satisfecha y se despidió con un abrazo.

—Dale recuerdos a mi hermano. ¡Steve! ¡Tom está aquí!

Steve lo saludó con la mano. Mera supuso que estaba de

mal humor al oírlo saludar con un murmullo que sonó más como un gruñido. Su abuelo estaba un poco dolido con él porque durante el tiempo que Mera estuvo convaleciente, Tom no dio señales de vida ni se preocupó por saber cómo se encontraba.

Ella, en cambio, no lo veía así, y no tenía nada que reprocharle. Tom había tenido que librar sus propias batallas internas, como superar la muerte de su novia. No podía decirse que le hubieran tocado las mejores cartas en aquel juego.

Mera se sentó en el balancín doble de la puerta y le hizo un gesto con la mano a Tom para que se acomodara a su lado.

—¿Cómo estás? —le preguntó ella.

—Lo siento.

Su prima se quedó mirándolo perpleja.

—Me enteré de lo del incendio, y de que estuviste en el hospital. Y aun así no te llamé ni fui a verte. Soy despreciable —concluyó Tom, melodramático, tocándose la cara en señal de aflicción.

—No estabas en tu mejor momento, Tom, no te preocupes.

—Eres mi prima, casi una hermana para mí. Y no estuve a la altura. Me avergoncé tanto cuando me enteré... hacía ya unos días que no te cogía el teléfono, y me acobardé pensando que no querrías verme en el hospital.

Ella posó una mano en su pierna, para reconfortarlo.

—No seas bobo. Todos tenemos nuestras pesadillas, no es que estuvieras en tu mejor momento. Lo ocurrido nos afectó a todos.

—A todos, sí —recalcó él—. No solo a mí. Me he comportado como un crío —concluyó, mirándola con ojos de cordero.

—Déjalo ya, Tom. Me alegro de que estés aquí y de que lo hayamos hablado —respondió conciliadora.

Le dolía, sí. Ahora bien, ya tenía suficiente con lo que había pasado con Luca como para encima sumarle lo de Tom. Necesitaba que parte del dolor se fuese y, perdonar era la única manera que se le ocurría.

—He... venido por otra cosa, además de esto. Siento que te lo debo —le confesó él—, o puede que siga siendo un egoísta y solo necesite contártelo desesperadamente.

Ella lo miró con preocupación y tragó saliva. Tom se mantuvo en silencio por unos instantes. El sol estaba en todo su esplendor, y, aun así, Mera sintió sus rayos más fríos que nunca. Esperó paciente a que él reuniera el suficiente valor para seguir.

—Como bien sabes, el ruin de John Barton ha muerto —dijo con asco—. Bueno... la compañera que siempre va con el inspector Moore me ha llamado. Katy se llama, ¿no?

Mera asintió, instándolo a que siguiera hablando.

—Están interrogando a todos los vecinos del edificio.

—¿Y tú qué tienes que ver en todo esto?

Él suspiró, pues no pudo por menos que exasperarse un poco al oír aquella pregunta. Para él la relación era más que evidente.

—Yo era la pareja de Aletheia, así que tendría motivos para... ya sabes —respondió—. Ciertamente, los tengo más que nadie.

«No estés tan seguro», pensó ella, con la imagen de Luca impresa en su mente.

—La verdad, Mera..., es que mi padre tiene un apartamento en el edificio donde vivía John Barton. Así que, con el pretexto de ahorrar dinero, les pedí a mis padres quedarme allí una temporada y dejar el piso que tenía alquilado. Ya sabes, era un cuchitril.

—Sí que lo era, no seré yo quien te diga lo contrario —comentó, en un intento por relajar la tensión del momento.

—Mera... —retomó la palabra Tom, muy serio—, solo fui porque quería vigilarlo. Desde que salió del juicio libre de toda culpa, yo solo pensaba en cómo podría joderle la existencia. Necesitaba tenerlo controlado y, sobre todo, hallar algo que lo incriminara, y hacerle pagar por lo que había hecho.

—Pero...

—No hice nada. Yo no lo maté, pero vuelvo a ser sospechoso, y esta vez por razones de peso.

Mera inspiró profundamente y se llenó los pulmones de aire. Estrechó con fuerza la mano de Tom y lo miró fijamente a los ojos.

—Tienes que decir la verdad, porque la mentira solo pondrá las cosas más difíciles si van descubriendo nuevos indicios, ¿entiendes? Te mereces ser feliz, y Barton está muerto. No por nada que tú hayas hecho, en ese sentido puedes estar tranquilo. Se ha marchado para siempre, y sin que hayas tenido que ensuciarte las manos. —Tom negaba con la cabeza, en señal de desacuerdo con su prima—. Escúchame bien, les dirás lo mismo que me has contado. Si esa es la verdad, no hay nada malo en ella. Por favor, Tom.

Mera lo miró con expresión suplicante y él la abrazó.

—Me da la sensación de que estoy cavando mi propia tumba.

—No. Estás cavando para plantar cimientos más fuertes, y así no volver a derrumbarte.

—Eres una poeta —bromeó su primo.

—Y tú un imbécil con tendencia al dramatismo.

De pronto se oyó el claxon del coche de Emma. Estaba en la puerta, esperando a su hermana. Mera se había olvidado por completo de lo tarde que era. Tom se despidió de ellas al tiempo que Mera entraba en el coche.

—Dichosos los ojos —le comentó Emma a su hermana con sarcasmo—. ¿Ha venido a pedir perdón por fin?

Ella negó con la cabeza.

—Ha venido más bien para limpiar su conciencia.

30

Mera

Octubre de 2019

Se encontró la bandeja de entrada de correos sin leer hasta arriba. A su juicio, había descuidado el periódico durante demasiado tiempo. Odiaba ver aquel número tan alto encima del sobre digital, e intentaba por todos los medios que no apareciera. Sin éxito, como era de esperar.

Llevaba días intentando sacar algo en claro de todo lo sucedido. Era tan difícil atisbar algún indicio que no incluyera a Luca, que aquella tarea se le atragantaba sin cesar. El hecho era que necesitaba respuestas. Pero nadie se las daría, o al menos, no de manera fácil. Lo que sí podía hacer era investigar, pues, al fin y al cabo, era lo que mejor se le daba. Debía reconstruir la historia, paso a paso, y darle forma hasta que emergiera la verdad.

Una verdad que, echando mano a las estadísticas, no la beneficiaría en absoluto. Luca estaba manchado de sangre, literalmente. Por el contrario, su primo Tom había pensado en unas cuantas formas de hacerle la vida imposible a John Barton, y aun así no podía creer que ninguno de los dos fueran los responsables de aquel nefasto suceso.

—¿Se puede? No respondías, y he abierto para comprobar si había alguien.

Mera se llevó un buen sobresalto en cuanto Emma asomó por el resquicio de la puerta.

No la había oído. Estaba tan ensimismada en sus pensamientos que no se enteró de que alguien abría la puerta. Claro que de hecho la pequeña de los Clarke no solía pedir permiso ni perdón, así que en caso de haberla oído tampoco habría cambiado nada.

—Perdona, estaba... absorta con el trabajo —mintió.

—Ya veo, ya —convino Emma en tono despectivo.

La chica cerró la puerta tras de sí y se sentó en la silla frente a su hermana, acercándose lo máximo posible. Volvió a mirar hacia la puerta, y de nuevo a Mera, como si alguien pudiera escucharla.

—Mantendremos un alto al fuego por el momento. Eso no quiere decir que no siga enfadada contigo. No me gusta que estemos así, Mera, pero no puedo olvidar lo que pasó tan fácilmente. Me va a llevar tiempo, y no, no sabría decirte cuánto. Digamos que... ya no albergo una ira incontenible en mi pecho —tomó aire antes de seguir—, y no quiero que sigamos así, pero cuando lo pienso, aún me cuesta comprender por qué sigues hablando con ellos. Ahora no me apetece hablar del tema, pero cuando estemos más tranquilas en casa, supongo que querré escuchar los maravillosos motivos que te mueven a actuar así.

A Mera la pilló por sorpresa aquel repentino cambio de

actitud de su hermana. ¿Tan derrotada la veía últimamente que le daba pena? No quería que la lástima fuera el único motivo que moviera a su hermana a perdonarla.

—Lo comprendo. Por más que intento no pensar en ello, el tema sigue mortificándome... —Emma la miraba con aire inquisitivo. No quería seguir hablando del asunto, al menos no ahora. Al parecer su impaciencia obedecía a otra cuestión más urgente—. Está bien, te prometo que hablaremos largo y tendido de ello —concluyó, suspirando—. ¿Y a qué se debe este alto al fuego?

Emma esbozó una sonrisa entre pícara y satisfecha. Mera hacía bastante que no veía a su hermana pequeña adoptar una actitud tan juguetona.

—Tengo una pregunta, a lo mejor es de lo más obvia y todo el mundo aquí lo sabe, pero prefiero hacértela. ¿De qué se conocen Oliver y Lyla? —inquirió, bajando un poco la voz.

Mera le leyó los labios, aunque en realidad la había oído perfectamente al encontrarse en un espacio cerrado, pero había empezado a adoptar esa costumbre. Aun así, se relajó más en cuanto comprobó que la había oído sin problemas a pesar de que Emma había bajado el tono de voz.

—¿A qué viene eso?

—Pues... me dirigía hacia el despacho de Oliver, tenía unas cuantas ideas en mente que comentarle sobre aumentar el *engagement* en redes. Cosas mías, nada especial. Pero cuando estaba en la puerta oí la voz de Lyla dentro de su despacho... No me malinterpretes, no fue queriendo —repuso de inmediato tratando de justificarse, aunque sin mucho éxito.

—Dios, Emma, no me digas que te has dedicado a husmear detrás de la puerta.

Mera ponía cara de desaprobación, pero lo cierto era que

sentía curiosidad. Emma era muy fisgona y más bien entrometida. A veces, esa «cualidad» de su hermana la beneficiaba, pues le permitía estar al corriente de ciertos asuntos sin tener que implicarse en persona.

—Espera, hazme caso. Luego ya me regañarás. Es importante. ¿De qué se conocen esos dos?

—Tengo entendido que Oliver era amigo de John y de Luca desde adolescentes. No era tan íntimo como ellos dos, pero creo que se juntaban bastante, como si pertenecieran al mismo grupo.

—Vamos, que enchufaron al amigo del jefe una vez más —sentenció Emma, poniendo los ojos en blanco—. Menos mal que querían cambiar las cosas.

—Ahora la jefa soy yo —la reconvino Mera—, y te recuerdo que eres mi hermana y estás aquí.

—Me has pillado, nada que añadir a eso —repuso, levantando las manos en son de paz—. Bueno, a lo que iba.

Mera se cruzó de brazos, en guardia, dispuesta a escucharla con atención y procurando no juzgarla. Al fin y al cabo, lo que Emma había oído debía de ser lo bastante interesante como para que se hubiera puesto así. Emma era curiosa por naturaleza, pero no le contaría nada que no fuera verdaderamente relevante.

—Lyla estaba un poco cabreada. Le preguntaba algo así como si no había notado nada raro. Y le soltó que su padre le había hecho un enorme favor prestándole el piso. —Emma pronunció aquellas palabras imitando a Lyla—. «Lo único que tenías que hacer era vigilarlo» —volvió a dramatizar—, o algo parecido es lo que he oído. No te quedes con las palabras literales, sabes que no soy muy buena en eso.

—Ya, te encanta el teatro. Entonces ¿con qué me quedo?

—Pues, con que ella estaba cabreada. Y con que parecía que hablaban de John —repuso Emma, emocionada.

—¿Y por qué crees que hablaban de él? —preguntó, ahora más intrigada.

—Oliver dijo algo así como que ya estaba harto y que hacía mucho que ellos no tenían tan buena relación como para hacer lo que ella le había pedido. La verdad, no sabía de quién hablaba, pero si me dices que era un viejo amigo de John... no sé. Tiene pinta de que hablaban de él.

—¿Tú crees? Eso es mucho suponer, señora cotilla.

—Bueno, no sé. Me he ido enseguida de allí por si salía Lyla inesperadamente y me pillaba en la puerta. Pero ¿no te parece espléndido?

Miraba a su hermana, pero parecía ausente, como si se le hubiese ido la cabeza por unos instantes.

—Me pregunto si es posible que supieran que iba a pasarle algo a John. ¿Por qué, si no, Lyla le pediría a Oliver que lo vigilase? No sé... Supongamos que ella sabe más de lo que parece.

—Seguro que conoce mucho mejor el entorno de él —respondió Mera encogiéndose de hombros—. Es su hermana, al fin y al cabo.

—Era. Y se suponía que llevaban mucho sin hablarse...

—Si lo llego a saber, en vez encargarte que dirigieras las redes sociales, te habría impartido unas prácticas de investigación periodística.

Emma le ofreció una gran sonrisa mientras se levantaba de la silla.

—No me interesa, pero estoy segura de que a ti sí. Piénsalo, el abuelo siempre nos los dice: donde menos te lo esperas encuentras la respuesta del crucigrama.

—Sí, pero lo dice con el periódico en la mano mientras está resolviendo uno.

—Pues es como en la vida misma, hermanita, como en la vida...

Mera pensó: «¿Y si llevaba razón?». No quería basarse solo en eso, pero tenía algo por lo que empezar.

—Podrías preguntarle a Luca si eran amigos... puede que él sepa más de la relación que tenían, o si seguían hablándose. ¡O mejor —exclamó con creciente entusiasmo—, puede que siga teniendo alguna relación, aunque sea para hablar de trivialidades, y de ahí seguro que podrías sacar algo!

—Emma, ¿estás volviendo a ver *CSI* o algo por el estilo?

—He vuelto a tragarme las cuatro temporadas de la serie *Sherlock*, de Benedict Cumberbatch, y sigo sin entender por qué no han vuelto a hacer más. Cada capítulo es una obra de arte —respondió, con exagerado dramatismo.

Emma cerró la puerta, orgullosa de su respuesta, y dejó a su hermana allí plantada. Nunca la había visto tan entusiasmada. Sí que era cierto que desde que estuvieron cubriendo el caso, a su hermana le había entrado el gusto por los misterios. Como si estuviera en mitad de una película. Por otro lado, puede que tuviese razón, o que toda aquella intriga solo existiera en su cabeza.

Por unos instantes estuvo sopesando si debía tomarla en serio, y entonces recordó que ella misma estaba tratando de dar con una explicación que dejara a Luca y a Tom fuera del asesinato. Tomó una decisión. Si tenía que llegar hasta el fondo del asunto, a lo mejor podría empezar con lo que le había dado Emma. Cuando menos, su historia tenía un mínimo de consistencia.

Una vez más, agradeció encarecidamente no ser hija única.

31

Harry

Octubre de 2019

Tom Turner se sentó en la silla con el cuerpo ligeramente encorvado. No era habitual verlo así. Le costaba moverse, como si llevara constantemente una carga muy pesada encima de los hombros. Definitivamente le había costado mucho llegar a la conclusión de que ir a contarle a Harry lo que sabía era, sin ninguna duda, la mejor baza con que contaba.

El inspector se puso a dar vueltas por la sala de la comisaría en cuanto se despidió de él. Había aprovechado para contarle que ya tenía en su poder buena parte de la información sobre el caso. El dato que le faltaba no era otro que conocer por qué se encontraba en el edifico, habida cuenta de que apenas hacía un rato acababa de comprobar con sus propios ojos que, efectivamente, Tom estaba allí.

El hecho de que Tom hubiera comparecido lo beneficiaba y, de algún modo, se alegró de que así fuese. No quería tener otra vez como principal sospechoso a la misma persona que un mes atrás. El recuerdo era recurrente y se le atragantaba. Pensó en lo acertado que había sido ver esas imágenes solo un rato antes de que él llegara. Sin embargo, como era de esperar, Turner no tenía una personalidad agresiva, ni siquiera se acercaba a la de acosador. Trabajaba tanto que no disponía de tiempo para vigilar a Barton como le hubiese gustado, y por mucho que él lo desease, en su ADN no estaba el gen de la maldad. Le pareció patético el simple hecho de pensar en ello, pero resultaba innegable: había personas que eran incapaces de hacer daño a nadie, por muchas ganas que tuvieran. Y tener como objetivo a una persona solo con el fin de perjudicarla le parecía algo lamentable, aunque también había que reconocer que imaginarte que podías cambiar tu forma de ser hasta ese punto tenía su encanto.

Llegó a la misma conclusión de siempre: Tom era muy distinto de Mera, y los lazos familiares que los unían no parecían reales, aunque de hecho sí lo fueran.

—Cuando murió, yo estaba allí, estaba en mi casa. Oí la ambulancia y los coches de policía más tarde y me dio pavor salir. No puede culparme, haberme convertido en su vecino de la noche a la mañana me hubiese situado en el número uno en la lista de sospechosos —empezó a decirle, algo nervioso—. Al final salí por las escaleras traseras y no volví a casa hasta el día siguiente. Esa noche me quedé con mis padres.

—¿Y por qué ahora, señor Turner?

Él se encogió de hombros, abatido.

—¿Y por qué no? Ya tanto da —resopló—. Fui a ver a Mera, me había comportado como un estúpido durante el último mes... así que se lo conté. Me dijo lo que ya imaginaba que, si no tenía nada que esconder, lo mejor era contar la verdad. Y no lo tengo. Puede mirar en mi casa, hacerme pruebas de ADN. No sé cuál es el procedimiento en estos casos, pero me presto voluntario para lo que haga falta.

Harry asintió con cierta sorpresa. Nunca descartaba a nadie al cien por cien, pero Turner parecía una opción demasiado evidente para ser la correcta.

—Gracias, señor Turner. Si me lo permite, le ruego que no se vaya de viaje, que mantenga su rutina diaria y esté disponible y localizable en todo momento por si necesitamos volver a hablar con usted.

Tom asintió con la cabeza.

—Soy el primer interesado en que esto se resuelva.

—¿Tiene idea de quién ha podido ser? —le preguntó el inspector.

—La pregunta, señor inspector, es ¿quién no tenía motivos para hacerlo? No contaba con muchos aliados después de lo de Aletheia... —se le quebró un poco la voz al pronunciar su nombre. Los ojos comenzaron a brillarle y carraspeó para disimular delante de Harry—. Le diría que incluso el propio señor Lowell, pero está en Escocia, según oí.

Harry sabía que los Lowell no estaban en su mejor momento, pero tampoco se acercaban a Torquay bajo ningún concepto. Su casa, de hecho, estaba en venta y no querían saber nada de la localidad. Los había descartado hacía tiempo.

—Sí, no era una persona muy querida últimamente —repuso el inspector con una media sonrisa—. Le agradezco de nuevo su sinceridad y que haya venido hasta aquí, señor Turner. Lo avisaré si precisamos algo más.

Tom se levantó satisfecho y se despidió de Harry con un apretón de manos.

Harry suspiró, más abatido a medida que terminaba el papeleo y regresaba a su despacho leyendo sus notas. Le ayudaban a aclarar la mente, pero esta vez no lograba concentrarse.

Después de pasarse un buen rato deambulando de aquí para allá, a la espera de que llamara el forense, decidió ir en busca de Katy al lugar donde habían hallado a la víctima. Al fin y al cabo, la investigación tenía que seguir avanzando, y si trabajaban los dos en el caso, todo iría mucho más rápido y él podría hacerse una idea general de cómo eran las personas que vivían allí.

Katy lo avisó de que estaría esperándolo en el vestíbulo, y al llegar se la encontró allí, echándole un vistazo al móvil.

—¿Qué tal? ¿Has llegado a hablar con alguien? —le preguntó Moore a modo de saludo.

Katy se guardó el teléfono y puso cara de fastidio. No sabía bien por qué, pero el inspector se animó sobremanera al ver la cara de Katy. Pensó que debía de ser por aquello de «mal de muchos, consuelo de tontos».

—La señora Bennet ha sido encantadora e indiscreta al mismo tiempo. Con un toque de maldad en la punta de la lengua. Muy mordaz. Todo a la vez.

—La edad es un punto a favor en estos casos.

—De eso nada, mi abuela es una anciana dulce y adorable —le respondió Katy con fastidio.

—Cierto, vivir rodeada de gente que la quiere también ayuda. Esta mujer, en cambio, está sola y necesita un *hobby*.

—A veces tu sensibilidad y tu empatía me fascinan. Deberías haberla interrogado tú, os hubierais entendido a las mil maravillas. De hecho, tendrías que ir a conocerla —lo instó su compañera a modo de provocación.

Harry sonrió. Estaba seguro de que esa mujer le caería bien, pero ahora no era el momento de la señora Bennet.

—Los Doyle.

—Sí —convino la subinspectora—, el padre y sus dos hijas. Le he pedido que nos recibieran cuando estuvieran todos en casa, así no los marearemos más de la cuenta. También me prometió que estaría su amigo, el hombre que vino aquel día, ¿lo viste en las grabaciones? Parece ser que se conocen desde la infancia. El señor Grey.

Harry asintió. Lo había visto a él y a las hijas del señor Doyle salir y al entrar del edificio.

Subieron al tercer piso en el ascensor. Antes de que él pudiera llamar al timbre una muchacha de cabellos dorados abrió la puerta con una sonrisa de oreja a oreja. Les sonrió a los dos con entusiasmo, como si de una comida familiar se tratase y ellos fueran esos familiares que habían estado lejos todo el año y a los que tanto deseaban ver.

—Buenas tardes, inspectores —los saludó tendiéndoles la mano—, mi nombre es Jaqueline Doyle, mucho gusto.

La muchacha, de unos dieciséis años, era de lo más atrevida. Aún llevaba puesto el uniforme, el mismo que Harry le había visto en la cámara el día del crimen, supuso que hacía poco que había llegado de la escuela. Justo cuando iba a hablar, otra cabeza rubia apareció detrás de la chica.

—¡Yo soy Cornelia! Encantada —dijo, apartando a su hermana hacia la pared de su derecha con un golpe de cadera.

Katy miró divertida a Harry, consciente de que la presencia de las dos hermanas lo ponía de los nervios. Eran dos crías en un patio de colegio.

—Buenas tardes, señoritas —repuso Katy, manteniendo la compostura—. Soy la subinspectora Katy Andrews, y este de aquí es el inspector Harry Moore. —Al oír el último nombre, a las chicas se les escapó un gritito ahogado de emoción—. ¿Está vuestro padre en casa?

—Claro, los estábamos esperando. Pasen por aquí —dijo la que parecía ser Jaqueline, aunque la frase la terminaron al unísono las dos.

A Harry volvió a darle un escalofrío.

—No son unas criaturas aterradoras, sino dos adolescentes emocionadas —le susurró Katy al oído en tono amigable.

—Mucho mejor, dónde vas a parar —repuso este con fastidio.

Al entrar, los inspectores se encontraron con una casa modesta. No era el lujo que habían observado en el ático de John Barton, si bien saltaba a la vista que no era un piso corriente. Algunos muebles eran auténticas reliquias. El inspector se fijó en una vajilla inglesa de porcelana exquisita. Y también había un par de jarrones situados en un lugar bien visible, para que quien entrara en la casa se percatara fácilmente de su presencia.

—Nuestro padre y el señor Grey nos esperan en el comedor —les dijo Cornelia, haciendo un gesto con la mano para que pasaran a la habitación adyacente.

Allí había dos hombres sentados alrededor de una mesa rectangular y grande, con tazas de té y un pastel de carne. Harry reconoció al señor Grey de inmediato. Tal como ya había observado en la grabación, era un hombre algo mayor, posiblemente aparentaba más edad de la que tenía debido a su cuerpo un poco encorvado, que inevitablemente le hacía una chepa. Tenía unas entradas pronunciadas y el pelo castaño tirando a rubio, que propiciaba algunos claros en su cabeza, y daba la impresión de tener menos cabello. A su lado, presidiendo la mesa, el señor Doyle. Este era un hombre algo más cuidado, con el pelo totalmente blanco, que le confería cierto atractivo. Seguramente de más joven había sido rubio como sus hijas. Una barba espesa le cubría el rostro y le daba un aspecto de intelectual.

—Buenos días, inspectores —dijo el anfitrión levantándose de inmediato al verlos—, encantado de poder ayudarlos; como ya se habrán imaginado, yo soy Andrew Doyle y este es mi viejo amigo, el señor Arthur Grey.

Harry y Katy asintieron con la cabeza y se sentaron cuando Doyle se lo pidió amablemente señalando las sillas. Las niñas sirvieron alegremente a los invitados sin preguntar, y acto seguido se sentaron al otro lado de la mesa.

—Ustedes dirán, inspectores.

—Le agradecemos la rapidez con que nos han atendido, y que haya llamado al señor Grey para ahorrarnos otra visita —repuso Harry—. Por nuestra parte, solo serán algunas preguntas rutinarias para hacernos una idea del contexto en el que vivía John Barton.

Tanto el señor Grey como el señor Doyle asintieron en señal de conformidad.

—Creen que ha sido uno de nosotros, ¿no es así, inspectores? —preguntó Jaqueline emocionada. ¿O era Cornelia? Harry ya no sabía quién era quién, e intentaba no prestarles demasiada atención.

—No seas boba, esto lo hacen siempre. Es de manual —respondió la otra.

Ahora sí que les lanzó una mirada asesina a ambas que las hizo enmudecer. Katy, en cambio, no tardó en intervenir, pero fue al grano.

—Todo es rutinario, chicas. Aun así, necesitamos que nos

cuenten lo que hicieron aquel día, ¿les parece? Eso sí, cuando son muchos, preferimos que hablen de uno en uno y en privado. Menos las chicas, claro, que son menores de edad, y lo haremos con usted presente, señor Doyle. Empezaremos por usted si le parece.

El aludido estuvo conforme y le pidió al señor Grey y a sus hijas que se retirasen al salón hasta que los llamaran. Los dos hombres se miraron brevemente y este último se levantó con las niñas.

Harry observó al señor Grey. Parecía algo preocupado, y, por la mirada que acababan de intercambiar dedujo que la relación entre ambos no era solo de amistad.

—Díganme, señores.

—¿Nos podría contar qué hizo aquel día, señor Doyle?

—Pues no me moví de casa, la verdad. Desayuné con mis hijas, y me puse a teletrabajar como todos los días en cuanto salieron por la puerta. Volvieron las niñas, ellas hicieron sus tareas de clase y yo terminé algún que otro informe para el trabajo. Por la tarde llegó Arthur y vimos una película todos juntos.

—¿En qué trabaja?

—Soy editor en una pequeña editorial. Ya hace bastante tiempo que trabajo desde casa, puedo permitirme ese lujo. A veces voy a la oficina, pero solo cuando realmente se me requiere allí. La era de las nuevas tecnologías nos ha proporcionado otra visión del trabajo y puedo pasar más tiempo con mi familia.

Harry asintió.

—¿A qué hora se fue el señor Grey?

—La verdad es que no se fue. Arthur suele quedarse a dormir a menudo. Vive solo, y a las niñas y a mí nos gusta tenerle cerca.

—Entiendo —repuso el inspector.

—¿Cómo era su relación con John Barton, señor Doyle?

—A decir verdad, no teníamos mucha relación. Siento decirles que no soy muy hablador. Con total seguridad ahí podrán ayudarles más mis hijas. Ellas siempre andan metidas en todo. Se parecen mucho a su madre, ¿saben? Siempre para arriba y para abajo, hablando con cualquier persona. Es cierto que les parecía muy agradable ese hombre. Era atractivo, por descontado, pero creo que a Jaqueline dejó de caerle bien de un tiempo a esta parte. Supongo que ellas les contarán lo que haga falta de manera más exhaustiva que yo, por descontado.

Harry asintió y les pidió a las chicas que entraran en la sala, donde seguía su padre. Cada una de ellas se sentó a un lado de este, creando cierta confusión por su asombroso parecido.

—Chicas, ¿nos contáis qué hicisteis el día que murió el señor Barton? —se adelantó Katy a preguntarles.

Las niñas contaron con entusiasmo lo que hicieron aquel día, incluyendo algunos episodios de su colegio. Amigas, exámenes varios y cosas por el estilo. Hablaban mucho más de lo que Harry había escuchado en un mes entero, e iban intercalando las frases. Algunas, incluso las terminaban al unísono, totalmente sincronizadas. Pero no aportaron nada sustancial para los investigadores.

—¿Y cuál era vuestra relación con él?

—La verdad es que era muy guapo. —Esta vez tomó la delantera Cornelia—. Nos trataba como a adultas, ¿saben? No como si fuéramos dos crías de párvulos. Además, siempre nos distinguía. Jaqueline tiene un lunar debajo del labio, ¿ven? —dijo, señalando a su hermana. Era minúsculo, pero al estar centrado justo debajo del labio inferior se apreciaba perfectamente si te fijabas bien—. Es algo pequeño, pero yo no lo tengo, y así es fácil distinguirnos. Él lo supo al instante —dijo, muy convencida.

Harry se percató de que Jaqueline había dejado de hablar cuando su hermana contestaba la pregunta, y también de que su enérgico entusiasmo había desaparecido.

—¿Sabéis si había salido a menudo del edificio últimamente? ¿O si había recibido muchas visitas estos últimos días?

Ahora fue Jaqueline la que negó con la cabeza.

—No. Yo me lo encontré una vez, el día que volvió del juzgado, había salido en la televisión. Después de eso la verdad es que creíamos que ya no vivía aquí, no volvimos a encontrárnoslo desde entonces.

—Al que sí nos encontramos más veces fue al chico nuevo, ese tal Oliver que vive en el cuarto.

—¡Ah! Y a su abogado, nos lo dijo Colin. —Tomó el relevo Jaqueline, mirando a su hermana.

—Perfecto, chicas, ya lo tenemos todo. Terminamos con el señor Grey y lo dejamos tranquilo, señor Doyle —le anunció Katy.

—No es molestia. Todo sea por ayudar.

El señor Grey entró en la habitación y se sentó donde antes había estado el anfitrión. Su día había sido casi tan aburrido como el de su amigo. Una jornada entera de trabajo que terminó visitando a la familia y quedándose posteriormente. Grey apenas tenía trato con la víctima, pero antes de su encarcelación sí que se había cruzado a menudo con John.

—Si he de serles sincero, inspectores, no era un hombre agradable —les confesó—. Puede que este mundo esté mejor sin personas como él. Sé que eso no es lo que más me convendría decirles, pero... no sé cómo expresarles mi desagrado...

—Inténtelo, señor Grey, estamos aquí para hacernos una idea de la víctima. No se preocupe —lo tranquilizó Katy hablándole con suavidad.

El señor Grey cogió una servilleta y se puso a enrollarla, como si fuera un niño vergonzoso.

—Verán, creo que era bastante homófobo. —Y añadió enseguida—: Bueno, ni bastante ni poco. Eso es lo que era.

—¿Qué le hace llegar a esa conclusión, señor Grey?

—Bueno... verán... no sé si Andrew les ha contado algo. No suele decirlo. Así que, si no se lo ha contado, por favor, intenten ser discretos. Nosotros no somos amigos, somos pareja desde hace más de diez años. Los visito muy a menudo, claro. Son mi familia. Andrew no supo que era bisexual hasta entrada la treintena. Unos años después de que su mujer muriera en el parto. Él creía que estaba confuso por la pérdida, y porque yo estaba ahí con él para apoyarlo, pero como podrán observar, no fue así.

Harry asintió satisfecho. La mirada de preocupación que anteriormente había visto que intercambiaban, era de afecto y amor, lógica en una pareja basada en años de confianza.

—La cuestión es que Barton lo sabía, y era muy dado a dar su opinión al respecto.

—¿De qué manera? —quiso saber Harry.

—Pues con algún que otro «señores, ¿es que no tienen ustedes una casa?», o «¿qué dirían las gemelas si los vieran así?». Ya ven ustedes, las niñas lo saben desde que son muy pequeñas y están más que encantadas con la familia que hemos formado —les explicó—, pero siempre lo decía mofándose. Como si fuésemos un espectáculo para él. ¿Entienden lo que quiero decir?

Los inspectores asintieron.

—¿Alguna vez los amenazó o hizo algo que...?

—No, no. En absoluto —repuso de inmediato el señor Grey—, pero esas cosas se notan, ¿saben? No era buena persona. Se esforzaba en caer bien a todo el mundo y al mismo tiempo dejaba sus opiniones claras, por mucho que no fueran bien recibidas en su entorno.

Harry no necesitaba más. Miró a Katy satisfecho y salieron del piso.

El carácter y la personalidad de John Barton se revelaban cada vez con mayor nitidez a medida que avanzaban en la investigación, y Harry empezaba a simpatizar con la persona que lo había asesinado, pues podía entender a la perfección cualquiera de los motivos que la hubieran llevado a acabar con su vida.

32

Mera

Octubre de 2019

Ir a su encuentro se le antojó que podría parecer algo forzado. Nunca había mantenido una conversación larga con Oliver, y mucho menos una en la que pudieran intimar más allá de lo referente al trabajo. Sin embargo, una parte de ella sentía unas ganas arrolladoras de hacer aflorar a su periodista interior. Desde que la habían convertido en directora, el único artículo que había redactado había sido el de la muerte de su exjefe, y no había sido precisamente el que más la motivara para volver a las andadas como periodista de campo.

Se recolocó el audífono antes de salir de su despacho y fue directa al de Oliver. Ver la placa de redactor jefe con otro nombre que no era el suyo en la puerta seguía impactándola, y daba gracias de que no estuviera ubicado en la oficina de siempre, lo cual aún se le haría más extraño.

Se percató de que Lyla ya no estaba por allí, y eso la decepcionó y la alivió a partes iguales. En la oficina ya solo quedaban un par de trabajadores y ellos dos. A Emma la había recogido su amigo Peter en la facultad, y así Mera tenía el coche a su disposición para la vuelta a casa.

Llamó a la puerta de Oliver después de pensárselo un par de veces, y él la abrió inesperadamente.

—Hola, Mera. Creía que ya te habrías marchado —dijo, sorprendido.

—No, quería cerrar un par de cosas —le dijo, improvisando—, ¿te importa que charlemos?

Oliver levantó una ceja y dudó por un momento, pero de inmediato la invitó a pasar.

—En absoluto.

—Bueno, en realidad...

«Vamos, Mera. No seas ridícula, solo tienes que mostrarte espontánea», pensó hecha un manojo de nervios.

—Se me han acumulado muchas cosas. Y me gustaría que me dieras un poco tu perspectiva sobre algunos temas, ¿te importaría si traigo un té y lo vemos? Creo que va para largo.

Oliver la miró pensativo.

—A no ser que ya tengas planes —añadió—, si no, no pasa nada. Es completamente normal, no te he avisado con antelación, lo dejamos para mañana.

Él negó con la cabeza y sonrió por fin.

—No te preocupes, de hecho, prefiero no volver a casa. Así que me haces un favor, mejor pedimos que nos traigan algo a la oficina y nos ponemos a ello.

Mera dejó escapar un suspiro de alivio y le sonrió con dulzura. La primera parte había sido fácil. Ahora solo faltaba todo lo demás.

Oliver estaba bebiendo té mientras Mera repasaba un par de informes.

—¿Sabes? En realidad, pareces muy cosmopolita. Te gusta quedarte en la redacción hasta tarde y no te importa desvivirte por el trabajo. Es muy londinense —le comentó él, sonriéndole con dulzura—. Parece que la vida tranquila de aquí no va contigo.

Ella se encogió de hombros.

—Mi padre era español. Intento ir allí siempre que puedo. Hay establecimientos que a veces cierran incluso a las once de la noche. Y la gente tiene otro ritmo de vida. Supongo que será eso —le respondió, restándole importancia.

Una luz imaginaria se encendió en la cabeza de Mera. Debía aprovechar ahora que él había sacado un tema algo más íntimo para interesarse por él.

—¿Y tú? Tengo entendido que eres de aquí, pero no te había visto hasta que te contrató Lyla.

—Nací aquí, sí, pero obtuve una beca como periodista en Birmimgham. Trabajé de redactor de artículos culturales en diferentes revistas, como *freelance*. La verdad es que esa ciudad rebosa arte en cada calle y en cada esquina, ¿has ido alguna vez?

Mera negó con la cabeza. Se apuntó mentalmente que sería el próximo viaje que haría.

—Y la razón por la que regresaste es... —dijo Mera, sonriéndole con picardía.

—Periodista sí que eres, pero la sutileza no es tu fuerte —respondió él, divertido—. La verdad es que me sorprende que hasta ahora no hayamos tenido una conversación así, ya sabes, más trivial.

—No hemos pasado mucho tiempo juntos. Me ha venido un poco grande eso de ser directora de la noche a la mañana.

—No digas tonterías. Pero es cierto que no hemos tenido tiempo de sentarnos a conocernos mejor, y es una pena —dijo mientras se metía un pastelito en la boca. Mera lo miró expectante, esperando su respuesta—. Bueno, la verdad es que no era malo en los estudios, pero tampoco era el que mejores calificaciones sacaba. Siempre fui amigo de Barton y de Moore. Formábamos una especie de pandilla, aunque a decir verdad ellos estaban unidos de un modo que a mí se me escapaba. Yo era bastante más independiente, iba a mi bola, me gustaba pintar y dibujar... *hobbies* estos más bien solitarios. —Mera asintió, animándolo a proseguir con su relato—. Pero los estudios no se me daban tan bien como para obtener una beca de acceso a la universidad, y lo cierto es que me deprimí bastante. Me puse a trabajar los fines de semana ayudando en el jardín en casa de los Barton, y también alguna que otra tarde para ganar algo más, pero, claro, irremediablemente eso también fue en detrimento de mis notas. Así que los señores Barton me «financiaron» los estudios muy amablemente. Desde el principio me pareció que les caía bien, y aprendí mucho en su compañía. Me sufragaron los cuatro años de facultad, y de vez en cuando me pedían que les pintara algún cuadro o los ayudara con alguna tarea en su hogar.

—Entiendo.

—Nunca consintieron que les devolviera el dinero, al menos no directamente. Decían que no lo necesitaban y se sentían bien ayudándome. Siempre les he estado muy agradecido. Y cuando pasó lo de John... me ofrecieron este trabajo, pues yo también había terminado estudiando periodismo.

—Y no pudiste negarte —concluyó Mera.

—No pude, no —respondió solemne.

Se hizo un incómodo silencio, y haber seguido la conversación por aquel camino sin duda habría creado una mayor sensación de malestar, así que Mera intentó tomar otros derroteros, sin por ello renunciar a seguir conociéndolo mejor.

—Y si tanto te gustaba dibujar, ¿por qué no estudiaste Bellas artes? ¿O Arquitectura, tal vez?

—Pues verás...

Mera observó que Oliver empezaba a ordenar los papeles mientras consideraba su respuesta. De forma eficiente y automática. Al parecer la pregunta sobre el arte no había funcionado.

Se fijó en su pelo, pelirrojo, de un tono más bien apagado. No era tan brillante como el de su amiga Dana, pero aun así también llamaba la atención, a pesar de lo corto que lo llevaba. Los dos pelirrojos no podían ser más distintos entre sí en cuanto al carácter, y hasta ese momento no se había percatado. Oliver inclinó la cabeza, pensativo, y por fin retomó la palabra.

—Los señores Barton me convencieron de que estudiara algo que resultara más fructífero.

—¿Como periodismo? —inquirió Mera con una sonrisa irónica—. El periodismo no es que fuera precisamente una de las profesiones más prósperas.

—Lo sé —respondió, riéndose con ganas él también.

La sonrisa de Oliver era plácida, de satisfacción. De pronto sus miradas se encontraron por un instante. Mera agachó la cabeza, avergonzada. No quería que malinterpretara la situación como sucedió con John. De hecho, bastó un atisbo de aquel recuerdo para que a ella le entrara un escalofrío. Confió en que al menos él no se hubiera percatado de su reacción.

—Digamos que se lo debía —siguió explicando—, de modo que, habida cuenta de que eran los dueños de un periódico, pensé que les haría ilusión que estudiara esa profesión. Además, hasta ahora siempre he enfocado mi trabajo hacia el mundo del arte, así que no me ha ido nada mal —afirmó, esta vez con un punto de orgullo.

Mera suspiró aliviada al comprobar que la conversación avanzaba sin que su compañero pusiera el menor impedimento. Aun así, advirtió con inquietud que él no dejaba de observarla, la miraba con el entrecejo fruncido, como si tratara de averiguar qué era lo que pasaba por la mente de su jefa.

La verdad era que la idea preconcebida que Mera se había formado de Oliver Henderson comenzaba a desvanecerse por momentos. Lo imaginaba más altanero y prepotente. Por el contrario, era un muchacho humilde y algo tímido que solo procuraba hacer su trabajo lo mejor posible.

—Ha sido bueno tenerte por aquí —le dijo ella con total sinceridad—. Siempre andaba cargada de trabajo, y me costaba delegar. Pero tú, desde el momento en que llegaste, has sabido desenvolverte a las mil maravillas.

—Soy muy organizado, creo que tengo un TOC de esos —le contestó restándole importancia, con una sonrisa que irradiaba sosiego.

Mera cogió por primera vez la taza de té que él le había traído. La joven lo miró comprensiva y decidió aparcar aquel plan por el momento. La situación se había vuelto más intensa de lo que cabía esperar.

—Creo que deberíamos dejar el trabajo por hoy. A veces

nos centramos demasiado en esto y no nos damos cuenta de que tenemos asuntos más importantes de los que ocuparnos en casa.

—Estoy totalmente de acuerdo, jefa —volvió a asentir el redactor jefe, visiblemente satisfecho.

Mera pensó una vez más en Luca al escuchar aquella frase en boca de Oliver. Y una punzada de culpabilidad le contrajo el estómago. No comprendía muy bien el motivo, pues no estaba haciendo nada inapropiado, y sin embargo sentía que aquella incipiente complicidad podría llevar a confundirla, y a hacerle creer que la estaba reemplazando por la relación de complicidad que había forjado con Luca poco tiempo atrás en un despacho como aquel.

Entonces recordó que Luca ya no volvería a trabajar allí con ella, y que, tarde o temprano, tenía que olvidar la relación profesional que tuvo con él, al fin y al cabo, solo habían sido algunas semanas.

—Me ha gustado mantener contigo esta conversación desenfadada. Hacía mucho que no tenía una charla así con nadie, deberíamos hacerlo más a menudo, es agradable poder contar con alguien que sepa escuchar y hacer las preguntas correctas —añadió mientras recogía sus cosas.

—Por supuesto, cuando quieras —respondió ella antes de que Oliver desapareciera por el umbral de la puerta.

Mera se derrumbó en la silla. Había algo que seguía haciéndole sentir incómoda. Definitivamente tendría que escarbar más a fondo si quería sonsacarle alguna información a Oliver. Con todo, y viéndolo en perspectiva, como primera toma de contacto no había estado mal.

Si no fuera por el hecho de que empezaba a sentir simpatía por alguien a quien pretendía desenmascarar.

33

Harry

Octubre de 2019

La autopsia estaba por fin lista para esclarecer el asunto. Harry recorría el interminable pasillo que conducía al despacho de David, el forense. Katy lo seguía, pegado a él como una sombra. El inspector se debatía entre un deseo incontrolable de saber la verdad, y un irrefrenable impulso de salir corriendo de allí y volver a Bruselas. Había días en que se planteaba regresar a Bélgica de forma inminente. Al principio Torquay le había parecido un buen retiro a pesar de seguir en activo. Sin embargo, no había sido así ni de lejos.

David ya los estaba esperando pacientemente con el informe. Por norma general solía enviar los resultados, incluido el toxicológico, al email de Harry, pero esta vez el inspector había insistido en oírlo de boca del propio forense. Manías de la profesión, como él solía argumentar saliéndose por la tangente.

El forense exhibió una gran sonrisa en cuanto los vio aparecer, y exclamó levantando las manos:

—Amigo mío, tu fama te precede: jamás había trabajado con ningún inspector que tuviera tan clara una modalidad específica de envenenamiento como causa de una muerte, a no ser que fuera médico o hubiese estudiado un poco.

—La verdad es que en mis ratos libres me gustaba leer algunos fundamentos de medicina.

—Eso explicaría muchas cosas. Me gustaría saber tu opinión antes de darte el informe. Me parece curioso como poco.

Harry se encogió de hombros e inspiró profundamente. La verdad era que estaba deseando tener razón.

—Cuando lo encontramos, tenía los labios deshidratados, incluso la piel escamada. Se apreciaba una gran pérdida de cabello y, lo último que observé en mi examen preliminar fue que tenía la lengua hinchada. Estos síntomas ya se le habían apreciado en los interrogatorios a los que fue sometido tras abandonar la prisión preventiva, además de diarreas y malestar estomacal. Sus padres nos dijeron que su médico lo estaba tratando de una gastroenteritis.

—Y tú no crees que fuera eso —aventuró el forense.

Harry negó con la cabeza.

—Sabes que no. Por eso insistí en que se llevase a cabo un examen de las uñas, que es donde resulta más fácil de detectar. Estaba seguro al noventa y nueve por cierto de que los resultados del análisis confirmarían que John Barton había muerto por envenenamiento con arsénico.

—¡Como en las novelas de Agatha Christie! —exclamó Katy sorprendida, soltando el aire de golpe.

—En realidad, querida compañera, el arsénico ha sido desde hace muchísimos años el veneno más empleado por los asesinos. Y además es el tóxico más fácil de detectar. De hecho, en Europa, allá por el siglo XVII, hubo muchísimos casos de personas que se intoxicaron lentamente por culpa del papel pintado con el que revestían las paredes, muy de moda por entonces. El pigmento contenía grandes cantidades de arsenito de cobre, que con la humedad y la mala ventilación tenía el mal gusto de hospedar una bacteria que envenenaba a quien estuviera en contacto con ella, causándole la muerte. Pero también lo encontramos en los matarratas, entre otros usos cotidianos.

—Sí, pese a lo que me digas, sigo pensando que todo es muy novelesco —replicó Katy con ironía.

—De hecho, se menciona en muchos de los libros que he leído —respondió Harry—, por eso me fue fácil identificarlo.

—Ha habido infinidad de asesinatos domésticos inconcluyentes a lo largo de la historia por culpa del arsénico —apuntó el forense—. En pequeñas cantidades te va destrozando el aparato digestivo progresivamente, y resulta fácil de achacar a otras enfermedades menores.

—Entonces estaba en lo cierto. No murió a causa de los golpes —anunció Harry, sin dar opción a réplica.

David asintió.

—El informe toxicológico revela que hubo intoxicación por arsénico, no hay duda. Y además sus órganos internos estaban bastante deteriorados, lo cual concuerda con los síntomas a largo plazo a los que tú te referías. Ha sido algo progresivo, y sin que él se percatase. Sin embargo, la última dosis sí que fue letal.

—¿Quieres decir que la última fue la que precipitó su muerte?

—Sí. Una de las «cosas buenas» que tiene la intoxicación

por arsénico es que nuestro organismo puede expulsar el veneno fácilmente en un periodo de entre veinticuatro y setenta y dos horas. La vía fundamental de excreción es a través de la orina. Nuestro propio cuerpo es sabio e intenta expulsar la mitad de trióxido de arsénico mínimo en ese tiempo.

—¿Y en cuanto se sitúa la dosis letal?

—Entre 0,07 y 0,2 gramos, dependiendo de la corpulencia de la persona. —David le pasó una hoja donde podía leerse, en la parte superior, INFORME TOXICOLÓGICO en letras de mayor tamaño—. En su cuerpo había 0,1 gramos. Puedes verlo ahí.

—Así pues, había sido muy bien dosificado.

—En efecto. Parece obra de un experto —concluyó David—. Tuvo que sufrir bastante. Es una muerte que conlleva una lenta agonía. Imaginaos, sufría una deshidratación severa, pero el agua no lograba aliviarlo, y eso que, según me dijiste, Harry, al parecer la bebía en grandes cantidades.

—No entiendo por qué su médico no lo intuyó —repuso el inspector.

—Eso no tiene nada de extraño. En pleno siglo XXI, nadie en su sano juicio sospecharía que está siendo envenenado con arsénico. Lo más probable es que piense que se trata de una gastroenteritis aguda, tal como le diagnosticaron, o incluso de una intolerancia, de una alergia...

—Hablaremos con el médico, lo tenemos en nuestra lista de interrogatorios —confirmó Harry.

—Pero ¿y los golpes? —quiso saber Katy.

Harry se puso tenso al oír aquella pregunta, pero disimuló su repentino nerviosismo haciendo como que leía el papel.

—La causa de la muerte es un fallo multiorgánico debido a una intoxicación por trióxido de arsénico. Lo tenéis en la autopsia. Recibió los golpes antes de morir, pero estos no causaron su muerte ni por asomo. Es cierto que tenía la nariz rota y la cara bastante magullada, pero nada que no pudiese curarse. En sus órganos no he hallado sangrado interno, ni costillas rotas. Bajo ninguna circunstancia los golpes pudieron ser los causantes.

—Habría que considerar si la misma persona que lo envenenó también fue quien le asestó los golpes, o si John Barton tenía más enemigos de los que imaginamos —apuntó Katy.

—Como siempre os digo, los motivos del asesinato os los dejo a vosotros. Pero hay un pequeño problema.

Harry suspiró.

—Dispara.

—Los chicos están analizando todo lo que había en la casa de John Barton, tal como me pediste —dijo, dirigiéndose a Harry—, pero aún no hemos encontrado ni rastro de arsénico.

—Tendremos que seguir buscando. Sin duda tiene que estar en algún rincón de esa maldita casa. Él no salía apenas —razonó Harry.

—David —intervino Katy, pensativa. Tenía la mano derecha apoyada en el mentón y la mirada fija en un horizonte imaginario—. ¿Podrías analizar si en el cuerpo de Barton había algún fluido que perteneciera a otra persona? Puede que si el ADN no coincide podamos identificar al agresor.

Harry carraspeó instintivamente. La garganta le arañaba y se le había cerrado.

«Mierda, Katy», pensó.

—Es igual que en el caso de Aletheia Lowell, Katy. Alguien capaz de envenenar tan lenta, metódica y premeditadamente a alguien, no encaja con el tipo de persona que va dando palizas por ahí.

—Lo sé. Pero aun así sufrió una agresión. Si hay dos criminales distintos, tenemos que averiguar quiénes son. No solo el que terminó matándolo, ¿no?

Su comentario era más una afirmación que una pregunta.

Harry asintió. Por supuesto, no le faltaba razón a su compañera, pero él sí conocía perfectamente a la persona que había cometido el acto de violencia. Y no, no era un criminal. O cuando menos no podía permitirse el lujo de dudar que lo fuese.

—Claro, estamos con ello —convino el forense—. Es lo que toca hacer en estos casos. El equipo seguirá analizando las muestras. Cuando tengamos algo os avisamos.

—Gracias, David —respondió Harry.

—Es mi trabajo —concluyó el patólogo a modo de despedida.

Katy y Harry salieron de allí en silencio. Se encaminaron hacia la comisaría juntos, cada uno absorto en sus pensamientos. Él no sabía lo que su compañera estaba pensando, pero tenía que hacerle ver que quien había golpeado a Barton no era culpable de nada. Aquella idea tendría que quitársela de la cabeza tarde o temprano, o se desataría un conflicto entre ambos que el inspector no deseaba en absoluto. A Harry no se le daba bien mentir, y mucho menos, tener que ocultarle información a la persona que estaba cada día a su lado. Porque eso era Katy. No solo era una compañera de trabajo, sino alguien con quien compartía todas y cada una de las interminables horas del día.

—¿Estás bien? —le preguntó ella preocupada, sacándolo de sus pensamientos.

Harry le sonrió de la mejor manera que pudo. A veces, sentimos admiración por determinadas personas, pero no sabemos expresarlo con palabras, no logramos dar con las adecuadas. Y eso era lo que le sucedía con ella desde que trabajaban juntos. Por eso le dolió mucho más tener que mentirle.

—Sí, claro.

—Estás más callado de lo habitual para haber tenido razón. Con lo que te gusta regodearte, y no se puede decir que no lo hagas a menudo —observó Katy con socarronería.

—¿Insinúas que soy un arrogante?

Ella se encogió de hombros y le dio una palmadita en la espalda.

—Engreído, sabelotodo, repelente... llámalo como quieras.

—Pero llevo razón.

—Siempre —dijo ella con voz solemne.

—Pues que no se te olvide —la previno, siguiéndole la broma.

Lo dijo más como un deseo, pero a ella le pasó desapercibido.

—¿Por dónde seguimos?

—Ahora que tenemos constancia de que ha sido envenenado, deberíamos seguir interrogando al resto. Tom Turner ha venido a declarar voluntariamente —le dijo, al tiempo que repasaba todo lo que aún no le había contado a su compañera. Algunas cosas sí que podría contárselas.

—¿Cómo no me lo habías dicho antes? —inquirió ella entre exclamaciones, sorprendida—. ¿Qué ha pasado?

—Parece ser que vive en uno de los apartamentos del segundo piso.

—Espera, ¿no vivía al lado del Dragón Rojo, en un pisito de mala muerte? Aún tengo el olor a sudor clavado en mi olfato de la vez que estuvimos allí.

—Bueno, para ser exactos, el piso es de sus padres. Él le pidió permiso a su padre para instalarse allí cuando John Barton salió absuelto del juzgado, según él «para tenerlo vigilado» —le explicó Harry, trazando unas comillas invisibles en el aire con sus dedos—. En la grabación aparece entrando en el edificio, lo tenía en la lista de interrogatorios pendientes, pero ha venido por su propio pie a contármelo.

—¿En serio?

—A decir verdad, fue su prima quien le aconsejó que lo hiciera. Ya que no tenía nada que ocultar.

—¿Y tú lo crees? Es cierto que no tiene pinta de matar a nadie, pero la gente cambia, el dolor te puede transformar en otro ser. Más oscuro... de una forma que nunca te imaginarías.

—Parece que hables por experiencia propia —le replicó Harry, y aquella última frase no hizo sino aumentar su preocupación.

Ella negó con la cabeza.

—Más bien al contrario. Es esta profesión la que nos hace pensar así. Mira a Daniel Wayne. Siento sacarte el tema, pero parecía un buen muchacho, nadie advirtió nada. No sé, creo que nunca estamos seguros al cien por cien de lo que la gente esconde por dentro. Ni siquiera la propia persona lo sabe.

—Soy de los que piensan que va en la naturaleza intrínseca de la persona. ¿Cuánta gente hay en el mundo que sufre experiencias horribles? Y no por ello se toma la justicia por su mano. Somos luz y oscuridad —siguió desarrollando su idea con voz persuasiva—, estamos llenos de zonas grises, pero en el carácter de cada uno ya está escrito si seremos o no seremos capaces de cruzar ciertos límites.

Harry volvió a reanudar la marcha con paso seguro, incluso un poco más enérgico, como si el mero hecho de verbalizar su pensamiento los hubiera convencido, tanto a ella como a él mismo, de que llevaba razón.

«Menudo hipócrita de mierda estoy hecho», pensó. Y no volvió a abrir la boca en un buen rato.

34

Luca

Octubre de 2019

Ya daba por supuesto que el día no iba a dársele bien. En realidad, desde que puso un pie en la casa de su infancia, supo que no habría ni una sola jornada que le resultara mínimamente aceptable. Su madre estaba a mitad de camino entre la pesadez y el fastidio. Era como si, inconscientemente, estuviera volviendo a la adolescencia. Una adolescencia que, por cierto, después de lo que ocurrió el mes anterior, no quería rememorar bajo ningún concepto.

Sin embargo, Diana Moore no paraba de insistirle en que aquello era lo que necesitaba. Y como era de esperar, su médico de cabecera estaba totalmente de acuerdo. No se lo había contado a Mera, ni a nadie más. ¿Para qué? Habría tenido que dar explicaciones que no conducían a ninguna parte.

Ciertamente le avergonzaba el hecho de admitirlo, pero más bochorno le causaba aún el hecho mismo de sentir vergüenza. Se había levantado pensando que era un necio y un pedazo de estúpido por albergar todas esas ideas preconcebidas en la cabeza. Sin embargo, la voz de su padre resonaba en su mente como un presagio. Le decía frases como: «Lo hacen porque eres débil» o «¿Qué dirían si supieran que mi hijo necesita un loquero?».

Bufó al repetir mentalmente la última frase. Seguro que así calificaría a un psicólogo: de loquero. Y, precisamente porque su padre pensaría de aquel modo, él tendría que estar aún más predispuesto a hablar con uno. Simplemente para demostrarle que no llevaba razón. Igual que un crío.

Aun así, aquel prejuicio lo absorbía con vehemencia y le hacía sentirse pequeñito cuando se sentaba en aquel sillón, mirando de hito en hito a aquella mujer de cabellos castaños recogidos en un moño y grandes gafas de pasta. La doctora Brown.

Estaban en una de las habitaciones que antiguamente había sido uno de los refugios de su hermano y de él. Seguramente su madre, que era más lista que un zorro, lo había hecho adrede. Para que se sintiera seguro y estuviera más tranquilo. Allí, en el otro extremo de la casa, nunca iba su padre. Ellos se pasaban el día jugando juntos y, conforme pasaba el tiempo, habían ido tomando posesión de la sala según sus necesidades. Un cuarto de juegos que se convirtió en sala de estudio, y que, finalmente, terminó siendo una habitación vacía y fría que nadie habitaba, pues estaba implícito en las paredes que era de Harry y suya.

Se apreciaba un poco la humedad y el papel pintado de la pared estaba algo envejecido. Su madre no había querido cambiar la habitación, y para compensarlo le había pedido al servicio que pusiera velas aromáticas en puntos estratégicos para así disimular el olor a humedad y a cerrado.

La mujer, que tendría unos cuarenta y pocos, lo miraba relajadamente por encima de las gafas. A Luca aquel silencio no le resultaba incómodo, sino más bien irritante.

—Usted dirá —empezó Luca, a fin de romper el hielo.

—Señor Moore, estamos aquí para que usted me cuente lo que precise —dijo con una cálida sonrisa.

—Estamos aquí para que me psicoanalice —respondió irritado.

—Si eso es lo que piensa, no merece la pena hacer terapia con una actitud tan reticente.

Luca resopló.

—Está bien, haremos una cosa —terció la mujer—, yo le cuento algo de mí y después usted hace lo propio —dijo, cerrando la libreta que tenía sobre las piernas—. Soy la doctora Brown, y conozco a su madre desde hace unos quince años. Fue de las primeras personas en venir a mi consulta, y desde entonces no falta a su cita.

—Se suponía que hablaría de usted, no de mi madre.

—Su madre es mi paciente —la doctora Brown le guiñó un ojo—, por consiguiente le estoy contando algo sobre mí. Ahora usted.

—Por el tono de su voz me da a entender que le tiene más aprecio que nosotros.

—¿Vosotros?

—Sí, mi hermano y yo.

—Señor Moore, a veces una madre tiene que hacer cosas por sus hijos que nadie diría que son posibles.

Luca negó con la cabeza.

—Espero que no me suelte el rollo de que cuando sea padre lo entenderé. Porque ya lo fui, y me arrebataron la opción de comprenderlo.

La doctora Brown sonrió.

«Mierda —pensó Luca—, esto era lo que ella quería. Que soltara la lengua».

—¿Cómo se siente al respecto?

—¿Usted cómo cree?

—Imagino que nada bien.

—Imagina usted bien.

—Señor Moore. Permítame que le diga que no estoy aquí para juzgarlo, y mucho menos para posicionarme. Estoy para escucharle e intentar aconsejarle. Lo que necesite contarme, será bienvenido.

Luca suspiró de nuevo. Tenía los brazos cruzados y, se percató de que el tono de su voz era de reproche. Y ese carácter no iba con él. Era una persona afable y abierta, a la que le encantaba relacionarse con los demás. Deseaba volver a ser esa persona. No perdía nada por intentarlo, ¿no?

—Me sentí traicionado —Luca se encogió de hombros—. Cuando uno es un necio, esa es la clase de cosas que suceden. Te engañan.

—¿Es usted un necio, señor Moore? Porque el hombre que tengo delante difiere mucho de esa imagen.

—Soy un ingenuo.

—Es posible, pero eso no tiene por qué ser algo malo.

—Para los demás estoy seguro de que no. Para mí, sin embargo, resulta cargante —Luca lo pensó por un momento—. Todo el mundo ha terminado manejando mi vida sin consultarme. Me enamoré de una chica, que decidió irse. Tuvimos un hijo de cuya existencia yo no tenía ni idea, aunque mis padres sí. Y todos ellos juntos decidieron ocultármelo. Tenían la absurda idea de que era lo mejor para mí. Porque era un adolescente, y no uno cualquiera, uno que tenía que rendir cuentas de su apellido y que, desgraciadamente, tampoco tenía el control de su propia vida. Un chaval que deseaba marcharse de casa y empezar a vivir de verdad, porque esto —dijo señalando cada pared de la habitación— era un infierno.

—¿No cree que lo único que quería su madre, en este caso, era salvarlo de esa situación peliaguda?

—Daría cualquier cosa por saber lo que encierra su mente —repuso él—, y sin embargo puedo atisbar un ápice de por qué lo hizo. Daniel no podría haber convivido con mi padre jamás.

—¿Por qué piensa eso? —inquirió la doctora.

—Él mismo quiso acabar con su nieto antes de que hubiera nacido. Fue lo que nos contó mi madre.

—Lo dice con una tranquilidad apabullante.

—Nada me sorprende de ese hombre. Terminó dejándome su empresa solo por venganza.

La doctora levantó una ceja, confusa.

—Oh, sí. Eso estaba claro. Toda nuestra vida siempre pensamos que Harry, mi hermano mayor, lo heredaría todo. Pero se fue a Bruselas y se ganó una reputación como inspector de Homicidios. A mi padre le cabreaba que no hubiera seguido sus pasos y, aun así, en su mirada siempre había un brillo de orgullo. Respecto a mí, no hubo día que no me recordara que el periodismo deportivo era un pasatiempo. Así que, para torturarme más, me dejó todo esto. A fin de seguir teniéndome aquí, encerrado. En su jaula.

Luca guardó silencio y fijó la mirada en el techo, frustrado. ¿Por qué tenía la sensación de que volvía a ser un adolescente? Pero ahora, en vez de ser el alumno perfecto, intentaba ir en contra de la autoridad.

—Es evidente que sus padres le han hecho daño. La diferencia es que uno lo hizo queriendo y el otro solo intentaba apagar el fuego del primero.

—Parece que ha venido en defensa de otra persona, doctora Brown. Entiendo que conoce su situación mejor que nadie, pero permítame que le diga que no está siendo ni objetiva ni profesional.

La doctora Brown volvió a sonreír con paciencia. Pero a Luca, por el contrario, la actitud de la psicóloga lo irritaba cada vez más.

—Solo intento que lo vea desde otra posición distinta de la suya. No le he contado nada sobre su madre. Más bien, pienso como una madre. El problema es que tiene que ver que no todo el mundo ha querido hacerle daño, sino que cada cual ha intentado sobrevivir a la situación a su manera, intentando minimizar los daños y, por desgracia, usted ha sido un daño colateral aun cuando las personas que lo aman procuraron que no fuera así.

Luca resopló, y se le hizo un nudo en la garganta. Miró a la doctora y empezó a sentir un escozor insoportable en los ojos.

—Me ha puesto en la ficha de reconocimientos básicos que toma somníferos. ¿Qué es lo que no le deja conciliar el sueño?

Por un momento recordó el rostro de su antiguo amigo y compañero John Barton. Su sonrisa vil y despiadada. Su nariz ensangrentada, su cara empezando a hincharse conforme le golpeaba una y otra vez. Rememoró el pánico de verlo allí tumbado, inerte. Y una y otra vez viajaba hasta aquel momento para hacerse las angustiosas preguntas de siempre: ¿Estaba muerto? ¿Lo había matado él con sus propias manos?

Se maldecía a todas horas por no haberlo comprobado, pero no por haber sido capaz de refrenarse. Esto lo torturaba noche y día.

De modo que cuando miró de nuevo a la doctora Brown, se decantó por una mentira a medias. Algo que seguía en su mente persiguiéndolo, aunque, debido a los recientes acontecimientos, en mucha menor medida.

—Pienso en el incendio. En la rabia de Daniel. En cómo hubiese sido mi vida si yo lo hubiera sabido todo. En que Mera, mi... —se detuvo en seco antes de referirse a ella como algo más, pero eso era realmente, aunque se le hiciera extraño pronunciarlo en voz alta, ¿no?—, bueno, ahora estamos juntos, creo —añadió—. Podría haber muerto por mi culpa. No sucedió, pero casi. Sufrió quemaduras a causa del incendio provocado y padece un déficit auditivo en un oído. No quiero volver a causarle daño nunca más. No permitiré que vuelva a suceder algo semejante como en el pasado con nuestros padres. Después de todo, yo... yo salí indemne, cuando en realidad Daniel iba a por mí.

—Oh, eso no es cierto, señor Moore —objetó la doctora Brown; ahora su sonrisa había desaparecido, y había sido reemplazada por un semblante más serio y circunspecto—. A juzgar por lo que se desprende de lo que hemos hablado hasta ahora, está claro que usted sufrió unas heridas muy profundas. Y probablemente mucho más difíciles de sanar que las de su novia.

35

John

Nunca se hubiera imaginado que acabaría allí. Había ido a Bristol a visitar a su abogado, precisamente para que lo que había de pasar no pasara. Y no solo eso, había acabado envuelto en un bochornoso altercado con Luca en medio de la redacción. Su redacción. Sus trabajadores.

Su lugar.

Y todos habían acabado mirándolo como si fuera un desconocido al que aborrecían. ¿Cómo se atrevían? Ni siquiera le habían dejado explicarse. El bruto de su amigo, bueno, ahora su examigo, no le concedió ni un momento para poder reflexionar.

Durante un buen rato no entendió nada en absoluto. Vio a Luca plantándole el puño en la cara y, al cabo de un instante, a su hermano con unas esposas. ¿Acaso se habían puesto de acuerdo para dejarlo en evidencia?

John sacudió la cabeza.

No. Ellos no se llevaban bien, se lo había contado el propio Luca hacía poco tiempo. Seguían sin dirigirse la palabra, y por eso él le había pedido que investigara el caso, para que se volviera en contra de su propio hermano, el inspector. Teniendo un aliciente de competitividad entre ellos pensó que sería más fácil.

Pero se equivocó. Y aquel error le hacía sentir una quemazón de rabia por todo el cuerpo imposible de controlar. Y no solo eso, había tenido que soportar el exasperante interrogatorio del mayor de los Moore, y había guardado silencio todo el rato, tal como le había ordenado su abogado. Un silencio total.

Sin embargo, al final tuvo que negar insistentemente que era él quien aparecía en aquel maldito vídeo junto a Aletheia. ¿Qué clase de depravado había grabado aquello? ¿O acaso estaban siendo espiados?

Estaba completamente seguro de que había sido su novio, Tom. ¿Quién si no querría incriminarlo de aquel modo? Seguramente se habría enterado de que Aletheia y yo manteníamos una relación, y que, por tanto, ella le era infiel.

Era muy estúpido por parte de un inspector de Homicidios no ver que la pareja de la víctima siempre era la autora del crimen. Y en el caso que los ocupaba, se trataba de un crimen pasional en toda regla, que incluía una argucia para tenderle una trampa. Por eso pensaba negar cualquier acusación.

Se entretuvo examinando detenidamente la habitación en la que se encontraba. Era la sala de interrogatorios de la comisaría de Torquay. El inspector Moore hacía un buen rato que se había marchado, dejándolo allí solo, o eso quería que creyera. No obstante, con toda probabilidad estarían observándolo, detrás del espejo situado a su derecha. Seguramente el propio Moore, el comisario y algún agente más. No iban a dejar que pasara ni un momento a solas. Estarían esperando a que se derrumbara o a que hiciera algo que pudiera darles un buen motivo para encerrarlo y endosarle el asesinato de la mujer a la que tanto amaba.

No sabría decir cuánto tiempo había transcurrido cuando la puerta volvió a abrirse. Esperaba que fuera su abogado, el inspector o incluso su padre para sacarlo de allí cuanto antes. Sin embargo, cuando levantó la cabeza no contaba con que fuera su hermana Lyla. Estaba frente a él, con los ojos hinchados y mucha ira acumulada en su rostro. No llevaba puesto el uniforme policial, por lo que supuso que ese día debía de estar fuera de servicio. Cerró la puerta con ímpetu y se plantó delante de él con los brazos cruzados. La mirada de ella lo perseguía, inquisitiva. Después miró hacia el cristal, y de nuevo a él. Su hermana era agente de policía en la comisaría de Torquay, y ya hacía un buen rato que él se preguntaba cuándo iría a verlo. Y por qué narices no hacía nada para sacarlo de aquel antro.

—¿Cómo has sido capaz? —exclamó ella, rompiendo el silencio.

El aire se podía cortar con un cuchillo tras aquella pregunta lanzada a quemarropa.

—No he hecho nada —respondió él, imperturbable.

—Serás... —le espetó ella.

Lyla se movió con la agilidad de un puma, se situó enfrente de su hermano y le propinó una bofetada. John no la vio venir, así que no pudo reaccionar. La mano de ella resonó con estridencia en la mejilla de John, que escupió teatralmente a un lado.

—¿Te has quedado tranquila? El poli malo ya me visitó hace un rato, creía que tú eras el bueno.

—Yo no debo estar aquí y, sin embargo, mírame. Como una idiota, por alguien que no se lo merece. Intentando sacar algo en claro con que poder demostrar que mi hermano no es un monstruo.

—Eres muy dramática, ¿no pensarás que la he matado yo? Estás loca —concluyó.

—¿Cómo te atreves a llamarme loca? —le espetó ella a voz en grito—. ¡No sé si la has matado, pero sí que la has violado!

—¿Te estás escuchando? Yo jamás haría eso. Aletheia y yo teníamos una relación. Ella se veía conmigo a escondidas —le desveló, tratando de calmarla.

Con todo, John empezó a ponerse nervioso. Pensaba que su hermana lo defendería, y, sobre todo, que creería su versión de los hechos. Sin embargo, como todos los demás, dio por buena la lectura incriminatoria de lo que sucedía en el dichoso vídeo, que alguien —John seguía convencido de que todo formaba parte de un ingenioso plan de Tom Turner— había grabado sigilosamente y posteriormente había colgado en Twitter para achacarle la autoría del crimen. Bien era cierto que la había dejado allí, y que fue un polvo violento, pero también fue pasional. Al menos así fue como él lo vivió y, al fin y al cabo, eso era lo que contaba, puesto que ella no estaba para dar su versión de los hechos. ¿Acaso pensaban inclinarse por creer la silenciosa versión de una muerta?

—¡Me da igual la clase de relación que tuvieras! En la grabación queda claro que ella no quería ahí nada contigo y al poco la asesinan, John, ¿es que no lo ves?

John negó con la cabeza.

—Todo se solucionará. Yo no he hecho absolutamente nada, estoy tranquilo —mintió a medias.

—¡Dios! —exclamó Lyla, fuera de sí—. ¿Sabes cómo están papá y mamá? Les va a dar algo.

—Bah, a papá se le pasará en cuanto mueva algunos hilos —respondió él, en plan pasota—, y a mamá puedes llevártela a dar un paseo por el faro de Brixham, le encanta aquella zona.

—Eres un estúpido y un malcriado. Y lo peor es que también eres un psicópata. Ojalá te pudras en la cárcel —le escupió ella.

—No digas cosas de las que luego puedes arrepentirte, hermanita. Además, recuerda que esa noche estuve en tu casa cenando con tu noviecita para que me la presentaras.

Lyla puso unos ojos como platos. Al parecer, se le había olvidado por completo.

—¿La violaste, después la mataste y viniste a mi casa como si nada?

John empezó a desesperarse.

—De verdad, ¿es que ya no eres mi hermana? Estás empezando a herir mis sentimientos.

—Siempre has sido un niño malcriado, John. Has mentido desde pequeño para salirte con la tuya, y te encanta manipular a todo el mundo. Cuando tuviste el percance del riñón creí que habías cambiado al ver la muerte tan cerca. Pero no. Por eso diriges el periódico de papá, porque eres exactamente igual que él.

—De ningún modo. De hecho, creo que soy todo lo contrario a él. Mi forma de ver el mundo es más divertida y pasional. Él es un insulso.

Al oír el comentario de su hermano, Lyla esbozó una sonrisa cargada de sarcasmo y sacudió la cabeza, sin poder dar crédito a lo que estaba oyendo.

—Te repito que no fui yo. Quienquiera que sea me está tendiendo una trampa, y tú tienes que entregar las imágenes de la cámara que hay en tu edificio. Me vendrá de perlas, eso seguro. Se lo diré a Rogers para que se las facilites —respondió muy seguro de sí mismo.

—Tú y yo hemos acabado, ¿comprendes? —le espetó Lyla, furiosa—. Después de ver el vídeo y de comprobar que ni siquiera tienes la decencia de retractarte, no puedo mirarte a la cara sin que me produzcas algo que no sea asco.

—¿Qué estás insinuando, Lyla? —inquirió John, más como una advertencia que como una pregunta.

Estaba llegando al límite de lo tolerable. Su propia hermana le mostraba un desprecio absoluto. Aunque no quería admitirlo, aquello le estaba doliendo. Porque, a pesar de todo, habían vivido siempre juntos, y los hermanos eran para toda la vida. No obstante, ella estaba diciendo que iba a romper el vínculo que los unía. Un vínculo del que al parecer llevaba tiempo separándose. Le había dicho que era un malcriado y un caprichoso. Y ella, ¿qué? Ella, que había estudiado y trabajado en lo que había querido, sin que sus padres la obligaran a nada. Ella, que era un «alma libre». Incluso cuando les dijo a sus padres que era homosexual y le gustaban las chicas, la recibieron con los brazos abiertos. Lo cual era algo que él estaba convencido de que la familia consideraría un escándalo.

Pero él no. John tenía que subsanar con su perfeccionismo y su buen hacer todas las torpezas que su hermana cometía. A él le encantaba ser el perfecto heredero Barton, para qué negarlo. Pero, aun así, ella podía permitirse hacer lo que le viniera en gana gracias a él.

Era una desagradecida.

—Yo no tengo hermano. Desde hoy —dijo Lyla mientras se acercaba a la puerta— estás muerto para mí.

Dio un sonoro portazo y se alejó sin mirar atrás.

36

Harry

El ambiente de Halloween era palpable en la casa. Recordaba, de cuando era pequeño, a su madre decorando el porche, el jardín y el interior de su hogar con gran dedicación. Era una de las pocas épocas del año en que su padre le permitía hacer todo lo que ella quisiera. Aunque, bien era cierto que él terminaba marchándose de viaje la mayoría de los años entre el 30 y el 1 de noviembre. Harry sospechaba que no le gustaba en absoluto aquella fiesta, pero que de algún modo recompensaba a su madre de esa particular forma.

El caserón ya tenía alguna que otra decoración en la entrada. Lápidas diseminadas por el césped y algún que otro esqueleto colgado. En la entrada también vio un espantapájaros que parecía de factura artesanal. Desde que tenía uso de razón, le constaba que a su madre se le daban de maravilla las manualidades, así que con toda seguridad lo había cosido ella.

La encontró en el jardín delantero, en compañía de una mujer de su edad. Estaban rodeadas de calabazas de diferentes formas. Desde las clásicas anaranjadas hasta otras de colores más verdosos. Harry contó por encima unas doce conforme avanzaba a lo largo del caminito de piedra, sonriendo para sí.

—Buenas tardes, espero no interrumpir —saludó cortésmente, haciendo como si se quitara un sombrero invisible.

—Deberías comprarte uno, seguro que te queda bien —respondió su madre.

Él se inclinó para darle un beso y le dedicó un gesto de salutación a la señora de la cabellera larga y gris. Estaba sentada en una de las sillas de mimbre del jardín, trasteando con una pequeña navaja.

—Esta es mi amiga Ruth York —dijo Diana—, seguro que no la recuerdas, pero es una vieja amiga.

—¿Como la madre Catalina? —respondió irónico.

Su madre lo miró con desaprobación.

—La verdad es que asistimos a algunas clases de enfermería juntas, sí —respondió la mujer con una sonrisa—, aunque después cada una tomó su propio camino y aquí estamos. Yo, por ejemplo, terminé siendo farmacéutica.

Harry notó que se sonrojaba levemente cuando escuchó a la mujer responder a su despectiva pregunta.

—Ah, me alegro —fue lo más que se atrevió a decir, pero terminó sonando igualmente brusco. Se volvió hacia su madre y preguntó—: ¿Luca?

—Está dentro, no sé qué estará haciendo. Ya sabes que no me habla.

—Y con razón —le respondió mordaz.

Diana lo miró de hito en hito, esta vez, a modo de silenciosa advertencia. Sabía bien que si seguía queriendo ir a su casa no podía reprocharle constantemente el pasado. No obstante, solo había transcurrido un mes, y a pesar de que lo había hecho con la mejor intención, existían secretos que hubiera sido mejor desvelar y no dejar cautivos durante años. Pero, después de tantos años, era como si se encontraran en una trinchera, observando a un batallón difícil de batir.

—Voy a buscarlo, tengo que hablar con él —dijo, mientras entraba en la casa.

Una vez dentro, dejó la gabardina en el perchero y subió las escaleras que conducían a la primera planta. Llamó a la puerta de su habitación. No obtuvo respuesta. Al volverse vio a Carl, que nunca fue plato de gusto para Harry. El mayordomo lo condujo hasta Luca, que estaba en el jardín trasero.

—Pasa muchas horas allí —le comentó.

Harry se sorprendió al comprobar que Carl mostraba un atisbo de preocupación por su hermano.

—¿Muchas?

—No parece que le guste estar dentro del caserón.

—¿Y puedes culparlo por ello?

—No. En absoluto. Solo se lo comento, señor, creo que debe saberlo.

Harry asintió intentando ser lo más amable posible. Al fin y al cabo, algo de cariño debía de tenerles después de tantos años conviviendo con ellos, a pesar de la buena relación que mantenía con su difunto padre.

Luca estaba leyendo un libro en la hamaca del jardín. A su alrededor, las hojas amarillas y anaranjadas de los árboles empezaban a caerse de forma incipiente. Era una estampa de película.

—¿Cómo te encuentras? —le preguntó sin más preámbulos—. Quizá te vendría bien ayudar a mamá con la decoración de Halloween, parece divertido —añadió, procurando sonar despreocupado.

Su hermano lo miró por encima del libro, confuso. No lo esperaba allí.

—Deberíamos ahorrarnos ese tipo de preguntas ridículas —respondió—. Creo que sería más interesante saber cómo va tu investigación.

—¿Crees que solo he venido por eso? ¿No puedo pasarme para comprobar cómo estás?

Luca sacudió la cabeza en señal de negativa.

—Puedes. Pero ambos sabemos que no es tu estilo —reconoció.

»Vamos, Harry... Ya tenéis los resultados de la autopsia, ¿verdad?

El inspector asintió con una sonrisa paternal. Era algo bueno, a pesar de todo lo que estaban pasando, había ido a darle una buena noticia.

—Te dije que no eras el... el asesino. Y así es.

Luca esperó a que él prosiguiera con una explicación convincente.

—Se supone que no puedo hablar de ello.

—Me estás encubriendo, Harry, ¿de verdad ahora te importa contarme lo que ha revelado la autopsia?

—Cuanto menos sepas, mejor.

—Esto es increíble. ¿Me dejas aquí contra mi voluntad y ahora me guardas secretos?

—No seas injusto. El pacto era que tú pasabas un tiempo bajo la vigilancia de mamá y yo me encargaba de lo demás.

—No fue un pacto, Harry. Nunca lo es. Tú has decidido

con mamá sobre mi vida. ¿Acaso intentas retomar la figura de nuestro querido padre?

—No vayas por ahí.

—Pues deja de hacerte el protector. No soy un crío. Asumiré mis errores, pero necesito tener toda la información.

Harry suspiró hasta sentir que tenía los pulmones saturados.

—John Barton ha muerto envenenado. Es todo lo que te puedo decir. Tú no tuviste nada que ver, a no ser que seas un experto en venenos. Estaría bien saberlo.

Luca liberó el aire con alivio. En un arrebato abrazó a Harry.

—¿Lo dices en serio? —le preguntó con un hilo de voz mientras prolongaban el abrazo.

—No bromeo con el trabajo. Y tú ya no te dedicas al periodismo —le dijo en clave irónica.

Luca soltó a su hermano.

—Lo siento. Yo... no quería llegar tan lejos. Cuando terminamos de entrevistarnos con Katy, Mera y yo... No sé qué me pasó, sentí que necesitaba una explicación, pero se me fue de las manos.

—Lo sé. Supongo que a mí me hubiera ocurrido exactamente lo mismo.

—Los dos sabemos que no.

—A veces pienso que tienes una imagen distorsionada de mí, Luca.

—La que decides mostrarnos al resto.

Harry levantó una ceja, sorprendido. Podría ser, pero, aun siendo así, tenía la impresión de que los demás lo veían siempre como el bueno de la película por el hecho de ser inspector de Homicidios. Él no acababa salvando a nadie, lo único que le competía era resolver el caso cuando ya era demasiado tarde. Cuando la víctima ya llevaba un tiempo muerta.

—Cada cual es libre de interpretarlo como quiera, pero yo también me dejo llevar por los impulsos, si no fuera así no te habría contado nada, por ejemplo.

Luca se encogió de hombros, dando por bueno el argumento de Harry, pero sabiendo que ni él mismo se lo creía.

—¿Tienes alguna idea de quién lo ha envenenado?

Harry negó con la cabeza.

—Tenemos un puñado de vecinos en el edificio que no le tenían afecto. Pero el veneno se lo fueron administrando poco a poco hasta el momento en que ya resultó letal. Por desgracia, ese momento se produjo un poco después de que tú abandonaras su piso y le dejaras la cara como un cuadro.

—Mierda.

—Sí. Lo solucionaré, no te preocupes. Deberías empezar por volver a la empresa y reanudar tu trabajo como si nada hubiera pasado. Será peor si sigues aquí, recluido, ¿te sientes con fuerzas?

—Estoy bien, tengo ganas de volver a mi casa, no te preocupes.

Harry asintió con la cabeza y le dio un par de palmadas en el hombro a su hermano a modo de despedida.

—Por cierto, dime que no es ninguna novela contemporánea —le dijo con ironía, señalando el libro que había tenido en las manos hasta unos minutos antes.

—Siento decepcionarte —respondió Luca.

Harry observó la portada. Era un libro oscuro con letras amarillas: *Asesinatos silenciosos* de Agatha Bowers.

El nombre le sonaba vagamente, hasta que al cabo de unos segundos se le iluminaron los ojos y chasqueó los dedos.

—¡No me jodas! —exclamó el inspector.

—¿Qué pasa?

—A esa mujer tengo que interrogarla. Vive en el edificio de John Barton, ¿lo acabas de comprar?

Luca negó con la cabeza.

—Es de mamá. Se lo he cogido prestado.

—Préstamelo. Será interesante saber qué tipo de asesinatos escribe esa mujer.

—Joder. Sí, llévatelo. Da muy mal rollo saber eso.

Le pasó el libro sin pensárselo dos veces y Harry salió del jardín a paso ligero.

Lo abrió, la edición era de septiembre de 2019, así que llevaba un mes en las librerías. Justo al salir, se volvió a topar con su madre y la señora York.

—Perdona, mamá, antes de irme, ¿has leído muchos libros de Agatha Bowers? —le preguntó, señalándole el que llevaba en la mano.

—Oh, no muchos, querido. Este es el tercero. La verdad es que me gustaron mucho.

—¿Y de qué tratan? ¿Novela negra?

—Sí, al más puro estilo christiniense. Es genial. Una autora de Torquay, con una pluma similar a la de la Dama del Crimen —esta vez respondió la señora York, entusiasmada.

Su madre asentía con la cabeza mientras su amiga hablaba. Las dos seguían tallando las calabazas sin prisas, como si estuvieran en pleno picnic en Hyde Park.

—¿Y en qué se asemejan? —quiso saber este.

La señora York terminó su calabaza y la dejó en el suelo, a su izquierda. Harry vio que estaba perfectamente cortada. La sonrisa se le antojó del todo diabólica y los ojos, al estar bastante asimétricos, le daban un toque más grotesco al conjunto.

—En su maestría para engañar al lector, por supuesto. Y, ante todo, en su conocimiento de los venenos. Yo diría que tiene estudios en el campo, porque lo hace fenomenal, ¿no es cierto, Didi?

Harry casi suelta una carcajada al escuchar el sobrenombre cariñoso por el que había llamado a su madre. Jamás en toda su vida había escuchado que la llamasen así. Sin embargo, la impaciencia por lo que estaba descubriendo en aquel instante le pudo, así que dejó a un lado el tema del apodo para seguir con la escritora.

—Muy verosímil, sí —convino su madre.

A Harry se le aceleró el corazón. No podía creerlo, tenía que encerrarse en casa y leer aquel libro antes de que acabara el día, para poder recabar alguna prueba. Se negaba a pensar que fuese pura casualidad. Para él las casualidades no existían o, en cualquier caso, no de ese modo.

—Me lo llevo prestado, mamá. ¡Gracias! —dijo mientras aceleraba el paso camino de su coche—. Encantado de conocerla, señora York, espero verla por aquí más a menudo —añadió.

Si la señora Ruth York le respondió, Harry ya no pudo escucharla. Solo oía palpitar su corazón, acelerado por la adrenalina que le generaba aquel revelador momento.

37

Mera

Octubre de 2019

Había pasado una noche especialmente horrible. Las pesadillas no le daban tregua, y se despertó un par de veces entre sudores. Parecía irónico que estar en el trabajo la hiciera sentir aliviada. La noche anterior había recibido un mensaje de Lyla convocándola a una reunión urgente de la junta —lo cual contravenía el reglamento—, pero no era eso lo que la tenía de los nervios.

Lo cierto era que estaba tan ansiosa porque no podía dejar de pensar en Luca y en cómo estaría, mientras se devanaba los sesos tratando de hallar una conexión entre Oliver, John y el propio Luca.

Su instinto le decía a gritos que ahí había algo que debía indagar. Por otro lado, Oliver le caía realmente bien. Conforme se iba perdiendo en sus pensamientos, fue adueñándose de ella un tic nervioso que la impelía a presionar la parte superior del bolígrafo azul contra la mesa, sacando y metiendo la punta todo el rato. Los asistentes, a los que reconoció de inmediato porque eran los mismos de la anterior reunión, se iban sentando en las sillas vacías. Se los veía más alegres de lo que cabía esperar. Tenía entendido que estaban allí para hablar de los últimos acontecimientos, es decir, de la muerte de John Barton. Eso significaba que el padre de John también estaría presente junto con su hija Lyla, para hablar de quién habría de tomar las riendas del periódico.

Mera esperaba pacientemente. Oliver, por su parte, estaba ocupado terminando un par de piezas para la pestaña de cultura de la página web con los estrenos de la semana. No mentía cuando decía que le gustaba todo lo referente al arte, pero tendría que darse prisa, puesto que también había sido convocado a la reunión. Un detalle este que a ella le resultó cuando menos curioso.

Estaba exhausta solo de pensar cuán incómodo podría llegar a ser el encuentro, no solo por el tema del que debían tratar, sino por tener que estar pendiente del movimiento de los labios de cada interventor en la conversación. El murmullo no la ayudaba en absoluto a mitigar su deficiencia auditiva.

Inspiró profundamente, y pensó que debía agradecer que su problema no le afectara a los dos oídos, o que no hubiera acabado derivando en una hipoacusia severa o profunda. Simplemente, había tenido mala suerte, pero ni siquiera era tan mala. Podría haber sido más grave. O al menos eso se decía para autoconvencerse.

«No es más que un déficit auditivo moderado en un oído, Mera —se repetía constantemente—. Nada con lo que no puedas lidiar. Hay gente que está mucho peor».

Y aun así, se sentía tan frustrada que le costaba horrores

acostumbrarse a ello. Siempre había dado el cien por cien de sí misma, pero ahora tenía que conformarse con un simple setenta y cinco por ciento.

Se fijó en un mapa del Reino Unido que había en la sala de reuniones, y concentró la mirada en un punto destacado: Londres. Imaginó por un momento cómo sería enfrentar las dificultades por las que ahora estaba pasando en la gran ciudad, y aquel pensamiento incluso la tranquilizó. Allí nadie la conocería, y comenzar de cero no le parecía tan mala opción. Por primera vez en su vida, aquella oportunidad le pareció fascinante.

De pronto, una mano se posó en su hombro y Mera dio un pequeño brinco en la silla. No lo había oído llegar, por supuesto.

—Perdona, no pretendía asustarte —le dijo Oliver con una amplia sonrisa.

—No te preocupes, estaba perdida en mis pensamientos.

—Ya me imagino. Con tanto hombre trajeado es fácil abstraerse —bromeó mientras se sentaba a su lado—, he terminado los artículos. Han quedado bastante bien, así que me he tomado la libertad de subirlos directamente.

Mera asintió con un gesto. Le aliviaba tener esa descarga profesional en otra persona.

A los pocos minutos, apareció Lyla acompañada de su padre. Este saludó a todos los presentes estrechándoles la mano, mientras que su hija se limitó a hacerlo con un simple movimiento de cabeza, sin mediar palabra. Una vez terminadas las salutaciones, se sentaron presidiendo la mesa.

—Gracias a todos por venir habiéndoles avisado con tan poca antelación. Nuestra intención es zanjar este tema de la forma más ágil y clara —comenzó diciendo Barton—. Como podrán imaginarse, nuestra familia no está pasando por el mejor de los momentos, y comprendo perfectamente que como accionistas y publicistas estén preocupados directa o indirectamente.

El hombre hizo una pausa durante la cual todos guardaron silencio. Barton inspiraba respeto y liderazgo. Cuando él hablaba, todos contenían la respiración. Su voz sonaba impecable y sincera. A pesar de que Lyla era quien debía estar hablando por ser la sustituta de su padre, era como si se hubiera hecho pequeñita, cediéndole todo el peso del acto a su progenitor.

—Todos los aquí presentes saben que mi hijo fue hallado sin vida en su apartamento. Mi mujer, Jane, a la que todos conocen bien, y yo mismo, tuvimos la desgracia de encontrarlo, y avisamos a las autoridades —hizo una pausa, durante la cual dejó vagar la mirada por un punto del horizonte mientras rememoraba aquella funesta escena—. Tengo que confesarles que están investigando si fue o no un asesinato. Por nuestra parte, nos hemos puesto enteramente a disposición de las autoridades a fin de que se esclarezca el asunto. Sé que todos albergan dudas sobre qué le pasó a John, pero les aseguro que hasta el momento disponemos de la misma información que ustedes.

—Lo sentimos mucho, Barton, lo sabes —le comentó Clyton con sinceridad. Mera lo recordaba de la anterior reunión.

Otros integrantes de la mesa asintieron y murmuraron sus condolencias, o eso creyó leer ella en sus labios.

—Gracias, amigos y compañeros. Sin embargo, entiendo, al igual que mi hija, que esto son negocios, aunque esta siempre haya sido una empresa familiar. Apostaron por nosotros y queremos agradecerles su apoyo. Como habrán podido apreciar, en ningún momento se ha omitido información al respecto. La que ahora es la nueva directora del periódico —señaló a Mera con la palma de la mano hacia arriba—, la señorita Clarke, se encargó personalmente de redactar la crónica del suceso. Sabemos que ahora ejerce otra responsabilidad, pero es nuestra mejor reportera, así que mi hija Lyla tomó la decisión de que fuese ella quien la escribiera. Sin tapujos, sin nada que ocultar.

Mera asintió con la cabeza, agradeciendo el halago. No obstante, le preocupaba hasta dónde quería llegar el señor Barton con aquello. Aún no había entendido el motivo de la reunión.

—Y seguirá en ello, señorita Clarke —le anunció mirándola a los ojos—. Me gustaría que siguiera de cerca la investigación hasta aclarar el asunto con los investigadores. Evidentemente sin obstaculizar el caso —añadió.

—Entiendo que podrá conciliar ambas cosas —respondió Clyton.

Mera resopló instintivamente. El señor Barton la miró con el rabillo del ojo e hizo que se le cortara la respiración. Por un momento tuvo la sensación de que acababa de regañarla solo con aquel simple gesto.

—Por supuesto. Oliver, aquí presente, la ayudará. Lo conocemos desde hace muchos años y es un trabajador nato. Eso sí, no se olviden de mi hija Lyla. Si es necesario, habrá días en que asumirá la dirección. Al menos, hasta que esto se aclare.

—Pero ¿a qué viene todo esto? —respondió un hombre algo más joven que los que estaban a su alrededor, justo enfrente de Clyton.

—Verá, señor Stone. Ha llegado a mis oídos que creen que estamos soslayando la noticia porque mi hijo se suicidó.

Y que no nos conviene sacar a la luz esa información. De hecho, me han filtrado que alguno de ustedes estaba pensando vender sus acciones al mejor postor.

Esta vez la mirada del señor Barton clamaba venganza. La sonrisa de viejo diablo que asomaba entre sus dientes brilló en toda su maleficencia. Mera se percató de que Oliver se había puesto rígido y contuvo el aliento.

—Pueden hacerlo, están en su derecho. Pero imagínense: nosotros no daremos la espalda a la noticia del momento. Nos salpica tan directamente que todos querrán leer qué escribimos sobre el caso. Lo cierto es que a la gente le gusta el morbo, por mucho que intenten disimularlo y se hagan los mártires. Así pues, eso es lo que les daremos. La verdad sobre mi hijo. Y también nos ayudará a mi familia y a mí a conciliar el sueño, sabiendo que no le dimos la espalda.

El señor Barton dejó de hablar, esperando respuesta. Sin embargo, fue su hija quien prosiguió con el monólogo.

—Entendemos su reticencia y su indecisión. No solo por esto, sino por los cambios anteriores que han sucedido en la redacción. Debo decirles que hemos sido más productivos en estas últimas semanas que en todo el año anterior. Hemos acumulado más de diez mil seguidores nuevos en redes sociales, hemos aumentado en un cincuenta por ciento el número de lectores y estamos haciendo lo posible para innovar. Por eso puedo asegurarles que este percance no nos detendrá.

«¿En serio ha llamado "un percance" al asesinato de su hermano?», pensó Mera, escandalizada.

Miró a Oliver sin entender nada. Lyla estaba muy seria y su voz destilaba frialdad.

—Entendemos que tengan sus dudas, pero tanto mi padre como yo esperamos que, con los años que llevan trabajando con nosotros en el *Barton Express*, algunos, como el señor Clyton, desde hace muchísimos años, tengan la confianza en hacernos llegar sus inquietudes. Al fin y al cabo, todos queremos lo mismo —añadió con una sonrisa feroz.

Todos asintieron. Las palabras de ambos no habían dejado ni un resquicio de duda, y empezaron a levantarse y a despedirse de los anfitriones.

Mera miró a Oliver poniendo unos ojos como platos.

—Dime que no soy la única a la que todo esto le ha parecido raro —le preguntó en susurros.

Él negó con la cabeza.

—Ya sabía que Lyla no se llevaba bien con John. Pero al parecer tanto su padre como ella han largado un discurso que podría titularse «Cómo sacar tajada de nuestra desgracia».

—No me ha parecido que ellos lo vieran como una desgracia, aunque el señor Barton sí aparentaba estar algo más afectado que otras veces.

—Oh, no. El señor Barton con tal de venderse y no perder la oportunidad de hacer negocio es perfectamente capaz de manipular a la gente por medio del victimismo.

—¿En serio? ¿Y tú cómo sabes...? —Mera no pudo terminar la pregunta.

Vio al señor Barton y a su hija acercándose a ellos de frente.

—Gracias, chicos, sé que contamos con todo vuestro apoyo —repuso el señor Barton. En ningún momento les habían preguntado si estaban de acuerdo. Él sabía perfectamente que les estaba imponiendo a ambos su criterio, sin más.

—No se preocupe, señor Barton, haremos lo posible para que todo siga su rumbo —respondió Mera con una sonrisa—. Ustedes descansen. Bastante tienen ya con lo que están pasando.

Barton asintió y apoyó una mano en el brazo izquierdo de ella.

—Gracias, señorita Clarke. Estoy seguro de que hará un buen trabajo con la crónica, no se deje nada por reseñar. Ni si quiera las acusaciones que pueda haber contra John. Creo que será bastante más esclarecedor para nuestros lectores saber quién podría tenerle inquina a mi hijo. ¡Que todas las vías estén abiertas a investigación! —exclamó guiñándole un ojo.

Padre e hija se despidieron, dieron media vuelta y se encaminaron hacia la salida. Hasta pasados unos segundos, Mera no se percató de que las piernas no le respondían. Se habían quedado clavadas en el suelo mientras escuchaba a Barton. Sintió la presencia de Oliver, que seguía allí plantando junto a ella.

—¿Estás bien? —preguntó él, preocupado—. Estás muy blanca, Mera, ¿a qué ha venido eso?

Mera no pudo responderle, y aunque hubiese podido, no quería hacerlo. En algún estúpido momento pensó que denunciarlo había sido buena idea. Que al menos hasta que no se hallaran pruebas más concluyentes, aquello quedaría entre Katy, Luca y ella; y como mucho, Harry.

No obstante, de alguna forma el señor Barton se había enterado de que ella lo había denunciado poco antes de que muriera. Y es que, faltando Edward Moore, el siguiente hombre poderoso de la lista en Torquay no era otro que Barton.

Como cualquier padre, el señor Barton haría lo que fuese por descubrir quién había asesinado a su hijo. Porque era evidente que sabía con toda certeza que no había sido por causas naturales. Él no era tan ingenuo, y mucho menos un estúpido. Lo que sí sabía era cómo hacer que la gente lo creyera sin cuestionarlo. Su tono de voz sonaba perfecto, nítido y claro hasta el momento en que fingía tener un nudo en la garganta para mostrar un mínimo de humanidad y de fragilidad. Lo suficiente para convencer a los integrantes de la mesa de lo afectado que estaba.

En definitiva, encargarle la crónica no podía considerarse precisamente un voto de confianza hacia su trabajo o profesionalidad, sino un castigo impuesto por el padre del mismísimo diablo.

38

Harry

Octubre de 2019

Había pasado la noche anterior en vela, leyendo aquel maldito libro, *Asesinatos silenciosos*, de Agatha Bowers. La autora era absurdamente joven para haber escrito tres *thrillers*. Con solo veintiséis años, la muchacha había sobresalido por sus trabajos editoriales impecables.

El que tenía en sus manos, tal como Harry se imaginaba por el título, era sobre un asesino en serie que mataba a sus víctimas haciendo parecer que era por causas naturales, y al final se descubría que había entrado en juego el veneno.

Una casualidad que al inspector no se le pasó por alto. Aun así, le resultaba absurdo imaginar que alguien con una fama considerable, utilizara sus conocimientos para asesinar a su propio vecino, lo cual no dejaría de ser una imprudencia sabiendo que no costaría mucho adivinar su paradero.

Harry llegó a la conclusión de que sus libros no le proporcionarían ningún indicio relevante. Habían salido antes del asesinato, y además los manuscritos se escribían con cierta antelación. Pasaban por un largo proceso hasta que por fin se publicaban. Y la idea del envenenamiento resultaba tan evidente que llegaba a ser disparatada. Sin embargo, ya que iba a interrogarla como a todos los vecinos, quiso tener toda la información disponible a su alcance sobre la joven y prometedora escritora.

Cuando llegó a la puerta del edificio —lo tenía tan visto que ya le parecía reiterativo como una broma pesada— se acordó de que no había avisado a su compañera Katy. Así que le mandó un escueto mensaje diciéndole que ya se encargaba él de aquel interrogatorio rutinario.

Cruzó el umbral de la puerta y en el descansillo se encontró a Colin Russell limpiando el suelo con la fregona. El inspector lo saludó con la cabeza y el conserje dejó lo que estaba haciendo.

—¡Señor Moore! —exclamó—. Espero que se encuentre bien. ¿Le ayudó con la investigación toda la información que le pasé?

Harry conocía bien ese tipo de preguntas. Quienes las formulaban lo hacían por dos motivos que, no necesariamente tenían que ir a la par, pero sí en este caso. Primero, por una imperiosa necesidad de sentirse imprescindible y de formar parte de algo. Y segundo, por la simple curiosidad y el deseo de saber, propios de toda alma cotilla. Como la suya. El inspector tenía claro que ambas motivaciones se daban cita en la cabeza de Russell y asintió con una sonrisa.

—Nos fue de gran ayuda, Russell, ojalá todos los ciudadanos colaborasen así de bien. Voy a seguir con la ronda de interrogatorios rutinarios.

—Me alegra oír eso, señor. Estaré por aquí por si me necesita —le respondió un servicial y complacido Russell mientras las puertas del ascensor se cerraban con Harry en su interior.

El detective inspeccionó por primera vez el ascensor, a pesar de haberlo utilizado unas cuantas veces. Su aspecto se asemejaba mucho al de un elevador de hotel. Estaba enmoquetado y recubierto de decoraciones doradas, un estilo un tanto barroco para su gusto. La finca tenía cinco plantas, y al llegar a la tercera el ascensor se detuvo y abrió sus puertas.

Ya había estado recientemente en el tercero A, a mano izquierda tal como se salía del ascensor, cuando entrevistó a la familia Doyle. Así que esta vez se dirigió a la derecha, hasta la puerta con la letra B.

Llamó un par de veces con los nudillos, y al cabo de unos instantes una mujer de unos sesenta años le abrió la puerta. Según su información, quien allí vivía era una joven de veintipocos, así que no era ella.

—Perdone, soy Harry Moore, inspector de Homicidios, —le mostró su placa—, busco a la señorita Agatha Bowers.

La mujer sonrió dulcemente y dio un suspiro aliviada.

—Sí. Busca usted a mi hija, lo estábamos esperando, inspector. Está en el baño, enseguida sale. Pase, pase —lo invitó a entrar la señora.

Harry entró en el apartamento. Era absurdamente moderno y contrastaba con el ascensor del que acababa de salir. Todo era muy blanco y minimalista, y no había moqueta. Tampoco había papel pintado en las paredes, que eran lisas y estaban pintadas de color beige.

—Un piso muy bonito —se atrevió a decir.

La madre de Agatha Bowers asintió y le sirvió un té al inspector.

—Vengo a ayudar a mi hija de vez en cuando. Es una chica muy ocupada y limpiar esto requiere mucho trabajo.

Harry se extrañó. Apenas había nada que limpiar, a simple vista estaba limpia. No había muchas fotografías, ni estatuillas. Y muy pocos libros. Apenas dos baldas donde se encontraba el televisor, y eran títulos clásicos. En general, nada que requiriera limpiar a fondo. En aquel minimalismo no había ostentación, y sin embargo rebosaba riqueza. Desde el salón donde estaban, Harry podía apreciar una cocina-comedor, con una isleta de mármol blanco que separaba la cocina del salón. Además, el piso parecía el más pequeño de todos los que había visitado.

Hizo su aparición Agatha Bowers. Una chica resultona. No era guapa, pero daba la impresión de haberse acicalado para la reunión. Llevaba los labios pintados de carmín y un moño recogido que daba la impresión de despeinado, pero que en realidad estaba mucho más trabajado de lo que parecía.

—Señor Moore —dijo la recién llegada—, encantada de poder ayudarlo pese a las circunstancias —respondió ella, resuelta, dándole la mano a modo de saludo.

—Los dejo a solas —se despidió su madre—, llámame esta noche, ¿vale? —le dijo a Agatha.

—Claro, gracias, mamá —respondió ella con una sonrisa.

—Puede quedarse si lo desea —le dijo Harry a la señora.

La mujer le dio las gracias al inspector, pero negó vehementemente con la cabeza mientras se marchaba.

Agatha Bowers se sentó con las piernas cruzadas y se quedó mirando al inspector con una sonrisa bobalicona.

—Siento la intromisión de mi querida mamá. Es que no le gusta que esté sola con hombres y quería asegurarse de que de verdad era usted quien decía ser. Ya sabe cómo son las madres con hijas únicas —dijo, restándole importancia—. Dígame, señor Moore, ¿en qué puedo ayudarle?

—Verá, señorita. He leído su último libro —le dijo, sacando el ejemplar de su gabardina y poniéndolo sobre la mesa.

Ella se sorprendió gratamente.

—No me diga que quiere que se lo firme. Encantadísima.

Harry enarcó una ceja, confuso. Pero aprovechó el momento.

—Sí, pero es para mi madre. El libro es de ella. Si no le importa firmarlo a nombre de *Didi* —lo dijo con énfasis, pronunciando el sobrenombre con la voz aguda, tal como recordaba que Ruth, la amiga de la infancia de su madre, la había llamado. Seguro que se pondría de los nervios en cuanto viera con qué apelativo le habían dedicado la novela—, le estaría muy agradecido.

En la cara de la escritora se adivinaba cierta decepción. Pero, aun así, se levantó a buscar un bolígrafo y lo firmó encantada. Mientras lo hacía, Harry aprovechó para preguntar:

—Señorita Bowers, ¿conocía a John Barton?

—Oh, por supuesto.

—¿Qué clase de relación tenía con él?

—Ciertamente ninguna. Aparte de saludarnos en el rellano, o en encuentros casuales en algún lugar de la ciudad. Pero sabía quién era, por descontado. Un hombre atractivo y encantador, una pena que lo mataran.

—¿Cómo sabe que lo han asesinado?

—Es obvio. Ese hombre era un narcisista, se quería mucho. Dudo de que se hubiese quitado la vida, y, si usted está interrogando a todos los vecinos, entonces supongo que no es difícil deducirlo.

—Y menos para alguien que escribe novelas de asesinatos, ¿no?

La autora se llevó la mano a la boca y se carcajeó con coquetería, como una dama de época.

—No creerá que yo he tenido algo que ver en esto...

—Se sorprendería de la de veces que un asesino pronuncia esta frase. Pero no se preocupe, señorita Bowers, no entra usted en mis planes. Esta encuesta es meramente rutinaria.

Ella asintió.

—Lo sé. En mis novelas el procedimiento siempre es el mismo. Entiendo que tiene que hacer su trabajo.

Acto seguido, Harry le preguntó dónde estaba y, casualmente, la escritora había asistido a una firma de libros en la librería más apreciada de la ciudad. La de los Clarke. Tenía una coartada admisible y, por lo demás, ningún móvil. Así lo había explicado ella, como si estuviera interpretando un papel de novela negra.

—Dígame, señorita. Es usted muy joven para haber escrito tres novelas y de tanto éxito, ¿cómo la descubrieron?

Ella volvió a sonreírle y se acercó un poco más al inspector. Ahora hablaba casi en susurros, como si de un secreto se tratase.

—La verdad es que mamá tiene muchos contactos. Por eso conseguimos este piso, se entera de las buenas ofertas. Le pidió a uno de sus amigos que leyera mi manuscrito —sin ningún compromiso, por supuesto— y este, a su vez, como tenía varios contactos en el mundo editorial, pidió que le dieran prioridad y lo leyeran con detenimiento, por si tenía posibilidades. Al día, les llegaron cientos de copias del manuscrito a las grandes editoriales. Si no llega a ser bueno, ya le digo que no me hubiesen dado la oportunidad. Una debe tener contactos, pero, claro, si no tiene un mínimo de talento, no sirven para nada —le dijo con toda sinceridad.

Harry asintió.

—Ciertamente, me ha deslumbrado esta última novela suya. Habla de asesinatos en serie en los que se emplea un veneno en particular: el arsénico, ¿cómo se informó sobre sus efectos?

La muchacha se revolvió en la silla; al parecer, la pregunta la incomodó más de lo previsto.

—Entiendo que es algo que le preguntarán mucho en las entrevistas, ¿no? —siguió diciendo el inspector—, ha sabido imprimirle un toque de novela negra clásica muy certero.

—Sí, claro. Por supuesto. Y es un honor. La verdad es que solo estudié Filología inglesa, pero cursando esa disciplina te das cuenta de cuánto debes investigar sobre un tema para poder tratarlo como se merece. Si quieres escribir con cariño y de la forma más fidedigna acerca de cualquier materia, tienes que empaparte bien de todos los pormenores.

—Entonces ¿no posee ningún conocimiento específico sobre este campo? Vaya... eso sí que es sorprendente. Es usted mil veces más buena de lo que pensaba.

La chica volvió a exhibir una gran sonrisa. Harry se levantó y fue hasta la pequeña estantería de libros que la muchacha tenía. Todos los títulos resultaban muy reconocibles: *Frankenstein* de Mary Shelly, varios libros de Jane Austin y todos los de las hermanas Brontë. *Madame Bovary, Las penas del joven Werther...*

Entonces a Harry se le ocurrió una excusa impecable.

—¿Podría ir al baño?

—Claro, al fondo de ese pasillo, a la izquierda, como todos.

Harry enfiló el pasillo y solo vio un dormitorio frente al baño. No había más puertas. Esa era toda la casa. Movido por la curiosidad se asomó a la habitación de Agatha Bowers, y observó que los muebles parecían nuevos, nada demasiado personal. No había escritorio, ni libros, nada que delatase que era escritora. Fue al baño, que también tenía aspecto de ser recién comprado. Tiró de la cisterna simulando que había usado el inodoro e inspeccionó el lavabo unos segundos. Al salir sorprendió a la autora tecleando enérgicamente en su móvil.

—Gracias por su hospitalidad, señorita Bowers. Ha sido usted de gran ayuda, solo una pregunta más.

Ella levantó la cabeza hacia el inspector y asintió, autorizándolo a proseguir.

—¿Dónde suele escribir sus novelas? A mí me encanta el papel, pero hoy en día es un suicidio, no tendría tiempo y se me caería la mano —bromeó.

—Oh, pues... en mi portátil, claro —le respondió sin comprender muy bien.

—Claro, eso tiene sentido. Y ¿cuáles son sus referentes? Disculpe las preguntas, no tienen nada que ver con la investigación. Es que mi madre y su amiga son fieles lectoras de sus novelas y me matarían si no le sonsaco algo de información sobre sus hábitos de escritura.

La muchacha relajó los hombros. Ahora se la veía más cómoda.

—Por supuesto, entre mis referentes están Christie, Edgar Allan Poe, G. K. Chesterton, y el mismísimo Conan Doyle.

Harry celebró su respuesta con una sonrisa. Ya podía irse, tenía todo cuanto necesitaba.

—Claro, tiene sentido —concluyó.

El inspector se despidió de la chica, que pasó de los coqueteos y las insinuaciones iniciales, a tener unas ganas terribles de que se marchara.

Cuando Harry salió del ascensor no podía borrar la sonrisa de su rostro. Se despidió de Russell y se subió a su querido Mercedes negro. Antes de arrancar, lo primero que hizo fue marcar el número de Katy.

—Dime, ¿cómo ha ido? —le preguntó ella.

—Oh, no te lo vas a creer. Resulta que la famosilla de Agatha Bowers no ha escrito ninguno de sus libros.

—¡Qué dices, Harry! Estás empezando a preocuparme, deberías tomarte un descanso —bromeó la subinspectora.

—Lo que te digo, ni uno. Es una farsante. Pero creo que la persona que escribió los libros sí que dispone de información privilegiada sobre el arsénico. Información al alcance de muy poca gente.

—Entonces, quieres decir...

—... que las casualidades no existen.

39

Luca

Los días previos a Halloween se palpaban en el ambiente. Día tras día, las calles lucían más decoradas que la jornada anterior. Poder salir de casa de sus padres le supo a gloria. En realidad, ahora era la casa de su madre. Aún se le hacía extraño, porque ni su madre ni el resto de la familia habían llorado la pérdida del patriarca. Al contrario, más bien había supuesto un alivio y un soplo de aire fresco. Las invisibles garras de Edward Moore que aferraban las manos de todos cuantos lo conocían habían dejado de ejercer su presa, y ahora experimentaban un sentimiento de liberación apabullante.

Sin embargo, de vez en cuando, él seguía sintiendo la presión de aquellas garras apretándolo con fuerza. Cada vez que iba a trabajar a su empresa era un recordatorio constante de su padre. Un castigo *post mortem*.

La entrada a su cárcel personal estaba repleta de calabazas. Los trabajadores se habían empleado a fondo para ofrecer un aire halloweeniano a la estructura. Luca pensó que cada objeto plantado allí con su sonrisa escalofriante se estaba riendo a carcajadas de él. O al menos así lo imaginaba. Suspiró antes de franquear la puerta y dirigirse a su despacho. Aún tenía que arreglar algunos papeles y hacer varias llamadas. Recordó que tenía que hablar con la doctora Brown. Al principio Luca se negó terminantemente, convencido de que el trabajo lo dejaría hecho polvo y estaría demasiado cansado para tener que lidiar también con la terapia. Pero la doctora insistió con tal vehemencia que no tuvo más remedio que acceder a que tuvieran una sesión por videollamada en uno de los descansos.

Llegado el momento abrió su portátil con tanta desgana que pensó fingir que estaba enfermo para librarse del coloquio, sin embargo, le constaba que la doctora Brown era perro viejo y desenmascararía aquella farsa tan poco original.

—¿Qué tal está hoy, señor Moore? —dijo para romper el hielo la doctora Brown al otro lado de la pantalla.

Su forma de mirarlo por encima de las gafas mientras esperaba una respuesta le resultaba abrumadora. Luca inspiró y espiró varias veces antes de contestar.

—Trabajando.

—Le he preguntado qué tal está, es decir, le estoy pidiendo que me exprese una emoción. No que me comente sus tareas del día.

—Estoy estresado.

—Eso está mejor. ¿Lo ve? No era tan complicado.

Luca puso los ojos en blanco y la doctora Brown le sonrió desde el otro lado.

—Hace eso muy a menudo, es un gesto muy característico de usted cuando hablamos. Eso quiere decir que lo fuerzo a afrontar ciertas situaciones que quedan fuera de su zona de confort. Pero no crea, eso es algo bueno.

—Si usted lo dice... es la especialista.

—Exacto. Dígame, ¿algo que le haya pasado desde el transcurso de nuestra última charla que le haya hecho sentir mal? Aparte del trabajo y el estrés que conlleva.

Luca se encogió de hombros. ¿Por ejemplo, no poder dejar de pensar que probablemente había matado a su exmejor amigo?

—Señor Moore, ¿sigue tomando las pastillas para dormir que le recetaron?

—Sí. La cantidad que me aconsejaron la primera vez. No debe preocuparse.

—¿Quién le ha dicho que estoy preocupada? Salvo que usted crea que debo estarlo.

—En absoluto. Estoy bien, de veras. Lo de la última vez fue un error. Como ya le comenté, últimamente no me estaban haciendo demasiado efecto, y pensé que tomándome algunas más la cosa funcionaría —mintió—. Después de todo lo que pasé, soy el último que quiere que se repita.

—Me alegra oír eso. ¿Y qué tal con su pareja?

No esperaba que sacara aquel tema en ese momento y lo pilló totalmente por sorpresa.

—Pues, hace unos días que no hablamos. Está muy ocupada con su trabajo, y yo, como ve —dijo señalando el fondo de su oficina, que quedaba dentro del campo de visión de la doctora—, también.

—Oh, señor Moore, no me diga que ni siquiera le ha mandado un mensaje. Usted es *millenial*, ¿no? Sabe perfectamente que no se tarda nada en enviar uno.

—Soy de la primera generación de *millenials*.

—Mi madre sabe mandar mensajes con su móvil, señor Moore —repuso la doctora con una sonrisa pícara.

A Luca se le escapó una risa al escuchar aquello.

—Tiene razón. La verdad es que no sé qué escribirle.

—¿Y eso por qué?

—Tuvimos algún que otro roce la última vez. No llegamos a discutir, pero no terminó muy bien la cosa. Fue culpa mía, por descontado, y ahora no sé cómo retomar el contacto.

—Bueno, me alegra saber que acepta su parte de culpa. Ahora debe ponerle remedio. Cuidar nuestras relaciones sociales —sobre todo las íntimas— nos ayuda a sobrellevar mejor esas otras situaciones o emociones que nos atormentan, algunas de las cuales son oscuras y profundas, y, por supuesto, resultan más difíciles y lentas de curar.

—¿Y cuál es su consejo?

—Empiece por escribirle si no se atreve a verla en persona. Aunque le recomiendo esto último. Después de una discusión, el contacto cara a cara es mucho mejor que un frío mensaje. Cuesta mucho más dar el paso, pero seguro que merece la pena. A veces —seguro que usted lo sabe bien— los mensajes enviados o recibidos a través de un medio tecnológico pueden malinterpretarse. A todos nos ha pasado alguna vez.

—¿A usted también?

La doctora Brown asintió sin dudarlo.

—Intentaré seguir su consejo, doctora.

—Me alegro. ¡Vamos progresando! —exclamó. Sin embargo, su rostro no reflejaba tanto entusiasmo como sus palabras.

—¿Y qué tal la relación con su hermano?

—Vino a verme el otro día.

—¿Y cómo le hizo sentir esa visita?

Luca se lo pensó un momento.

—No lo sé.

—Cuando se fue, ¿se quedó con una buena o una mala sensación?

—No fue mala, eso está claro.

—¿Qué es lo que le hace estar tan seguro?

Luca empezaba a cansarse de tanta pregunta. Sabía que se trataba precisamente de eso. De irle sacando poco a poco cada pedacito de él para diseccionarlo y estudiarlo con detenimiento.

—Bueno, conversamos y la charla no acabó en discusión. Supongo que eso ya es un paso.

—Si por norma discuten, entonces sí. Es un paso, por supuesto.

—Lo cierto es que me mostró un poco más de él. Y, es verdad que seguí mostrándome condescendiente con él. Me cuesta mucho... —se detuvo ahí, pensando en la palabra que no salía de sus labios.

—¿Confiar? —dijo, al cabo de unos segundos que a él se le hicieron eternos.

Luca asintió. Al otro lado de la pantalla la doctora Brown sonrió y anotó un par de cosas en su libreta.

—Es lo más normal. Después de todo lo sucedido, me extrañaría que confiara tan incondicionalmente en las personas. Por mucho que diga que es un necio —añadió, recordando la primera sesión que tuvieron— usted está muy lejos de serlo. Y tampoco es un ingenuo. Permítame que le diga que la ingenuidad solo puede encontrarse en los niños. Es usted una buena persona, señor Moore, una persona a la que le han hecho daño, tanto de forma intencionada como sin quererlo.

Quiero que aprenda a apreciar que hay personas que lo quieren y se preocupan por usted. Y eso es lo próximo que le voy a pedir.

—¿Me va a mandar deberes?

—Algo así —aseveró ella, sonriendo de nuevo—. Quiero que intente dar el paso y contacte con su pareja, y que cuando hable con su hermano o con su madre, sobre todo con ellos, pero también con otras personas, piense si ha estado a la defensiva en las conversaciones. Si ha sido así, anótelo en el móvil o donde a usted le parezca, y me explica el porqué en la próxima sesión.

—¿Y eso de qué me servirá?

—Para que reflexionemos conjuntamente sobre si tenía o no tenía motivos para estar a la defensiva cuando mantuvo esas conversaciones. Opino que cuando las cosas se piensan en frío y con otra perspectiva, se ven con mayor claridad.

—¿Tiene que ser en cada conversación?

—No —respondió la doctora entre risas—, solo en aquellas en las que se muestre especialmente despectivo.

Luca asintió, conforme.

—Dígame, señor Moore, ¿cómo lleva la muerte de su padre? Es algo de lo que aún no hemos podido hablar.

Él se encogió de hombros.

—Porque no es algo de lo que me apetezca hablar.

—Entiendo —dijo ella mientras tomaba notas. Levantó de nuevo la vista del papel, y prosiguió—: Entonces ¿qué tal si me cuenta cómo era la relación con su padre?

—Inexistente.

—¿Incluso de niño?

Regresaron a su cabeza imágenes que creía olvidadas. La sensación de miedo, incluso de terror, escondiéndose bajo las sábanas, haciéndose el dormido para que su padre no la tomara con él.

—De pequeño la relación era tortuosa, como poco.

—¿En qué sentido?

Luca suspiró. Cada palabra que salía de su boca le arañaba la garganta.

—Me maltrataba... físicamente. Supongo que el maltrato psicológico también entraba en el *pack*. Nunca era lo suficientemente bueno para él.

La doctora Brown lo escuchaba en silencio. Luca arrastraba las palabras que iban surgiendo de sus labios, lentamente, como si pesaran.

—Supongo que su muerte ha sido un alivio.

Ella enarcó una ceja al oír su respuesta.

—Parece que se siente culpable por sentir esa emoción.

—No lo había pensado. Pero sí, sospecho que lo que siento es remordimiento. A fin de cuentas, era mi padre, ¿no? ¿En qué clase de persona me convierte que me alegre de su muerte?

—Es usted humano, señor Moore. A pesar de los lazos de sangre que nos unen a ciertas personas, solo las que nos hacen bien y nos aportan felicidad deben quedarse a nuestro lado. Usted no es un monstruo. No sentir lástima por alguien que solo le procuró sufrimiento, como le digo, lo convierte en un humano como otro cualquiera.

Luca le sonrió. Se le habían llenado los ojos de lágrimas sin percatarse, e intentó disimularlas mirando hacia otro lado.

—Y, permítame una última pregunta antes de que se nos acabe el tiempo, ¿duerme bien?

Luca recordó la noche anterior. Le costó horrores dormirse y, en cuanto lo logró, no dejó de tener pesadillas en las que aparecían John, Daniel, el incendio...

Después de tomarse casi todo el bote de pastillas para dormir, cuando más tarde se despertó en el hospital, sintió un miedo atroz de volver a pasar por la misma experiencia. Ni siquiera era capaz de pensar en ello. Le producía escalofríos, porque en cierto modo sabía que podría volver a hacerlo si las circunstancias se repitieran. Si las cosas fueran a peor. Así que decidió dejar de tomarlas, pero sin decírselo a nadie. El hecho de sincerarse podría dar pie a que pudieran pensar que le daba más importancia de la debida a ese tema.

—Todo bien.

—Sus ojeras no me dicen lo mismo.

Luca resopló y volvió a poner los ojos en blanco.

—¿Los somníferos no lo ayudan a dormir mejor?

Retomó su pensamiento anterior. Tal vez, si se lo contaba, se sentiría mejor y así podría comprobar por sí mismo que no era para tanto.

—Tiene razón. No consigo dormir, pero es que ya no tomo las pastillas.

—¿Y eso es debido a...?

—Me da miedo pensar que pueda volver a sucederme algo similar. Mi estómago acabó mal.

—Con un uso debido, no hay ningún riesgo, señor Moore.

Luca se quedó mirando fijamente la pantalla del ordenador. Ya lo sabía.

—Está bien, ¿por qué no prueba con algo más natural? Yo se lo prescribiré.

Él seguía sin responder.

—¿Le parece bien?

—Sí, gracias, doctora Brown.

La doctora volvió a levantar la mirada, satisfecha.

—No tiene por qué dármelas. Es mi trabajo, preocuparme por su salud. Usted solo tiene dos problemas dignos de mención: la falta de confianza en los demás y el miedo a que vuelvan a sucederle las cosas tan horribles que ha tenido que soportar en el pasado. Ninguno de esos dos problemas los ha provocado usted. Simplemente ha levantado una muralla, muy alta e inexpugnable, para defenderse por lo que pueda suceder en un futuro.

Luca se sintió mucho mejor después de escucharla. El peso que cargaba sobre su espalda, sobre sus hombros, o dondequiera que metafóricamente estuviera, empezaba a aligerarse. Y con ello, llegaba el alivio y el confort inmediato.

—Gracias, doctora Brown —repitió de nuevo, esta vez, de forma sincera.

La doctora volvió a sonreírle, como había hecho a lo largo de toda la sesión.

—Me gusta este Luca Moore agradecido. En mi opinión, debería mostrarlo más a menudo, me da que usted es una persona sincera, abierta y divertida. Esperemos poder sacarla cuanto antes de su cueva y que deje de hibernar. En la oscuridad solo se debe estar el tiempo necesario para saber valorar lo bonita que es la luz del sol.

40

Harry

Octubre de 2019

Solo quedaba un interrogatorio por hacer en todo el edificio. El de Oliver Henderson. El inspector recordaba que era un amigo de la infancia de su hermano y de la víctima, así que estaba deseoso de ponerle cara, pues no lo recordaba. Y aunque así fuera sería una versión muy joven de este. Para su sorpresa, el susodicho era el encargado de suplir el puesto de Mera en el *Barton Express*. Le pareció curioso como poco. Un nuevo empleado del periódico vivía justo debajo del piso de John Barton, y no solo eso. Habían averiguado que el apartamento era de alquiler. Lo alquilaba el mismísimo señor Barton, el padre del asesinado.

Desde que disponía de esa información necesitaba pensar que había algún punto importante que se le escapaba. Hacía ya un tiempo que Harry dejó de pensar que las casualidades existían, y que en todo había un razonamiento. Unas veces era evidente, y otras, había que rebuscarlo un poco más de lo que pudiera apreciarse a simple vista. Al menos esa fue la lección que aprendió en el caso anterior con Aletheia Lowell.

Esa sensación de que estaba pasando algo por alto también tenía su origen en que contaba con una cantidad excesiva de información y necesitaba tiempo para procesarla y ordenarla de manera correcta. Por eso estaba deseando terminar aquel interrogatorio, para saber todo lo necesario de los vecinos del edificio.

De modo que a los inspectores les tocó ir una vez más al nuevo edificio del *Barton Express*. Oliver los estaría esperando en la sala de reuniones, y podrían conversar sin que nadie los molestase. Parecía un chico muy entregado a su trabajo.

Al llegar, Emma Clarke los miró condescendiente, pero fue la encargada de acompañarlos hasta la sala que los aguardaba. Seguramente habría aceptado aquel encargo a regañadientes: ni siquiera se dignó mirar a Harry, y únicamente saludó a Katy. El inspector daba por perdida la batalla, así que aceptó sin darle más vueltas el trato despectivo de la chica y optó por centrarse en el trabajo. Entraron en la sala de reuniones y se sentaron al fondo del todo. Emma les sirvió un par de vasos de agua.

—Los dejo a solas. Si necesitan algo más, me dicen —se despidió dirigiéndose a Katy.

—Gracias, muy amable —respondió la subinspectora, correspondiéndola con una sonrisa.

Mientras Emma se alejaba, Harry añadió:

—Será contigo.

Katy puso los ojos en blanco.

—Te aguantas. Desventajas de ser un Moore. Alguna debías de tener.

Al instante, llamaron a la puerta y esta se abrió antes de que los inspectores se dieran cuenta. Ante ellos apareció un hombre de la edad de Luca, con el pelo muy corto y de un pelirrojo poco llamativo para ser de ese color. Podría tener los ojos oscuros, pero no podían apreciarse bien debido a las gafas redondas y pequeñas que llevaba puestas.

—Inspectores —dijo con cierta reserva al tiempo que les tendía la mano.

—Soy el inspector de Homicidios Harry Moore, y ella, la subinspectora Katy Andrews —respondió él estrechándole la mano.

Oliver asintió complacido y miró directamente a los ojos a Harry mientras se sentaba. Él intentó hacer memoria, pero no logró vislumbrar a un Oliver joven. Si alguna vez lo había visto, no se acordaba.

—Sí, lo conozco. Ya hace muchísimos años, cuando su hermano Luca, John y yo nos juntábamos en otra época.

Harry intentó de nuevo hacer memoria, pero le fue imposible.

—Lo siento. Hace ya tantos años que no consigo localizarlo en mi memoria —dijo Harry algo avergonzado.

Oliver Henderson sonrió.

—Es normal, ha pasado mucho tiempo. Usted es un personaje público y por eso resulta más fácil de recordar. De todas formas, no éramos íntimos. Yo era un chico algo más despegado e independiente.

Harry asintió y se quedó algo más tranquilo, ahora que tenía un motivo para justificar su desmemoria.

—Díganme, ¿en qué puedo ayudarlos?

—Verá, señor Henderson, sabemos que usted es arrendatario de uno de los apartamentos del señor Barton, justamente el piso de debajo de donde vivía John Barton, donde lo hallamos muerto —le contó Katy.

Oliver asintió y se llevó el dedo índice a las gafas redondas y pequeñas para colocárselas mejor sobre la nariz.

—¿Qué relación tenía usted con John Barton? Además de la amistad de la infancia, ¿seguían en contacto?

Oliver negó con la cabeza.

—Si les soy sincero, la realidad es que no tenía ninguna relación con él. El señor Barton me llamó para cubrir el puesto en su periódico. Como fue tan precipitado, me dijo que no habría problema y que podía quedarme todo el tiempo que necesitara en un piso que tenían vacío. La verdad es que me vino de perlas, porque todo sucedió de improviso.

—Ya me imagino —contestó Harry—. ¿Y cómo es que lo llamó el señor Barton para cubrir ese puesto? Si la pregunta no es muy indiscreta.

—Cuando yo era joven, mi familia no disponía de mucho dinero, así que hacía trabajos extra para pagarme los estudios. Los señores Barton siempre me daban trabajo en su casa y mantuvimos muy buena relación. La verdad es que mi trabajo en Birmingham llevando las secciones de arte me encantaba, pero sentía la necesidad de devolverle el favor —respondió Oliver con naturalidad.

—Entiendo, ¿y John Barton tenía conocimiento de que usted vivía debajo de su propia casa?

—No creo. Su padre me contrató para renovar el periódico después de su marcha y no encontraba la manera de presentarme después de tantos años y decirle cuál era el motivo de mi regreso. No sé cómo se lo hubiera tomado. John tenía un carácter bastante peculiar.

Los inspectores asintieron, en señal de que coincidían con su afirmación.

—Por último —inquirió Harry—, ¿qué hizo la tarde en que murió la víctima?

—Pues estuve trabajando aquí hasta tarde y después me fui a casa, como suelo hacer siempre entre semana.

—¿A qué hora aproximada diría que llegó a su casa, señor Henderson? —insistió el inspector.

Oliver se quedó pensativo con una mano en la barbilla y volvió a repetir el gesto de recolocarse las gafas.

—Creo que serían las seis y media o las siete.

—Eso fue poco antes de llegar nosotros para inspeccionar el cuerpo.

—Sí, oí el ruido y hablé con varios oficiales, compañeros suyos.

—Lo corroboraremos con ellos —repuso Katy.

Oliver asintió con la cabeza.

—¿Oyó algún ruido más fuerte de lo habitual o alguna otra cosa que le pareciera significativa? Haga memoria, aunque crea que es una tontería, estoy segura de que puede sernos de ayuda —insistió la subinspectora.

—Bueno... ahora que lo dice... Oí varios golpes en el techo, pero no muchos. Creía que estaría moviendo algún mueble. Y también lo oí hablar con otra persona. Creo que era un chico.

—¿Cree? —saltó Harry.

—Estoy seguro en un noventa por cierto. Estas cosas nunca se perciben con claridad a través de paredes. Pero sí, parecía un chico.

—Genial, señor Henderson. Le agradecemos enormemente su colaboración —repuso Harry mientras se levantaba de sopetón.

Katy lo miró sin comprender, pero él hizo una seña con la cabeza y miró hacia la puerta, insinuando que ya era hora de marcharse.

—Sí —repuso ella, mientras seguía a su compañero— se lo agradecemos. Si necesitamos algo más, ya daremos con usted.

—Ya saben dónde encontrarme —repuso Oliver con una amable sonrisa.

Volvió a tenderles la mano para despedirse y los inspectores salieron a paso ligero del edificio. Harry se acomodó en el asiento del conductor sin introducir la llave de contacto.

—Pero ¿qué ha pasado? ¿Es que no querías encontrarte a Mera y por eso teníamos un tiempo límite o qué?

Harry negó con la cabeza y sonrió.

—Nada que ver. Pero necesito aclarar las ideas.

—¿Ha dicho algo que te haya sido de ayuda?

—Por supuesto. Ha dicho mucho y ha mentido lo suficiente.

—¿Cómo?

—Oh, amiga. Prepárate, porque el día de la muerte de John Barton, Oliver Henderson llegó a casa más temprano de lo que dice. Lo vi en la grabación de la cámara de vigilancia que nos proporcionaron de la calle de enfrente.

—¡Qué me dices! ¿Y por qué no has aprovechado esa mentira y la has usado en su contra?

—Él mismo se ha delatado. Ha dicho que oyó voces y golpes provenientes de la casa de la víctima. Pero, según ha declarado al principio, nosotros llegamos solo un poco después que él. Ahí John Barton ya estaba muerto.

—¿Entonces...? ¿Ha mentido también en eso? —preguntó Katy.

Harry volvió a negar con la cabeza.

—No, en eso no había mentido, porque yo suponía que la voz a la que se refería era la de Luca. Así pues, alguien lo había escuchado. Sin embargo, ¿por qué mentir en lo de la hora si él no había tenido nada que ver?

—Ha dicho una verdad a medias, y eso me descoloca.

—Tenemos que repasar todos los interrogatorios.

—Sí, y esperar a la científica. No obstante, hay algo que sí ha quedado claro en todo esto.

—¿Y qué es? Porque yo, por más que lo pienso, me siento perdida.

—Querida amiga, que aquí todos mienten.

41

Mera

Octubre de 2019

Ellos no se habían percatado, pero Mera vio entrar y salir de la sala de reuniones a los inspectores. Aunque a regañadientes, Emma había accedido a acompañarlos hasta el lugar de reunión, y a avisar a Oliver cuando procediera. Si se lo hubiese pedido su hermana, a pesar de ser la directora del periódico, no hubiera aceptado ni por un año de sueldo. Pero fue Oliver quien le dijo lo que tenía que hacer. Al fin y al cabo, ella estaba allí gracias a una beca, y aquello era parte de su trabajo, aunque también fuera la responsable de las redes sociales. Trabajar en un periódico local conllevaba realizar más de una función.

Mera sonrió al escuchar a Oliver soltándole aquella frase a su hermana, y dio su aprobación de forma tácita asintiendo con la cabeza.

Emma fue directa al despacho de Mera cuando dejó a los

inspectores en la sala esperando al redactor jefe. Esta se hallaba muy cerca y desde la ventana de la ahora directora se podía ver quién entraba y salía de allí.

—¿Y bien? —inquirió Mera.

—Nada destacable. La subinspectora, muy simpática y el inspector, con cara de idiota.

Mera puso los ojos en blanco.

—¿Crees que tiene algo que ocultar? —repuso la pequeña.

—No. Están interrogando a todas las personas del edificio y a las más cercanas. Es rutinario.

Emma asintió en silencio y decidió volver a su puesto de trabajo. Mera se quedó allí, detrás de su mesa, terminando de validar los contenidos de los diferentes departamentos. Cuando dio por concluido su trabajo, fue al despacho de Oliver para avisarlo de que se iba, pero ya no se encontraba allí. Le pareció extraño, pues siempre que abandonaba la redacción se lo comunicaba, y por eso Mera daba por hecho que permanecía en su puesto.

Emma ya se había ido hacía un rato y quedaban unos pocos empleados. Se despidió de ellos saludándolos con la mano, bajó las escaleras y fue hacia su coche.

¿Le habría afectado de alguna manera la conversación con la policía para que Oliver se fuera de aquel modo?

No quería hacer un drama de aquella situación. A lo mejor, simplemente estaba cansado y se le había olvidado avisarla, o ni siquiera pensó que ella seguiría en su despacho. No todo debía tener un sentido oscuro.

Y, sin embargo, no podía dejar de pensar que la charla tuvo que afectar a Oliver de alguna manera para que decidiera marcharse de pronto.

Consultó su teléfono antes de arrancar el coche, ningún

mensaje de Luca. Así que decidió conducir un rato sin rumbo. Terminó pasando por las playas de Paignton y también por el Geoplay Park, donde había unos niños jugando entre columpios y toboganes. Junto al parque, los cines de Torbay eran una buena opción para salir en familia y pasar un buen fin de semana con los más pequeños frente al mar. Todas las calles estaban decoradas para recibir Halloween y los niños jugaban con los esqueletos o los espantapájaros que engalanaban los jardines de la zona.

Sumida en sus pensamientos y disfrutando del paisaje dentro del coche, de pronto cayó en la cuenta de que había llegado a Brixham sin habérselo propuesto. Media hora de conducción que, sin embargo, según su reloj interno apenas habían sido cinco minutos. Decidió aparcar y salir a pasear un poco. El aire húmedo empezaba a azotar la costa. Cogió su gabardina y se anudó un pañuelo al cuello antes de poner rumbo adondequiera que fuese.

Se respiraba calma y tranquilidad en el ambiente, pero, lejos de sentirse en paz, Mera tenía el presentimiento de que podía estar a punto de estallar una tormenta. Recordó el tenue silencio que reinaba en la sala de descanso del antiguo periódico junto a Luca, antes de que apareciera Daniel por la puerta y desatara el huracán.

Sacudió la cabeza, intentando alejar los recuerdos. Caminó en línea recta hasta llegar al faro de Brixham. A su alrededor, había chicos y chicas en bicicleta, paseando o conversando. Otros iban a su aire, concentrados en lo que hacían o dispersos en sus pensamientos, como ella. La brisa marina se hacía cada vez más fría y violenta. Cuando Mera se dispuso a dar media vuelta, algo llamó su atención.

Un hombre con el pelo corto y pelirrojo estaba haciendo

aspavientos. Parecía visiblemente cabreado. No lograba verle el rostro, pues estaba de espaldas a ella, pero sí que podía ver a la persona con la que estaba hablando: el señor Barton.

El propietario del *Barton Express* estaba enfrascado en la conversación, y parecía estar lanzándole alguna advertencia a su interlocutor con un dedo amenazante con el que no cesaba de golpearle el pecho.

Mera se esforzó cuanto pudo, pero el ruido y el viento hacían imposible que escuchara bien la conversación. Se sentía terriblemente frustrada y abrumada, al borde de las lágrimas. Tal vez, si no fuera por esa dichosa hipoacusia, alcanzaría a entender algo. Se le había hecho un doloroso nudo en la garganta. Hacía mucho que no sentía tanta impotencia.

Respiró profundamente, tratando de dominar todos aquellos sentimientos negativos y se situó detrás de dos chicos que estaban enfrascados en sus móviles. Le iba perfecto porque no hablaban y, además, cubrían a Mera lo suficiente como para que pudiera observar a los dos hombres sin ser vista e intentar leerle los labios al señor Barton.

Llevaba más de un mes ejercitándose, y aunque aún no tenía mucha práctica, se le daba bastante bien.

—No será un problema —le pareció leer en los labios del señor Barton.

Daba la sensación de que Oliver no estaba de acuerdo.

—Aléjate de mi familia, yo me encargaré del resto —le ordenó el señor Barton, apartando el dedo amenazante del pecho a Oliver—, y procura hablar lo menos posible con la policía.

Ella no entendía nada. Pero todo parecía indicar que el señor Barton había dado por concluida la conversación. Antes de que decidiera marcharse, Mera tomó la delantera y se encaminó hacia su coche a paso ligero. Ahora veía claro por qué tenía que volver a retomar el ejercicio. Se metió en el coche con el corazón latiéndole a mil por hora y apuntó en su móvil lo que había captado de la conversación antes de que se le pudiera olvidar.

Se agachó instintivamente cuando vio acercarse al señor Barton. Iba andando y pasó justo por delante de ella, cruzando la carretera. Recordó que los Barton vivían allí, en Brixham, a pocos kilómetros del puerto.

Acto seguido observó cómo Oliver se dirigía hacia su coche, con las manos en los bolsillos de su abrigo verde caqui. Estaba aparcado un poco por delante del de Mera. Antes de darle la espalda se fijó en su cara. Estaba mucho más pálido de lo habitual, tenía las gafas ligeramente empañadas por el vaho, y miraba todo el rato a ambos lados de la calle. Primero a la derecha, y después a la izquierda. Igual que en una película, cuando el sospechoso se trae algo entre manos.

Estaba claro que Oliver no quería que lo vieran allí, y mucho menos que lo vieran con el señor Barton. Mera estaba totalmente desubicada, y solo se le ocurrió una persona que pudiera arrojar algo de luz sobre el asunto. A pesar de sus diferencias, dos cabezas pensaban mejor que una. Sobre todo, si esa cabeza era la del inspector de Homicidios más famoso de Europa.

Cuando ya estaba con el móvil en la mano y a punto de marcar, la pantalla se encendió y empezó a vibrar. Dio gracias a que siempre tenía el móvil en silencio.

—¿Sí? —respondió sin mirar la pantalla.

—Hola, Mera, ¿te pillo en mal momento?

La voz la sorprendió gratamente. Era Luca el que le hablaba, y por el tono de su voz parecía nervioso.

—No, para nada —respondió ella.

—Quería pedirte disculpas por mi comportamiento del otro día. He estado algo ausente, y he sido un estúpido al no responder tus mensajes... necesitaba algo de tiempo y espacio para reflexionar.

—No pasa nada —lo tranquilizó Mera. Aunque sí, realmente sí que pasaba, por mucho que intentara apagar esa voz en su mente que le decía que le había hecho daño. Aun así, sacudió la cabeza y trató de pensar que darle espacio a Luca había sido buena idea.

—No es cierto. Pero quiero compensarte, ¿te apetece que cenemos esta noche en mi casa? Preparo yo la comida.

Mera sonrió y se acordó de la calidez que desprendía Luca. Necesitaba aquel tiempo con él, pero también tenía que aclarar lo que acababa de suceder. Así que optó por matar dos pájaros de un tiro.

—Sé que es precipitado, pero creo que he descubierto algo interesante... iba a llamar a Harry para verle en persona y contárselo, ¿sería mucho pedir que nos viésemos los tres?

Al otro lado se hizo el silencio. Un silencio largo y no precisamente cómodo. Mera se mordió el labio inconscientemente. Tal vez se había pasado proponiendo una reunión así. Conocía de sobra el historial de los dos hermanos y, la mala relación que tenían. Sin embargo, también necesitaba pensar que ella podía ser un punto en común que les permitiera interactuar. Además, había que demostrar que Luca no tenía nada que ver con el asesinato de John Barton.

—Está bien —concluyó Luca—. Pero si en eso va a consistir el plan de esta noche, no pienso preparar nada —añadió.

Mera sonrió con dulzura.

—No te preocupes. El dragón rojo siempre soluciona estas circunstancias. ¿Cómo decirle que no a una buena comida china?

—No tienes remedio.

—Sabes que no —le dio la razón Mera—. ¿Nos vemos en una media hora? Llamo a Harry para avisarlo, tú ve pidiendo la comida.

Cuando Luca colgó, Mera inspiró profundamente. Debía coger fuerzas para la noche que le esperaba. En un par de días sería Halloween y en su casa siempre lo habían celebrado por todo lo alto. No obstante, tenía la sensación de que esta vez sería muy distinto a como lo había vivido en años anteriores.

42

Harry

Octubre de 2019

Harry llegó a su despacho dispuesto a aclararse las ideas. Había sacado la pizarra blanca y varios rotuladores. A su espalda, Katy seguía sin entender nada, a la espera de una explicación. Él le había pedido un poco de paciencia hasta llegar a comisaría donde irían viéndolo entre los dos, tranquilamente.

Sin embargo, justo cuando abrió el tapón del rotulador apareció por la puerta el comisario con cara de pocos amigos. No había pedido permiso para entrar, se limitó a entrar bruscamente, cruzó los brazos y se los quedó mirando.

—¿Necesitas algo, Chris? —le preguntó Harry sin demasiada delicadeza. Su comisario odiaba que lo tuteara, puesto que le hacía parecer inferior a él. Aun así, Harry lo hacía siempre que quería, en especial cuando se comportaba de ese modo.

—¿Cómo podéis estar tan tranquilos? —vociferó, más que preguntó.

—¿Usted nos ve tranquilos? —inquirió Katy—, porque no sé si sabe que no hemos tenido ni un día de descanso desde que tratamos de resolver este caso, y estamos delante de una pizarra, no tomándonos un café en el bar de la esquina.

Chris refunfuñó como un niño malhumorado.

—Ya han pasado varios días desde que John Barton fue asesinado, y no tenemos absolutamente nada. O al menos no me habéis dado nada. El padre acaba de llamarme hecho una furia. Quieren enterrar el cadáver de inmediato.

—No puede hacer eso —respondió Harry—. Aún estamos en plena investigación.

—Inspectores —dijo, imponiendo su autoridad—, la autopsia ha sido concluida, están investigando más huellas y sé que estáis a la espera de qué más os puede decir el forense. Hace diez minutos que he llamado a David, me ha comunicado que dentro de un rato te llamaría para que bajaras a verlo. Así que debe de haber concluido. Por desgracia, no tenéis de dónde tirar. Vais a ciegas. No me habéis presentado nada y la familia está deseando cerrar esta amarga historia.

Cada palabra era como una daga clavándose en el estómago de ambos. Apenas habían informado a Chris de sus pesquisas. Solo le habían dicho que seguían interrogando e investigando. Estaban tan enfrascados en el caso que en ningún momento pensaron que tenían un límite de tiempo.

—Tenéis hasta mañana. El juez verá el caso y decidirá si entrega el cuerpo a la familia para que lo entierren en paz. Por el amor de Dios, que es John Barton.

—Es una persona como otra cualquiera —repuso Katy— y, por suerte o por desgracia, merece que sepamos qué le pasó.

—Por supuesto, subinspectora. El problema es que su padre nos pisa los talones, y que toda la maldita ciudad se informa a través de su periódico. Y si él quiere, puede llamar al *Daily*. Así que, háganme el favor.

—Chris, no estamos hablando de un posible suicidio. Ha sido envenenado —le explicó Harry.

—Lo sé. Y el arsénico, señor inspector, es un químico que se encuentra en muchos alimentos, incluso en el agua contaminada. Si John Barton se encontraba mal, podría deberse a que hubiera ingerido algún alimento de manera natural. Incluso por vía de algún producto del mercado, proveniente de una partida en malas condiciones —exclamó alzando las manos al aire, visiblemente cabreado.

—No eres el único que entiende de crímenes. Todos odiaban a ese muchacho, pero dudo de que alguien estuviera envenenándolo poco a poco.

Harry no comprendía en absoluto por qué su comisario se comportaba de aquella forma. Parecía algo personal, y además nadie podría decir que no estuvieran volcados en indagar sobre el veneno.

Harry sonrió maliciosamente.

—Chris, ¿eso es lo que te ha dicho el señor Barton? Ha hablado contigo sobre el caso de su hijo, ¿cierto?

Chris respiró hondo antes de responder.

—Claro que ha hablado conmigo. Te lo acabo de decir. Y sí, lo he puesto al corriente de cómo iba la investigación. Quieren que sea el juez quien decida si seguimos o no con esto. Ellos mejor que nadie saben que su hijo no era muy apreciado después de todo lo que sucedió el pasado mes. Aun así, les gustaría enterrarlo en paz como se merece. No puedes culparlos por ello, Harry.

Harry sacudió la cabeza.

—No se merece ser enterrado como cualquier persona. Era un agresor. Pese a lo cual, nosotros seguiremos haciendo nuestro trabajo —replicó el inspector—. Si nos permites, Chris, nos gustaría seguir investigando hasta que el juez celebre la vista de mañana.

Chris asintió convencido de haber ganado el *round* y abandonó el despacho dando un portazo.

—Manda narices —exclamó Katy.

—Qué me vas a contar —suspiró Harry—. Y ahora, hagamos un rápido resumen de lo que ambos tenemos, antes de volver a hablar con David.

Harry cogió el rotulador negro y empezó a escribir en la pizarra. Dibujó un boceto del edificio y sus pisos. El primero lo ocupaba enteramente la señora Bennet, en el segundo estaban Mr. y Mrs. Robson —que llevaban un mes y medio sin ocupar el apartamento porque se habían comprado una casa más grande en Bristol y tenía puesto el cartel de SE VENDE—. En el segundo B tenían a Tom Turner. En el tercero A y B a la familia Doyle y a la falsa autora Agatha Bowers respectivamente.

A continuación, Oliver Henderson en el cuarto A, pues el apartamento contiguo estaba desocupado.

Y, por supuesto, el ático entero, donde vivía John Barton. A Harry le interesaban mucho Oliver y la autora Agatha Bowers. Katy, en cambio, se inclinaba por Tom Turner, al que aún no quería descartar.

—Tendría que ver esa grabación. Tanto por Tom como por Oliver. Puede que dé con algo que a ti se te escapa —repuso su compañera.

—No —le contestó Harry erráticamente—. Sabes que no se me escapa nada.

—Aun así. Cuatro ojos siempre ven más que dos, lo sabes de sobra.

Harry le lanzó una mirada cargada de rabia. No podía ver aquella cinta, porque entonces identificaría a Luca, y sabía lo que pensaría de él. Así que prefirió volver a desviar el tema.

—Me gustaría averiguar quién escribió los libros de Agatha Bowers.

—Podría llamar a la editorial y concertar una visita.

—Nos llevaría más tiempo del que disponemos.

—Lo sé, pero mejor eso que nada. Si de verdad piensas que es importante, lo planifico —le propuso ella.

Harry asintió y le dio las gracias.

—Después tenemos la mentirijilla de Oliver Henderson.

—Puede que estuviera nervioso y se hiciera un lío con las horas.

Harry sonrió.

—No te hacía tan ingenua.

—Y no lo soy, pero no lo veo capaz —dijo la subinspectora encogiéndose de hombros—. Seguramente estaba bastante nervioso.

—Podría ser, aunque yo no estaría tan seguro. Cuando la policía te interroga, procuras aclarar tu coartada lo mejor posible. Y en su caso, fue bastante escueto.

Katy se quedó mirando a la pizarra mientras sopesaba la última afirmación de Harry. No dejaba de mirar a un lado y al otro, cada nombre y cada planta.

—Odio tener que decir esto. Pero Chris lleva razón, no tenemos nada sólido.

—Hay otra cosa que no se me pasó por alto. Una de las hijas de Doyle, a mitad de la conversación, se comportó de manera singular. Me gustaría intentar hablar con ella a solas. A lo mejor sacamos algo.

—Es menor, no podemos hacer eso —contestó Katy con voz cansada.

—Lo sé, lo sé —convino Harry, ensimismado en sus pensamientos—. Sin embargo, si charláramos con ella en un encuentro totalmente fortuito o casual... Creo que mantenía algún tipo de relación tonta con John. Algo tuvo que pasarle con él. Y siento decirte que presiento que a ti te lo contará más abiertamente que a mí.

—Me da que hoy no piensas hacer nada, señor inspector.

—Muy graciosa —le replicó, sarcástico.

Entonces sonó su teléfono móvil. Era David. Por fin, noticias de la muerte.

David los esperaba con impaciencia. Daba la sensación de estar notablemente nervioso, cosa inusual en él. Katy y él se miraron extrañados una vez que entraron en la morgue. Aquel lugar los asqueaba a ambos por igual.

—¿Estás bien, David? —le preguntó la subinspectora con cierta preocupación.

—Sí, por supuesto —repuso de inmediato sacudiendo la cabeza.

—Hemos estado tomando huellas en la casa. Están las de sus padres y otra más en la puerta. No sabemos aún a quién pertenecen, estamos cruzando datos.

Harry asintió. Supuso que serían las de Luca, pero mantuvo la calma y dejó que el forense prosiguiera con su explicación.

—Hemos investigado su alimentación, analizamos los vasos, las bebidas... ni rastro del arsénico. No está, por ningún lado.

—¿En ninguno?

El forense negó con la cabeza, apesadumbrado.

—En ninguno de los lugares donde hemos buscado, al menos.

David le pasó una carpeta fina a Harry. La abrió y vio que eran los análisis de los diferentes objetos, alimentos y bebidas.

—¿Entonces? No puede ser, tiene que estar en alguna parte.

—Yo estoy con vosotros. El jefe quiere que el caso quede sobreseído y lo dejemos estar. Sin embargo, yo creo que el arsénico le fue administrado de alguna forma especial, y además lentamente. De no ser así, ya habríamos dado con alguna evidencia. En algún objeto, o bien diseminada por la sala.

Harry se echó las manos a la cabeza, desesperado. Cuando menos tenía la esperanza de conocer cuál había sido exactamente el medio que habían empleado para envenenar a la víctima. Aquello sí que había sido una decepción, sin lugar a dudas. Los inspectores intercambiaron una mirada. A Harry le pareció que los ojos de su compañera se habían vuelto más pequeños y aniñados, en señal de que el juego se había terminado. Al día siguiente, cuando expirase el plazo, no tendrían nada a lo que agarrarse para seguir investigando.

—Lo siento, inspectores —repuso David—. Por cierto, aún me quedan un par de horas de estar aquí, ¿Katy, podrías traerme un té, si no te es mucha molestia? Mientras termino de firmar los papeles de la autopsia con el inspector.

Katy enarcó una ceja y puso cara de circunstancias. No obstante, asintió y salió de la sala sin rechistar.

—Sabe perfectamente que es una excusa —le comentó Harry en cuanto la subinspectora hubo salido—, porque lo es, ¿verdad?

David asintió y se acercó más a Harry. Cogió al inspector del brazo y se dispuso a hablarle al oído. En aquel momento, al inspector la sala de autopsias le pareció más escalofriante que nunca. Jamás lograría acostumbrarse a la morgue, pero cuando David clavó sus fríos ojos en las pupilas de Harry, todo se volvió mucho más siniestro. Era como si estuviera a punto de hablar con la muerte en persona.

—Escúchame bien. Siento por ti un aprecio poco común del que suelo prodigar a mis otros colegas. Procuro no mantener lazos de amistad en el trabajo, pero contigo voy a hacer una excepción que posiblemente dé al traste con mi carrera —le susurró. Era la primera vez que Harry lo veía así—. Las muestras de sangre coinciden con la de John Barton. Pero he encontrado un registro de ADN distinto del suyo. Y según nuestra base de datos es compatible con una persona.

Harry hizo un gran esfuerzo por sostenerle la mirada, intentando que el miedo no se reflejase en su rostro. Sabía lo que diría y no quería oírlo.

—Coincide contigo —añadió.

En la sala se hizo un silencio atronador. Harry no dijo ni una palabra. No solo porque estaba totalmente paralizado, sino porque también quería saber qué pensaba hacer David con aquella información.

—Casi en un cincuenta por ciento. Sabes lo que eso significa, ¿verdad? La última vez el criminal era tu propio sobrino. Por favor, Harry, no dejes que esto te salpique. Entiendo que quieras protegerlo, pero tarde o temprano se acabará sabiendo.

Harry asintió con cautela.

—Otra cosa más —añadió—: Pon a buen recaudo esta carpeta y estúdiala a fondo.

El inspector dedujo que ahí debían de estar los resultados de Luca, y que de él dependía lo que hiciera con ellos. Se sentía preso en una jaula. Sin salida. Atado de pies y manos, sin nadie más a quien inculpar salvo a su propio hermano.

Hasta ese momento había tenido la certeza de que todo se solucionaría sin que nadie llegara a sospechar de él. De que sería lo bastante perspicaz como para lograr que saliera airoso del crimen.

Su móvil vibró, sacándolo de sus cavilaciones. David le soltó el brazo y se fue al otro extremo de la habitación para brindarle un poco de intimidad.

Aceptó la llamada y miró la pantalla. Tan acertada y oportuna como de costumbre. Así eran las mejores reporteras.

—¿Mera?

43

Mera

Octubre de 2019

Habían dejado la comida china encima de la mesa redonda del comedor de la casa de Luca. Los hermanos, que ya estaban sentados alrededor, permanecían en silencio. La estancia olía a una mezcla de pollo frito y soja. Ella se los quedó mirando con los brazos en jarras.

—No sé vosotros, pero yo tengo hambre. Así que deberíamos empezar a comer y a intercambiar opiniones. Por el bien de todos —añadió con un dedo acusador.

Luca se levantó de inmediato y terminó de poner la mesa con Mera. Harry se levantó, pero el anfitrión le pidió que se quedara donde estaba.

—¿Qué tenéis? —preguntó al fin Harry.

—Hambre y situaciones inconexas —insistió Mera mientras sujetaba los tallarines con los palillos de madera—, pero creo que entre los tres podremos sacar algo en claro.

—Cuéntame —dijo Harry con la boca llena.

Mera les contó a ambos el descubrimiento de la cita de Oliver con el señor Barton justo después de que Harry y Katy lo interrogasen. Cogió su móvil y les recitó las frases que había apuntado. Luca los miró a ambos con desconcierto.

—¿Oliver Henderson? —preguntó incrédulo—. Cuando me dijiste que se quedaba con tu antiguo puesto, lo comprendí. Sin embargo, dudo de que ese chico haya hecho algo.

—Tú lo conocías, ¿no es así?

Luca asintió.

—Claro. Aunque iba bastante a lo suyo. Lo entiendo, nosotros a fin de cuentas éramos dos ricachones, mientras que él iba al instituto gracias a una beca, como Aletheia. Venía de una familia modesta y siempre trabajaba muy duro.

—Puede que tuviera algo en contra de John —apuntó Harry.

—Todos tenemos algo en contra de él —replicó Mera.

—*Touché* —reconoció el inspector.

Sin embargo, aquello lo hizo reflexionar. Todos tenían algo en contra de John Barton. A nadie le caía bien, excepto al conserje Colin Russell, que parecía encantado con su trato.

—No digo que sea él, pero daba la impresión de que el señor Barton lo estuviera amenazando —repuso Mera.

—Eso ya me cuadra más. Atentos: mañana se celebrará una vista con el juez, y decidirá si tenemos motivos de peso o no para seguir con la investigación.

—¡Pero si fue envenenado! ¡Cómo no va a haber motivos! —exclamó Luca, indignado.

—¿Envenenado? —repuso Mera.

—Ella no conocía esa información —le comentó Harry a su hermano en tono de reproche.

—Pues si estamos los tres en esto, supongo que no estaría de más que lo supiera.

Mera miró a un hermano y al otro sucesivamente. Harry estaba llevándose un trozo de ternera a la boca y Luca removía los tallarines una y otra vez.

—A ver, ¿no os resulta raro que el señor Barton esté intentando socavar la investigación?

—No me parece extraño —respondió Harry—, en eso se parece a nuestro padre. Mejor que quede todo en silencio no vaya a ser que se pueda organizar un escándalo. Sin embargo, al revisar una y otra vez cada acción y cada paso... es inevitable pensar que él sabe quién ha envenenado a John.

—Más bien parece que ha sido él —dijo Luca.

—No es descabellado —convino Harry—. En el primer interrogatorio no me pareció que estuviera desolado, precisamente. Ha perdido a su único hijo y heredero de su fortuna y apellido. Pese a ello, quiere acabar con la investigación.

Mera recordó al señor Barton con su abogado en su casa, y, en la reunión de unos días atrás a propósito del futuro de la redacción, el modo en que planteó la posibilidad de aprovechar el asesinato de su hijo en beneficio de la empresa. Y no solo eso, también estaba la amenaza velada que le lanzó, dándole a entender que estaba al corriente de que ella había denunciado a su hijo justo antes de que este muriera.

—Estoy de acuerdo —convino Mera—. Además, fue él quien encontró el cadáver en el baño.

—El único problema es que no tenemos pruebas sólidas, y tampoco dispongo del tiempo necesario para encontrarlas.

Los tres enmudecieron tras las palabras de Harry. Mera no concebía la idea de rendirse tan fácilmente. Y mucho menos que lo hiciera el inspector. Había que empezar a tirar de algún hilo que condujera al magnate empresario. Pero ese hilo seguía siendo invisible a sus ojos.

—Por cierto, ¿conocéis a Agatha Bowers? —preguntó Harry—. Terminé el libro, Luca.

—¿El de mamá? No acabé de leerlo, aunque me faltaba poco. —Luca lo miró atónito—. ¡Habla de asesinatos por envenenamiento! —exclamó, llevándose las manos a la cabeza.

—¿Y qué? Sucede mucho en las novelas negras —objetó Mera, sin acabar de entender a qué se referían.

—Lo sé, y además tuve que interrogar a la autora porque, casualmente, vive en el mismo edificio que John. Sin embargo, tengo la sospecha de que ella no ha escrito sus libros.

—¡Pues claro que no! —exclamó Mera con una carcajada—. Esa muchacha no ha escrito ni el título.

—¿En serio? —Luca estaba perplejo.

—Es un rumor bastante extendido —le explicó Mera—. Yo la entrevisté una vez, y Sarah Hill, que lleva Cultura y Sociedad, en varias ocasiones. En las entrevistas, cuando la sacas de su guion, te das cuenta de que no ha leído un libro de novela negra en su vida. Y menos aún de que lo ha escrito. Ni siquiera me creo que tenga el título de Filóloga inglesa del que tanto presume en sus entrevistas.

Harry estaba de acuerdo con Mera.

—En su piso solo había libros clásicos de literatura romántica. Nada contemporáneo, y, además, el lugar tenía un aspecto deshumanizado. No daba la impresión de que viviera allí realmente. Me dijo que escribía en su portátil, y sin embargo eché un vistazo a la casa y no lo vi por ningún lado... bueno, quizá lo tuviera guardado, pero ¡ni siquiera había un escritorio!

Harry siguió exponiendo sus pensamientos en voz alta:

—¿Existe alguna forma de averiguar quién escribe sus libros? —preguntó—. Tengo esa duda clavada en la cabeza y no termino de sacármela de encima. Le pedí a Katy que lo investigara, espero que pueda dar con una solución.

Mera pensó que tal vez Harry estaba desvariando. Pero por algo era inspector de Homicidios. No había una sola idea, por descabellada que fuera, que Harry no contemplara como posible. Así eran los genios.

—Puede ser. A mí, por desgracia, ya me conocen. Se me ocurre que Katy podría ponerle la excusa de que estaba interesada en comprarle los derechos audiovisuales y escribir el guion a medias con la escritora. Eso sí, dejándole claro desde el principio que está al corriente de que ella no es Agatha Bowers. Para que no intenten engatusarla.

—Dudo de que a Katy se la pueda engañar fácilmente —comentó Harry con una sonrisa, y añadió—: es buena idea. Se lo plantearé así.

El inspector se limpió las manos y sin perder un segundo se dirigió a la entrada, sacó el móvil del bolsillo de su gabardina que estaba colgada en el perchero y le escribió un mensaje a su compañera.

Mera suspiró.

—De todos modos, si mañana por la mañana se celebra la vista... no llegaremos a tiempo de obtener las pruebas que necesitamos.

Harry volvió a su silla y se quedó pensativo. Luca llevaba un rato callado, escuchándolos y comiendo sin pausa. El inspector lo observaba con preocupación con el rabillo del ojo. Mera observaba la escena desde fuera. Él se estaba devanando los sesos para salvarle. Aunque, si lo pensaban bien, ¿no sería mejor dejarlo estar? Si el caso quedaba sobreseído, no habría motivos para seguir investigando, y Luca quedaría impune igualmente.

Mera decidió compartir aquella reflexión con el inspector. Pero Harry no estaba de acuerdo:

—No puedo deciros por qué, pero si esto no se soluciona y en algún momento alguien se va de la lengua, Luca podría tener problemas.

El hermano pequeño dejó los palillos sobre la mesa y lo miró confuso.

—¿Por qué no puedes decírnoslo? Ya estamos con la mierda hasta el cuello.

—Lo sé. Pero es pronto para contároslo. Prefiero saber toda la verdad, por si acaso llegase el momento en que alguien te incriminara.

—¿Quién podría incriminarme? —inquirió Luca alzando la voz.

Harry lo miró desafiante.

—Nadie.

—Harry, ¿quién va a incriminarme? Tú nunca dices las cosas por gusto. Sabes algo que no nos dices.

Harry suspiró desesperado y miró a Mera. La chica vio miedo en sus ojos.

—El forense ha encontrado una coincidencia de ADN.

—¿De quién? —preguntó ella, pues Luca se había quedado en blanco.

—Mía, por supuesto. Una coincidencia del cincuenta por ciento. Eso quiere decir...

—Que sabe que se trata de tu hermano —concluyó Luca.

Harry asintió.

Los tres volvieron a sumirse en un profundo silencio.

Mera sospechaba que la catástrofe era inminente. Solo era cuestión de tiempo.

—Nos vendrá bien que el caso quede sobreseído —siguió reflexionando Harry—. Quieren enterrar a su muerto. Celebrarán un funeral, ¿y sabéis qué sucede en los funerales de un asesinado?

Los dos negaron a la vez con la cabeza, como mimos.

—Que el asesino siempre se asegura de que su víctima acabe bajo tierra. Aparece allí para que a nadie le asalte la duda de que no lo apreciaba en vida.

—Entonces, según tú, ¿enterrar el cuerpo sería un cebo para su asesino? —preguntó Mera—. De todas formas, nadie lo apreciaba mucho, cualquiera podría tener buenos motivos.

Harry asintió con una sonrisa pícara.

—A fin de cuentas, es el asesinato de un culpable.

44

John

Octubre de 2019

Había sido realmente fascinante descubrir la verdad. Jamás hubiese imaginado que aquel muchacho ojeroso, desgreñado y flaco sería el causante de todo. Daniel Wayne, un estudiante de Periodismo en prácticas de tan solo veinte años, le había tendido una trampa a él.

¿Qué estaba haciendo él a esa edad?

En la Universidad de Cambridge junto a Luca, pegándose las mejores fiestas de su vida. Desmadrándose, intentando que la vida fuese más divertida. A veces también aparecía Oliver Henderson, pero por norma, solo para los trabajos o por la biblioteca.

Daniel siempre le había recordado a Oliver, tan trabajador y callado. Sin embargo, estaba demostrado que, definitivamente, eran los peores.

Mayor fue la ironía cuando no solo se enteró de que él estaba detrás del asesinato de Aletheia, sino de que era el hijo de esta y de Luca. Aquello sí que fue una puñalada directa al corazón. Le había destripado las entrañas y las había esparcido en mil pedazos desde el más allá. Aun estando sin vida, Aletheia seguía destrozándolo. Todo lo que creyó que sabía sobre ella comenzó a volatilizarse conforme abría los ojos a la realidad.

A su manera, podía entender su comportamiento durante las últimas semanas, seguramente, conocía la existencia de Daniel y a Aletheia la torturaba. Aun así, esa no era forma de tratarlo, podría haber confiado en él y contárselo. Habría estado para lo que ella necesitase, como siempre.

Con frecuencia se imaginaba que ella no había olvidado a Luca. No obstante, ahora entendía aquel estúpido primer amor adolescente de un modo muy distinto. Les unía algo mucho más fuerte. Algo a lo que él no tenía acceso. ¿Luca lo sabía? No. Imposible.

John intentó recordar los momentos en que Luca estaba junto al chico en la redacción. El día que los presentó, cuando Mera acababa de irse de vacaciones. Rememoró el modo en que el muchacho miró a Luca; ahora todo estaba mucho más claro. Durante aquel instante de incómodo silencio que los envolvió a ambos cuando se conocieron, en realidad el hijo estaba estudiando exhaustivamente al padre, por primera vez.

A John se le escapó una sonrisa incrédula y suspiró.

«Menudo cabrón sin escrúpulos», pensó.

Recordó el físico de Daniel: se daba la circunstancia de que era una réplica exacta de lo más característico de ambos progenitores. El pelo azabache de Aletheia, su piel pálida y sus ojos. Por otro lado, los rizos alborotados de Luca y su complexión atlética.

Teniendo la información, se veía tan claro que solo un estúpido no se daría cuenta de la semejanza, pero ¿quién iba a pensarlo? A su edad... —solo tenían quince y dieciséis años respectivamente—, era improbable. Pero no imposible.

Cuanto más detenidamente lo pensaba, más le corría la angustia y la rabia por todo el cuerpo, desde las puntas de los dedos de los pies, hasta el último pelo de la cabeza. Se sentía un ingenuo por no haber ido más allá y ser incapaz de dilucidar cuál era el motivo de que Aletheia no lograra olvidar a Luca Moore. Se culpaba a sí mismo por no haber indagado suficientemente en el pasado.

Negó con la cabeza, sacudiéndola de un lado a otro. No iba a sentirse culpable por alguien que le había mentido, y había jugado con él. Porque eso era lo que había hecho Aletheia durante años, engañarlo como a un estúpido. Y él distaba mucho de encajar en esa definición.

Estaba a punto de salir del juzgado después de la maravillosa defensa que había puesto en práctica su abogado. A decir verdad, Conrad no había tenido que hacer demasiado: puesto que Daniel había sido el verdadero culpable de todo, una vez que su defensor hubo recurrido hábilmente a dicho argumento, las imágenes del vídeo apenas tuvieron validez. Sobre todo, teniendo en cuenta que la «agredida» —John dudaba muchísimo que ese fuera el término adecuado para aplicárselo a alguien que disfrutaba plenamente con lo que hacía— había fallecido, y no existían cargos.

En la puerta esperaban varios periodistas, y John quiso darles de qué hablar. Cuando hubieron dejado atrás al nutrido grupo de representantes de los medios, miró de hito en hito a los inspectores. No los había visto hasta aquel momento, pero dedujo que Harry lo retaba con la mirada. Intuía acertadamente que el inspector estaba deseando meterlo entre rejas después de su último encuentro, así que le pareció irónico pensar que en cierto modo estaba libre gracias a su familia. A su sobrino, Daniel.

¿Quién le hubiera dicho a la familia Moore que iban a estar tan jodidos? ¿Que no eran perfectos? Se carcajeó por dentro, y no pudo evitar exhibir una sonrisa maliciosa.

Sin embargo, al llegar a su apartamento, la felicidad empezó a desvanecerse rápidamente. Se despidió escuetamente de Conrad, quien le pidió encarecidamente que durante un tiempo saliera lo menos posible de casa. Que le trajeran la comida o que la comprara online. Su consejo estaba claro, tomarse un tiempo de descanso y reflexión. Como si aún necesitara pensar más de lo que ya lo hacía.

Si había algo cierto, era que necesitaba descansar. Llevaba unos días con el estómago revuelto, y el pelo se le caía más de la cuenta. Seguramente sería el estrés causado por la vista con el juez, el fallecimiento de la estúpida de su ex...

De modo que sí. Necesitaba hacer una pausa y disfrutar de su ático. Llegó al rellano y saludó con poco entusiasmo a Russell. Por el contrario, este lo recibió exultante. Cuando llegó al ascensor se encontró con Jaqueline Doyle. La menor de las gemelas, solo por unos minutos. John sabía reconocerla perfectamente, en cuanto se fijaba en su rostro no podía dejar de mirar el lunar que tenía debajo del labio inferior, le encantaba. Y le hacía pensar en un tiempo nada lejano, cuando se lo mordisqueó a placer.

Jaqueline, por su parte, se puso rígida al verlo.

—Buenos días, señorita Doyle —dijo él, mucho más galante de pronto, olvidándose del mal humor que arrastraba hacía apenas unos segundos.

—Buenos días, señor Barton.

—¿No vas al instituto hoy? —le preguntó él, intrigado.

Las puertas del ascensor se abrieron y John entró. Jaqueline se quedó mirándolo fijamente sin saber muy bien qué hacer.

—Puedes pasar, no voy a morderte —sonrió, y añadió—: hoy no, aunque te apetezca.

Jaqueline negó con la cabeza y finalmente decidió entrar en el ascensor, dándole la espalda.

—¿Vas a decirme por qué hoy no vas al instituto?

—He ido, pero he terminado antes y necesitaba seguir con un proyecto en casa. Mi hermana aún está allí —le explicó, sin mirarlo.

A John empezaba a cabrearle su actitud. No entendía por qué lo trataba así. Hacía solo unas semanas que se habían acostado en su casa. Desde luego tenía que ver con que Aletheia le hubiera dado un ultimátum, y con que estaba borracho. Sin embargo, las gemelas siempre estaban rondándolo, y la actitud de Jaqueline a él le resultaba mucho más morbosa. Quería ser periodista en un futuro, y tonteaba con aquella idea cada vez que lo veía por el edificio. Así que no tuvo más que invitarla esa mañana, y la adolescente se presentó en la puerta de su piso —le dijo a su padre que iba a casa de una amiga, todo un clásico—, pero no la obligó, él jamás la obligaría. Por eso seguía sin comprender la actitud de la chica.

Las puertas se abrieron, la muchacha susurró un escueto adiós y se marchó antes de que John pudiera reaccionar correspondiendo a su saludo.

Suspiró al tiempo que las puertas se cerraban, y el ascensor retomó su camino hacia los pisos superiores. Estaba derrotado y no entendía a las mujeres. Resultaba frustrante y a la vez agotador.

El elevador se detuvo, y cuando estaba a punto de salir, John se dio de bruces con un hombre. Lo miró de arriba abajo y, confundido, volvió a entrar en el ascensor para asegurarse de que estaba en su planta. Sin embargo, estaba parado en la cuarta. El hombre lo miró inquieto, y él, aunque tardó unos segundos, terminó reconociéndolo.

—¿Oliver Henderson? ¿Qué haces aquí? —Su sorpresa era del todo sincera.

—¡John! —respondió él—. ¡Qué casualidad! Yo vivo en el cuarto. Perdona, tengo prisa, ¿bajas?

Se quedó sin saber qué decir. No conciliaba a su compañero de la infancia y adolescencia con aquel lugar.

—¿Bajas? —volvió a repetir.

—Perdona, es que estoy un poco mareado. No. Subo —respondió.

Oliver se echó hacia atrás y a John le pareció que suspiraba aliviado.

—Sin problema, bajaré por las escaleras —le dijo apresuradamente al ver que las puertas volvían a cerrarse—. ¡Espero que nos encontremos de nuevo y nos pongamos al día!

Las puertas se cerraron y el ascensor llegó a la quinta planta. John estaba confuso. Aquella oferta no le había sonado sincera. Oliver no mostraba ningún interés en que se vieran, y mucho menos en ponerse al día.

Era el *nerd* de la pandilla. El friki, el rarito. Ahora que lo pensaba, nunca le cayó especialmente bien. No obstante, lo soportaba. A sus padres siempre les había agradado, lo consideraban trabajador y encantador. Puede que ese fuera el motivo por el que le tuviera algo de tirria al muchacho. Luca sí se hacía más con él. Los dos eran algo insulsos en ciertos aspectos. John era quien aportaba chispa a la pandilla.

Un momento, ¿había dicho el cuarto piso? Ese pertenecía a su padre. ¿Estaban ocultándole algo?

Entretanto había llegado a su destino, y abrió por fin la puerta del apartamento. Dejó las llaves en el cuenco de bambú y se tumbó en el sofá. Todo estaba reluciente, olía a recién lavado. Una mezcla de limón y suavizante. Consultó el teléfono móvil y fue deslizando las notificaciones con el dedo. Leyó por encima los mensajes que tenía. Su madre, su abogado, algunos mensajes de accionistas del periódico.

Ninguno de una chica. De alguien que le hiciera sentir algo. Había empezado a caer en la cuenta de que se había obsesionado tanto con la estúpida de Aletheia que había dejado de sociabilizar con otras mujeres como era debido. Solo una cría de diecisiete años había entrado en su casa. Definitivamente Jaqueline no contaba.

Fue a la cocina y comprobó que no tenía comida. Así que iría por partes: en primer lugar, abastecerse de comida, y una vez que repusiera fuerzas, empezaría a rehacer su vida.

Pero su estómago tenía otros planes para él. Se llevó la mano a la boca y le dio una arcada.

—¡Mierda! —dijo en voz alta.

Corrió hacia el baño y terminó vomitando el desayuno que había tomado por la mañana: huevos revueltos, beicon y salchichas.

Definitivamente necesitaba un buen descanso y relajarse, o toda aquella situación acabaría con él tarde o temprano.

45

Harry

Octubre de 2019

No sabía si realmente se había precipitado con aquella idea absurda sacada de los libros. Fuera como fuese, eso era lo que solía suceder. No solo estaba en sus novelas favoritas de misterio y asesinatos.

Los asesinos volvían, tarde o temprano. No los que cometen un asesinato imprudente o un homicidio involuntario, por descontado. Se refería a los premeditados, a esas cabezas pensantes que llegaban a la conclusión de que matar era la mejor idea. Asesinar de forma deliberada e intencionada.

Como era de esperar, el señor Barton se había salido con la suya. El juez había desestimado que siguieran con la investigación sin pruebas contundentes. Y la familia, de manera casi inmediata, demandó el entierro de su ser querido.

Harry bufó al ver al señor Barton allí. Ojeroso y aliviado por la sentencia. Lyla, por su parte, rodeaba los hombros de su madre con su brazo derecho, embargada por la tristeza. La señora Barton seguía llorando a su hijo; ¿sabría ella algo acerca de la culpabilidad de su marido? Puede que eso fuera lo que realmente la estaba torturando.

Conforme corría el reloj, el inspector estaba cada vez más seguro de que sus intuiciones eran ciertas, y de que el padre estaba metido hasta el cuello en el asesinato. Por desgracia, aún no acertaba a comprender el motivo que lo había impulsado a cometer aquel crimen.

Y allí estaban al día siguiente, el día de Halloween, en un maldito entierro. Mera estaba a su lado, y Harry podía percibir que estaba muy nerviosa, al borde del colapso. Tal vez había sido demasiado pedirle que viniera. Sin embargo, creyó que era lo más conveniente, por si algo se le pasaba. Katy no había podido asistir. A pesar de ser festivo, la jefa del sello editorial le había concedido una cita exprés, de menos de diez minutos.

El inspector escrutaba con la mirada a cada uno de los presentes, sin excepciones.

Todos los vecinos de John Barton con los que había hablado se encontraban allí. La señora Bennet, tocada con una deslumbrante pamela negra, también había asistido. A su lado, la familia Doyle, incluidas las dos gemelas, que ponían cara de no entender muy bien por qué las habían obligado a asistir a aquel muermo.

Frente a ellos se encontraban Agatha Bowers y Colin Russell. El conserje intercambiaba algunas palabras con la autora, pero ella no parecía tener muchas ganas de mantener una conversación con él.

La gente empezaba a ofrecer sus condolencias a la familia.

De pronto, una sombra se materializó al lado de Mera.

Harry se volvió hacia la chica, en un instintivo gesto protector.

—Esto es una locura, ¿verdad? —comentó Oliver a modo de saludo. Tenía el pelo revuelto, vestía unos pantalones oscuros, una americana negra, y en la mano derecha llevaba un paraguas rojo, que desentonaba con la escena.

Mera dio un pequeño salto al verlo. Harry miró al otro lado, donde estaba su hermano, y le hizo un gesto anunciándole al recién llegado.

—¿Oliver? —inquirió Luca al verlo.

El aludido inclinó el cuerpo hacia delante, preguntándose de dónde provenía aquel saludo. Y entonces lo vio.

—¿Luca? —sonrió él tímidamente.

Él asintió y tendió la mano a modo de saludo.

—Me alegro de verte, a pesar de las circunstancias.

Oliver sacudió la cabeza.

—Y pensar que no hace tantos años los tres íbamos por ahí sin preocupaciones —repuso el pelirrojo, embargado por la nostalgia.

Harry se los imaginó por un momento. Luca y Barton, amigos inseparables en su día. Y al otro lado, el compañero que se les unía esporádicamente, el marginado, y aun así vinculado a la pareja, a pesar de sus diferencias. No le parecía que Oliver tuviera un carácter idóneo para congeniar con John. Sin embargo, en la adolescencia el temperamento aún está por construir, y lo habitual es dejarse llevar por quienes llevan la voz cantante.

—Hemos cambiado mucho desde entonces —le respondió Luca con tristeza.

—Deben de estar destrozados —comentó Oliver, refiriéndose a la familia.

—¿Tú crees?

Harry sonrió al escuchar la pregunta de su hermano. Había sido inteligente. Él también se lo hubiera preguntado así, en plan condescendiente. Pero no pensaba inmiscuirse en la conversación; tanto Mera como él habían asumido el papel de meros espectadores.

En los ojos de Oliver pudo vislumbrar sorpresa y confusión. Al parecer la pregunta de Luca lo había descolocado por unos instantes, pero se recuperó enseguida.

—Claro que sí. Es cierto que Lyla y él no tenían muy buena relación últimamente, pero estoy seguro de que para los señores Barton ha sido un golpe muy duro.

Luca enarcó una ceja. Harry le imitó.

—¿Cómo sabes lo de Lyla?

—Es mi jefa, esas cosas terminan sabiéndose —repuso él, algo nervioso.

Mera intercambió una mirada de complicidad con Harry. Oliver cambió de interlocutor:

—Voy a presentarles mis condolencias. ¿Nos vemos en la oficina, jefa?

Ella asintió y el chico se despidió.

—Me he alegrado mucho de verte, Moore —le dijo a Luca—. Y a usted también —añadió, dirigiéndose al inspector.

Harry movió la cabeza a modo de despedida y el chico se alejó a buen paso. De pronto parecía tener prisa por abandonar el corrillo que habían conformado los cuatro. Al levantar la vista, Harry se percató de que algunos de los presentes no le quitaban ojo de encima. No era de extrañar que a la muchedumbre le pareciera morbosa la idea de que el inspector que no había logrado desentrañar el caso estuviera allí. Como si se dedicara a exhibir su flagrante derrota.

—Sabe más de la familia Barton de lo que parece, eso está claro —les susurró Mera a los dos hermanos.

Harry se quedó pensativo mientras lo veía alejarse y presentarle sus condolencias a la familia. El señor Barton lo miró con recelo y Lyla contuvo la emoción al recibir el pésame. La señora Barton lo abrazó con cariño al verlo, y después se despidió.

—Sin embargo, me parece muy torpe cada vez que habla. Como si con su torpeza y sus descuidos pretendiera dejarnos alguna pista.

—¿Tú crees? —inquirió Luca—. Oliver no me parece tan sutil, yo creo que lo suyo es mero despiste.

—Por eso yo soy el inspector de la familia, y tú solo ves el lado bueno de la gente —se burló Harry—. Deberíamos ir a presentar nuestras condolencias de nuevo.

Los tres se encaminaron hacia donde se encontraba la familia del muerto. Harry se quedó rezagado, observando a Mera y a su hermano mientras hablaban con los Barton.

Lyla abrazó a Mera, y el inspector pudo leer en su rostro que le estaba infinitamente agradecida. Lo reconfortó ver que su excompañera sentía un afecto tan profundo por la joven periodista, los señores Barton la conocían muy bien, al igual que a su hermano. Resultaba irónico pensar que, si ellos conocieran toda la verdad, posiblemente Luca no hubiera podido ni acercarse. No obstante, era cierto que su hermano mantenía una buena relación con la familia, a pesar de todo lo que había pasado con John aquellos últimos meses. Toda una vida juntos. Y durante todo ese tiempo siempre gozó de su hospitalidad. Al menos, que él supiera. El sentimiento que Luca ponía en las palabras de consuelo que estaba dirigiendo a los Barton lo demostraba con creces, aunque seguramente la mayor parte de las emociones que sentía en ese momento estarían contaminadas por una lacerante culpabilidad. Su hermano tampoco debería estar presente en aquel funeral. Pero allí estaba.

La señora Barton también abrazó a Mera, y esta le sonrió con tristeza.

—Lo siento, señora Barton.

—Jane —repuso esta.

—Cierto, Jane. El dolor nunca desaparece, solo tenemos que aprender a convivir con él. Perder a un hijo no es lo mismo que a un padre, pero imagino que el sentimiento es similar.

—Sí, querida. Al final el sufrimiento y la agonía de no estar con las personas que queremos son los mismos.

Mera asintió.

—Dale a tu abuelo mi enhorabuena por la tarta de calabaza. A todos nos vino muy bien algo dulce. Me gustaría devolverle el favor algún día.

Mera le agradeció el cumplido.

—Gracias por haber venido, querida —añadió la señora Barton.

Harry observaba la escena desde fuera. Sintió una pena inmensa al escuchar a Jane Barton. La encontró demacrada y hundida. Y eso que siempre había sido una mujer fuerte. No obstante, su resiliencia se había venido abajo con la muerte de su único hijo. Pensó en su madre, en si habría llorado igual la muerte de Daniel en su momento. Ni siquiera le había preguntado por ello. Anotó mentalmente que lo haría la próxima vez que la viera.

Cuando se retiraron, Harry se acercó un par de pasos y les estrechó la mano a los señores Barton y a su hija.

—Lo siento mucho.

—Hicieron lo que pudieron —repuso el señor Barton.

—No, no lo hicimos. Pero no es momento de entrar en eso —contradijo el inspector—. Espero que poco a poco todo vuelva a su cauce y encuentren la paz después de tanta atrocidad.

La señora Barton asintió con la cabeza. Lyla miró intensamente a Harry.

—Gracias —concluyó la chica.

El inspector metió las manos en los bolsillos y se regresó hasta donde estaban su hermano y Mera hablando entre susurros.

—¿Ha ido como esperabas? —preguntó Mera.

—Ha sido interesante —dijo Harry—, pero ahora tengo que meditarlo.

El inspector necesitaba tiempo para rememorar cada detalle de lo acontecido los últimos días antes de dar el siguiente paso. Debía aprovechar la información que tenía. Bien sabía que no era poca, solo que no estaba encajando las piezas por el lado correcto.

Sus acompañantes se miraron y asintieron, y Harry decidió que era el momento de irse. Una parte de él odiaba dejarlos solos y que Luca gozara de una intimidad con Mera que él nunca podría volver a tener. Pero, por otro lado, deseaba irse de allí para no tener que ser testigo de su complicidad. Intentaba no pensar en ello, y lo cierto era que hasta cierto punto lo había logrado. La investigación y la empresa de salvar a Luca lo tenían absorto. Sin embargo, cuando ambos intercambiaban miradas, el mundo de Harry se volvía un poco más gris y más vulgar.

Por suerte recibió un mensaje de Katy anunciándole que

estaba a punto de entrar a entrevistarse con la editora de Jane Bowers, al fin. Sonrió y dijo:

—Ha llegado el momento de que la subinspectora me consiga un poco de información valiosa. Aquí ya no tengo nada que hacer.

Y al instante supo que no lo decía por la investigación, aunque los presentes nunca llegaran a sospecharlo.

46

Luca

Octubre de 2019

—¿Podríamos dejarlo para otro día? —inquirió Luca, visiblemente cansado.

Al otro lado del portátil respondió el rostro impasible de la doctora Brown:

—Podríamos. Si usted así lo quiere. Pero le recuerdo que fue usted, señor Moore, quien me pidió que le reservara un hueco hoy. Sinceramente, hasta a mí me sorprendió.

A él también, a pesar de que había sido totalmente voluntario. Y también había sido impulsivo. Cuando en casa de Luca su hermano, Mera y él mismo decidieron asistir al funeral de John, le pareció prudente solicitarle una sesión de última hora a su nueva —y única— psicóloga. No obstante, ahora se le antojaba engorroso. Estaba exhausto.

—¿Y bien? —dijo ella al no obtener respuesta—. ¿A qué debemos este cambio?

—Hoy he asistido al funeral de John Barton. Éramos amigos —le explicó, procurando que sus palabras sonaran lo más neutras posible.

—Entiendo. Lo acompaño en el sentimiento. Las pérdidas son siempre dolorosas.

Luca negó con la cabeza.

—Esta no lo es —dijo él.

—Entonces ¿qué hacemos aquí?

Mientras hacía la pregunta señalaba a Luca y a sí misma con el dedo.

Luca puso los ojos en blanco. Había sido una mala idea lo de la sesión después del funeral. No tenía fuerzas para exteriorizar lo que sentía. Volvió a mirar a la doctora, quien a su vez le devolvió una mirada inexpresiva. Inspiró de nuevo y lo soltó.

Se recordó a sí mismo que lo hacía por su propio bien. No quería que aquello lo consumiese.

—Dejamos de ser amigos. Él... agredió a una vieja amiga —concluyó.

—Aletheia Lowell, sí. Toda la costa de Devon sabe lo sucedido con el señor Barton. ¿Hasta qué punto eran amigos?

—Había sido como un hermano para mí.

La doctora Brown asintió, anotando algo que él no podía distinguir a través de la pantalla, pues solo se veía la esquina derecha del bloc de notas.

—Entiendo.

—Cuando me enteré, mi primer impulso fue darle un puñetazo —confesó, avergonzado.

La doctora Brown seguía callada, dejando que Luca siguiera con su relato.

—No volví a verlo después de eso. Hasta que la chica con

la que estoy me confesó que también había tenido un encuentro muy desagradable con él —Luca tragó saliva—, así que fui a hacerle una visita y, de nuevo, no acabó bien.

—¿En qué sentido?

—Digamos que seguía pensando que no había hecho nada malo, y yo no pude perdonarlo.

Después de aquella revelación se creó un incómodo silencio. No pensaba confesarle todo lo ocurrido en el apartamento de Barton. Sin embargo, sentía una imperiosa necesidad de desahogarse.

—¿Se arrepiente?

—¿De qué?

—De no haberlo perdonado antes de morir.

Luca no dudó en su respuesta.

—No. Pero no puedo evitar pensar que, a lo mejor, podría haberse redimido en algún momento.

—¿Cree usted? Me da la sensación de que está apenado, señor Moore. De que, a pesar de todo, una parte de usted llora la pena por la persona que conoció en el pasado. Incluso aunque sepa que antes de morir ya no existía.

Luca suspiró.

—Me siento culpable, porque era una persona horrible, y aun así...

—Había sido su mejor amigo. Al fin y al cabo es una pérdida, señor Moore, y usted de eso ya ha tenido suficiente, ¿no cree? —La doctora lo miró comprensiva—. Puede llorarlo, señor Moore. Y eso no es un crimen.

—Hay otra cosa —añadió él— a la que no paro de darle vueltas.

—Usted dirá.

—Siento que traicioné a Mera.

La doctora enarcó una ceja, sorprendida por el cambio de tema.

—Ella me confesó lo sucedido con John. Prometí que le guardaría el secreto, pero fui a verlo a él y le solté que sabía lo que había hecho. Ella aún no me ha dicho nada, pero sé que está dolida. Yo lo estaría.

—No podemos cambiar el pasado. Le sugiero que le pida perdón si eso es lo que siente, y es lo que me está dando a entender con toda claridad. A partir de ahí, ella tendrá que tomar la decisión de seguir confiando en usted y aceptar lo que ha hecho, junto con sus disculpas. Mortificándose no hace más que alargar la agonía.

—Es curioso. Cuando hablo con usted, la mayoría de las veces sé lo que me va a decir, y aun así necesito escuchárselo a alguien que no esté en mi cabeza, ni me conozca.

—Sí, señor Moore. De eso se trata, de verlo objetivamente, con una perspectiva más lejana. En general, eso ayuda a esclarecerlo todo de manera notable. Por cierto, ¿hizo los deberes que le puse la última vez? —añadió sonriendo por primera vez.

Luca asintió y siguió con la sesión unos veinte minutos más.

Cuando terminó con la doctora Brown, volvió a sentirse liberado. Con una carga menos, aunque aún sentía la presión de algún que otro grillete en las muñecas. Pensó en todo lo que habían hablado y, en su cabeza, empezaron a aparecer posibilidades con las que pensaba que no podría contar.

Necesitaba volver a su vida tal y como la conocía, había regresado a Torquay por su abuelo, pero nunca había sido su casa. Solo le había aportado dolor. Así que decidió que en cuanto todo volviera a su cauce en lo referente al asesinato de John, se curaría las heridas y cerraría capítulos del pasado.

Por primera vez comprendió por qué Harry había tomado ciertas decisiones. La razón por la que no debía estar con Mera. Bien era cierto que no conocía la historia que había detrás, pero sabía de sobra cómo era su hermano y lo que había vivido. La carga que él también soportaba.

Debía sanarse y convertir en cicatrices las lesiones de tantos años. Enmendar errores, y reconocer que, a pesar de todo, estos servían para aprender y crecer.

47

Katy

Una odisea. Esa era la definición perfecta de lo que había tenido que hacer para llegar a concertar una cita con la editora de Agatha Bowers. Y, aun así, tenía que agradecer que no hubiese tardado más de cuarenta y ocho horas en agendarla.

Eso sí, tendría menos de diez minutos en un día festivo. ¿Por qué esa mujer trabajaba en un día festivo?

Louisa Murphy había sido muy clara. Si necesitaba aquel encuentro con urgencia, entonces tendría que ser rápido y que no le robara su tiempo. Le había explicado para qué era aquella reunión tal y como Harry le había pedido que hiciera, muy acertadamente, por cierto. Sin duda había despertado el interés de la editora.

Katy pensó en todas las posibilidades que se le abrían si tuviera un trabajo con un horario de verdad. Uno que le permitiera tener vida social y no tener que pasarse todos los días pensando en cómo resolver un caso. Aunque no ignoraba que cada sector tenía sus propios problemas. Ventajas y desventajas de cada oficio.

Negó con la cabeza. Había que estar loca para ir a la oficina un festivo si no se trataba de un trabajo de primera necesidad. De todas formas, no entendía por qué le daba tantas vueltas al hecho de que la editora de Agatha Bowers estuviera obsesionada con su trabajo. A fin de cuentas, a ella le venía bien para su caso.

Aún le costaba estar de acuerdo con Harry en ciertos aspectos. Como por ejemplo, en lo relativo a esa manía que le había entrado de saber quién andaba detrás del famoso libro. Posiblemente, la autora se habría documentado a las mil maravillas. Hoy en día, cualquier información estaba solo a un clic, o a un rápido movimiento del dedo deslizándose por la pantalla del móvil. No hacía falta ser un prodigio para emparparse sobre un tema. Pero, después de todos los años que llevaba junto al inspector, había comprendido que era mejor no llevarle la contraria en ciertos aspectos. Por lo general siempre solía tener razón. Y si no la tenía, sus deducciones le servían para descubrir la línea correcta de investigación. Al final resultaba que nada de lo que pensaba era en vano.

Después de mandarle un mensaje avisándolo de que ya estaba a punto de comenzar la reunión, puso el teléfono móvil en silencio y llamó un par de veces a la puerta con los nudillos. La oficina de la editorial estaba completamente vacía.

—Pase —se oyó detrás de la puerta.

Katy obedeció y se encontró con una mujer menuda de cabellera rubia platino. Llevaba puestas unas gafas de pasta negras y tecleaba en su ordenador con rapidez y más fuerza de la que el teclado precisaba.

Ella, por su parte, se había arreglado para la ocasión. Ya no recordaba la última vez que se acicalaba con mimo cual persona normal. Eligió unos pantalones vaqueros ceñidos, un jersey blanco básico de punto fino y, para rematar, un bléiser rojo con tacones a juego. Le recordaba a las ejecutivas que veía en las películas románticas, y eso la hizo sonreír cuando se vio en el espejo. Un moño alto completaba su estilismo de incógnito.

—Buenas, señora Murphy —la saludó acercándose a ella y tendiéndole la mano—. Soy Miranda Andrews, le agradezco que haya podido recibirme con tanto apremio —mintió, atribuyéndose espontáneamente el nombre de una prima que hacía siglos que no veía, y con la que no mantenía contacto alguno.

La editora la miró por encima de las gafas sin levantarse y le tendió la mano.

—Un momento, estoy terminando de mandar un e-mail urgente —dijo esta.

A Katy le dio la sensación de que se estaba haciendo la ocupada y la interesante. Cuando terminó con lo que estaba haciendo solo habían transcurrido treinta segundos. Levantó la mirada hacia Katy y cruzó las manos.

—Cuénteme, señora Andrews, ¿cuál es su propuesta para con mi cliente?

—Verá, en mi productora estamos muy interesados en los derechos audiovisuales de la última novela de la señora Bowers —comenzó a decir.

—Sí, eso ya me lo ha dicho.

«Qué mujer tan impertinente», pensó Katy, intentando guardar la compostura.

—Verá, creemos que es brillante. Y ya sabe usted que

cuando se adapta una novela a una obra audiovisual, los lectores nunca acaban contentos. —No sabía adónde iría a parar, pero sus propias palabras le sonaron muy convincentes, y decidió seguir improvisando—. Nos gustaría que la autora del libro —esta vez dejó el nombre de Bowers a un lado— se uniera al grupo de guionistas que llevarán a cabo la serie. Así podrá dirigirlos y ayudar a plasmar con mayor exactitud el concepto de su novela.

La señora Murphy asentía conforme Katy iba explicándole su propuesta. Se percató de que tenía un tic en la pierna izquierda. No cesaba de moverla. Aquello la distrajo por un momento, pero también le hizo pensar que la editora no estaba tan tranquila como aparentaba.

—Claro, entiendo —dijo—, es muy buena idea. Se lo propondré a la señora Bowers en cuanto terminen las fiestas. Ella es la que decide, por supuesto. Pero tendrá que pasarme una oferta. Como comprenderá, está en la plenitud de su carrera y tenemos varias ofertas sobre la mesa.

Eso no era lo que Katy quería. No tenía ni idea de cómo proceder en esos asuntos. Su desconocimiento sobre propuestas de compras de derechos era absoluto, de modo que tuvo que sacar inmediatamente la artillería que llevaba preparada.

—Bueno, señora Murphy, sabemos perfectamente que no es con la señorita Bowers con quien tenemos que hablar. Nos gustaría contar con la autora —recalcó cada palabra con rotundidad— para que se uniera a nosotros en el equipo de guionistas.

—¿Qué está insinuando? —preguntó la editora, a quien la respuesta de Katy le había pillado totalmente desprevenida.

Katy sonrió.

—Puede dejar de fingir, señora Murphy. Nos consta que la señorita Bowers no es la verdadera autora de sus libros. Solo pone la cara, y el nombre, por descontado. —Al ver el desconcierto de la editora, siguió forzando su apuesta—. Lo que no entiendo muy bien es por qué el autor o autora no ha se ha limitado a adoptar el pseudónimo, como se ha hecho siempre, sino que además ha suplantado a una persona de carne y hueso para llevarse todo el éxito. Es asombroso —añadió, satisfecha de su exposición.

La mirada de la señora Murphy pasó del desconcierto a la ira, y finalmente acabó imponiéndose su rostro de farsante.

—No sé qué pretende con esas acusaciones, señora Andrews. Le aseguro que mi clienta es una excelente escritora.

—No lo pongo en entredicho. Sin embargo, su querida autora no es la señora Bowers.

Se hizo el silencio en el despacho. La señora Murphy se irguió y echó su silla hacia atrás, y Katy aprovechó aquella pausa para seguir insistiendo.

—Señora Murphy, comprenda que, antes de hacer una oferta debemos asegurarnos de que trabajará en el proyecto la persona que necesitamos, y que realmente conoce el producto. No es solo por nuestra productora, imagino que ustedes también querrán que lo que hagamos resulte beneficioso para todos, puesto que dará mayor publicidad a la editorial y servirá para promocionar sus libros. Sin embargo, si nos obligan a contar con una autora falsa, no creo que la obra salga como a todos nos gustaría.

La editora siguió guardando silencio unos instantes, sin dejar de mirar a Katy con cierta insolencia. Hasta que, por fin, bebió un poco de agua y abrió la agenda que tenía encima de la mesa.

—Está bien. Haremos una cosa —dijo—: en principio, yo no puedo darle esa información sin hablar antes con mi cliente.

Katy suspiró resignada. Era imposible conocer el nombre del misterioso autor.

—Sin embargo —prosiguió la mujer, mientras la subinspectora se incorporaba ligeramente en su silla, con renovadas esperanzas—, se lo comentaré. Si ella está interesada, entonces no tiene de qué preocuparse, le daré la información que precisa y podrán trabajar codo con codo.

Bueno, eso era mejor que nada.

—¿Podría mandarme igualmente un mensaje en caso de que su respuesta sea negativa? Nos gustaría explorar otros proyectos si este no sale adelante. Al menos así no nos cerramos puertas.

La editora asintió comprensiva.

—No se preocupe. Tanto para el sí como para el no, se lo haré saber de manera inmediata. De hecho, intentaré ponerme en contacto con ella a la mayor brevedad posible.

La creyó. Aquella mujer parecía no descansar nunca de su trabajo. Como ella misma. Probablemente eso era lo que hacía que le repeliera un poco y, en el fondo, también que la comprendiera.

—Se lo agradezco, señora Murphy —respondió ella, tendiéndole la mano.

—No tiene por qué agradecérmelo. Aunque, eso sí, le dije diez minutos y han sido unos cuantos más —añadió con una risita—, pero lo dejaré pasar por esta vez.

Katy asintió con la cabeza, volvió a darle las gracias y se dirigió hacia la puerta.

—Por cierto, señora Andrews —añadió la editora antes

de que saliera—, espero que no diga ni una palabra de todo esto. Lo negaríamos categóricamente ante cualquier medio. Mi cliente no quiere ser molestado, solo pretende mostrar su arte al mundo. Es lo que tienen algunos artistas, que no desean la fama ni el dinero. Solo desahogarse y hacer que el mundo disfrute con lo que hacen.

Katy lo pensó por unos instantes. Seguramente, eso solo se lo podían permitir aquellos artistas que ya estuvieran forrados.

No encontraba a Harry por ningún lado. Pensó que estaría en la oficina, pero cuando lo llamó para contarle cómo había ido su encuentro con la editora, este le dijo que se quedaría en casa trabajando.

Poniendo las ideas en orden, como siempre. Últimamente, Katy tenía la sensación de que lo molestaba, y de que no contaba con ella para ayudarlo a construir el caso. Desde el suceso con Daniel Wayne, Harry se había alejado paulatinamente de ella. No es que él fuera lo que se dice una persona abierta y extrovertida. A decir verdad, tampoco era un compañero de trabajo ideal.

Sin embargo, habían aprendido a llevarse bien y a entenderse, a pesar de las circunstancias que les imponía el trabajo, y que les provocaban frecuentes incomodidades.

Así pues, estaba con un té entre las manos en la puerta de la oficina. Hacía un poco de frío, pero la brisa marina que llegaba hasta allí contribuía a despejarle las ideas. Al cabo de unos minutos distinguió la silueta de una chica y la reconoció al instante. Parecía inquieta. Caminaba a buen paso en dirección a la comisaría, pero en cuanto se percató de la presencia de Katy, se asustó y dio media vuelta.

Katy corrió a su encuentro.

—¿Jaqueline? ¿O eres Cornelia?

La chica se volvió de repente y se dio de bruces con la subinspectora.

—Soy Jaqueline —respondió con los ojos vidriosos.

—Perdona, pero a cierta distancia resulta más difícil apreciar las diferencias. ¿Te pasa algo? ¿Estás bien?

La muchacha negó con la cabeza.

—Estoy bien, es que... no sabía con quién hablar.

Katy se quedó estupefacta al oírla. No quería perder la oportunidad de escuchar lo que Jaqueline Doyle pudiera contarle. Debía de ser importante, si se había tomado la molestia de desplazarse hasta allí.

—No te preocupes, yo soy la persona ideal, te lo prometo. ¿Entramos? ¿Te apetece un té, o prefieres un chocolate caliente? ¿Quizá un café?

—Un chocolate estará bien.

—El de la máquina está horrible, pero un chocolate siempre viene bien.

La chica sonrió tímidamente mientras Katy la acompañaba al interior de la comisaría. Agradeció que no hubiese muchos compañeros aquel día y entró en el despacho de Harry con ella. Era el más cercano a la entrada y nadie las molestaría, porque nadie se atrevía a molestar a Harry, salvo Chris.

Jaqueline se sentó en la silla que había delante del escritorio de Harry, la que siempre usaba Katy. Pensó que la adolescente podría sentirse intimidada si ella se sentaba en la silla de Harry, que presidía la sala, así que eligió una silla que estaba plegada detrás de la puerta y se acomodó delante de la chica.

—Dime, Jaqueline, ¿qué ha sucedido? ¿Ha pasado algo desde que os visitamos?

La muchacha negó con la cabeza, sin apartar la vista del vaso que le había ofrecido Katy, y que sostenía con ambas manos.

—¿Entonces? ¿Se trata de algo que sucedió antes y que yo deba saber?

Ella asintió, mirando a la subinspectora con lágrimas en los ojos.

—Yo no quería, ¿sabe? No soy una desvergonzada. Él me gustaba, era cierto, pero solo porque creí sinceramente que yo le parecía alguien interesante para mi edad. Y él se veía tan inteligente... estaba convencida de que ambos teníamos cosas en común, y que por eso quería ayudarme.

Katy estaba completamente desubicada. Respiró hondo, y al ver que Jaqueline no se decidía a continuar, inquirió:

—Cuando hablas de él, ¿te refieres a John Barton?

—Sí, por supuesto. Quiero ser periodista y... —La chica empezó a sollozar—. Fui una estúpida. Una ingenua.

—¿Qué relación tiene que quieras dedicarte al mundo del periodismo con lo que te sucedió?

—Él me atraía, y a mi hermana también. Solo que, a veces, nosotros conectábamos más. O eso creía yo —dijo, sin mirar a Katy a los ojos—. Me decía que tenía alma de redactora y de aventurera, y que podía ir a su casa cuando quisiera, que me enseñaría cómo funcionaba el periódico. Yo no... No creía que tuviera otras intenciones... Pero, el señor Barton... —Jaqueline inspiró profundamente— me invitó a su casa, me dijo que si me interesaba algún tema en particular podría pasarme por allí y charlaríamos. Me ofreció de beber... yo nunca había tomado alcohol, así que al cabo de poco empecé a sentirme un poco mareada.

—¿Te sirvió alguna copa?

—Sí. Sé que no tengo edad para beber, lo siento. De verás. Pero no me atreví a decirle que no.

Katy notó cómo la ira le subía por la garganta y aparcaba en sus mejillas. Comprendía adónde quería ir a parar la adolescente.

—Espera, Jaqueline. No te preocupes. No has hecho nada malo y no tienes que pedirme perdón. El único culpable aquí es John Barton, ¿comprendes?

—Lo sé. Después de mucho pensarlo... no quería hacer sufrir a mi padre, y mucho menos a Cornelia.

—Entiendo. No tienes por qué darme detalles si no quieres.

Jaqueline sacudió la cabeza, sin atreverse a mirarla directamente a los ojos.

—Él me... me forzó aquel día —volvió a sollozar—. Y me encantaría poder decir que estaba muy mareada, o totalmente borracha, y que no recuerdo con detalle lo que sucedió. Pero no es así, y me odio por no haber salido corriendo. Le odio —esta vez sí que miró a Katy—. Y me alegro de que alguien lo matara. Me ayuda a dormir mejor por las noches.

Cuando Jaqueline salió por la puerta, Katy intentó recobrar la compostura. Una vez terminado su relato, la gemela se había echado a llorar de nuevo, y esta vez su llanto parecía incontenible. Pobre muchacha. Katy se ofreció a ayudarla en todo lo que necesitara, pero ella se negó. Tal como le dijo al principio, solo había acudido a ella para que se hiciera una idea exacta de cómo era el verdadero John Barton.

Por desgracia, Katy y Harry ya lo conocían muy bien, y el testimonio de la joven no hacía sino engrosar la lista de barbaridades que había cometido.

La subinspectora regresó al despacho de su compañero para tener un poco de paz, se acomodó tranquilamente en el sillón de Harry y se percató de que la tapicería tenía algunos rasgones. Examinó el habitáculo con detenimiento y pensó que podría ayudar a su compañero desde la distancia. Encendió el ordenador. Necesitaba algo que la distrajera del momento tan intenso que acababa de vivir con la señorita Doyle.

Estuvo un buen rato buscando algo que le proporcionara alguna pista sobre la falsa autora Agatha Bowers, pero no pudo obtener más de lo que ya tenía. Solo algunas entrevistas banales que no la conducían a ninguna parte.

Se dio por vencida al cabo de un rato y cerró las pestañas del navegador. Entonces reparó en una carpeta que apenas destacaba en un rincón del escritorio. Contenía las grabaciones de las cámaras de seguridad instaladas en el exterior del edificio de John Barton. No sabría decir por qué, pero cuando encendió la computadora no se había percatado de que estuviera allí. Seguramente porque seguía teniendo en la cabeza a la dichosa autora.

Abrió la carpeta e hizo clic sobre la grabación del día del asesinato. A pesar de lo que dijera Harry, existía la posibilidad de que ella observara algo que se le escapó al inspector. A fin de cuentas, cuatro ojos siempre ven más que dos.

La cosa iba para largo. Quería visionar la grabación de forma minuciosa, para que no se le escapara nada.

Las dos hijas adolescentes de Doyle, la señora Bennet...

Sonrió al ver a la señora Bennet, tan dispuesta de buena mañana. Era una mujer de armas tomar, sin duda alguna. Al final, conforme más lo pensaba, mejor le caía aquella mujer de edad avanzada con temperamento de león y alma de cotilla insufrible.

De pronto, cuando ya empezaba a bostezar y a arrepentirse por haber puesto la grabación y haber perdido tontamente todas aquellas horas de su vida, apareció una silueta que reconoció de inmediato.

Lo primero que pensó fue que Harry tenía razón. Oliver Henderson había llegado a su casa bastante antes de lo que les había confesado. Aún faltaban unas horas para que llegara la policía, empezara a analizar la escena y se llevara al fallecido. No tenía demasiado sentido que mintiera tan descaradamente. Simplemente podría haber declarado que no había oído nada, precisamente porque acababa de llegar a su apartamento, y así hubiera podido cubrir su mentira.

Estaba claro que no sabía mentir. Esperaba que en su trabajo como periodista le fuera mejor, porque lo de soltar trolas desde luego no era lo suyo.

De pronto, algo la descolocó por completo, interrumpiendo todos los pensamientos que se agolpaban desordenadamente en su cabeza. Un coche —un Tesla reluciente— que había visto en otras ocasiones, acababa de aparcar. Y de su interior surgió una silueta alta y esbelta.

—No... —negó en voz alta con un nudo en la garganta.

»No, no, no —volvió a decir.

Esperó. Y mientras esperaba, también llegaron Arthur

Grey y Tom Turner, este último vestido con su uniforme de trabajo.

El silencio que envolvía el despacho de Harry desde que la subinspectora se había instalado en él, ahora le resultaba atronador. Estuvo tentada de correr hacia delante la grabación, pero no lo hizo. No podía.

Y entonces lo vio.

Luca estaba prácticamente irreconocible. Parecía tener el rostro desencajado. Estaba desorientado y alterado. Y no solo eso: Katy hizo retroceder la grabación, y entonces pudo apreciar las heridas en los nudillos.

—No me jodas...

Ahora lo comprendía todo.

Harry había estado encubriendo a su hermano. Por eso, cuando ella pensó que la dejaba a solas con la señora Bennet por simple pereza, era para estar a solas con las imágenes. El motivo sustancial de llevar toda la investigación en solitario no era más que para que Katy no averiguara que Luca Moore había sido quien le había propinado la brutal paliza a John Barton.

¿Y si también lo había envenenado?

No tenía ni idea, pero las evidencias estaban ahí. Nadie tenía más motivos que Luca para hacerlo. En un momento de rabia, inmediatamente después de que Mera le hubiera contado a Katy en presencia del propio Luca que John había tratado de abusar de ella.

—Mierda, Harry...

Era su compañero. Pero no podía dejar pasar aquello. Tenían que investigar a Luca. En su mente volvieron a aparecer de nuevo las señales de que Harry había cambiado su forma de actuar en el transcurso de la investigación. Se había vuelto reservado, y no había cesado de encargarle tareas que solo tenían por objeto mantenerla entretenida. Así, entretanto, él podría seguir actuando por su cuenta con la única finalidad de salvar a su hermano.

Katy notó que le temblaban las manos. Aunque se resistiera con todo su ser, había hecho un juramento. Los pulmones le ardían, y le costaba respirar.

Apenas hacía un mes, Katy tuvo la certeza de que Harry lo sacrificaría todo por Luca.

Sin excepciones.

Incluso su carrera, para siempre.

48

Harry

Octubre de 2019

Tiró el móvil contra la pared del salón en cuanto le dieron la noticia. Tenía tanta rabia acumulada que ya no pudo seguir conteniéndola. Gritó de desesperación, liberando a la bestia interior que creía dormida para siempre.

Lo había traicionado. Y con razón.

El comisario lo había puesto al corriente del informe que Katy acababa de presentarle. También lo había llamado para comunicarle —de forma amistosa, pues no había ninguna razón para empeorar las cosas— que iban a detener a Luca y a interrogarlo basándose en las pruebas aportadas por las grabaciones de las cámaras de seguridad.

Le pidió encarecidamente que no se acercara por allí, o al menos eso le pareció escuchar, puesto que en ese preciso instante ya estaba lanzando el aparato por los aires.

Superados esos instantes de rabia, intentó pensar fríamente.

No.

En realidad su compañera no lo había traicionado. Para ser justos, la subinspectora no le había contado a su jefe que Harry ya había visionado las cámaras y estaba al corriente de su contenido. Katy solo intentaba hacer lo correcto. Supuso que no se había atrevido a preguntarle a Harry por qué se lo había ocultado. Seguramente tampoco se hubiera creído sus explicaciones. Y no la culpaba por ello.

Estaba en un callejón sin salida. Por un lado, pensó que no tenían nada contra Luca. Él no le envenenó.

La carpeta que le había dado David estaba sobre la mesa del comedor. Se sentó y volvió a leer su contenido punto por punto. Dio un sorbo a la taza de té y puso cara de asco al contacto con el líquido frío.

No lograba concentrarse. Era imposible. Fue a por su móvil y pidió a una fuerza mayor que no estuviese roto.

—Menos mal —se dijo, suspirando aliviado.

La pantalla se había resquebrajado un poco en la esquina superior derecha, pero nada grave. Podía convivir con ello y seguir usándolo como siempre. Le escribió un mensaje escueto a Mera para advertirla de las nuevas noticias. Aunque no sabía si lo mejor era que estuviera con Luca cuando lo detuvieran para interrogarlo. Por un lado, su hermano se sentiría terriblemente abochornado, estaba seguro de ello. Pero por otro, su lado egoísta deseaba que alguien estuviera con Luca ahora que él no podía. Y nadie mejor que Mera para transmitirle paz.

Harry soltó el aire que parecía estar reteniendo en los pulmones y volvió a centrarse en la carpeta.

Lo primero con que se encontró fue con la coincidencia del ADN. Pasó la hoja rápidamente, intentando no volver a ver lo que ya sabía. Necesitaba contar con más indicios.

Repasó algunos datos generales, como el grupo sanguíneo de la víctima, fecha de nacimiento, patologías previas, etc. Seguidamente se topó con el informe toxicológico del fallecido, que ya conocía. La muestra de pelo analizada daba positivo en un mineral: arsénico. Analizar el cabello era una de las mejores bazas para averiguar cuánto tiempo llevaba siendo administrado el veneno, ya que este se deposita en la raíz, sigue apareciendo a medida que crece el cabello y el mineral permanece en el organismo. Según el resultado del examen, el metal abarcaba unos siete con cinco milímetros de longitud, es decir, no llegaba al mes, puesto que en una persona adulta sin patologías, el pelo solía crecer unos dos con ocho milímetros de media por semana. También aparecía en las uñas. Tanto el uno como el otro eran los dos métodos más sencillos para verificar el envenenamiento por arsénico.

A Harry, aquel dato le abría un inmenso abanico de posibilidades. Ahora estaba en condiciones de asegurar que cuando se produjeron los sucesos del pasado septiembre, John ya estaba siendo envenenado. El asesino llevaba planeando su crimen desde el momento en que murió Aletheia.

El inspector se estremeció ante la posibilidad de que Daniel hubiera orquestado el asesinato de Harry.

—No, está muerto. No digas tonterías —se dijo a sí mismo, y el sonido de su voz se hizo eco en el silencio de la habitación.

Pasó de largo las muestras de análisis de infinidad de objetos y utensilios de la casa de John. Desde el agua, hasta los vasos, la tetera... todos con la misma frase al margen: «Las muestras no contienen ningún resto de trióxido de arsénico».

La desazón seguía atenazándole el estómago cuando pasó a estudiar las fotografías del escenario. La instantánea del cuerpo sin vida de John Barton le produjo una extraña impresión. En un primer momento no fue así, pero visto en la fotografía resultaba más escalofriante. Pasó las siguientes fotos, en las que se apreciaban otros rincones de la casa. Pero Harry no dejaba de pensar que en alguna parte tenía que existir algún indicio del veneno.

Volvió a revisar los datos generales del fallecido y hubo un par de detalles que despertaron su interés. Los apuntó en su bloc de notas y le envió un mensaje a su amigo el doctor Smith, para comprobar sus impresiones. Seguramente tardaría en contestar, pero no perdía nada por intentarlo.

Volvió a meterse de lleno en las fotografías. Al principio estaba muy concentrado en las imágenes, pero su cabeza no tardó en dispersarse una vez más, y perdió la noción del tiempo.

¿Qué estaba haciendo? Seguramente podría ayudar mucho más a Luca en la comisaría que en su casa. No tenía intención de acatar las instrucciones que el comisario le había dado, y mucho menos de contemplar el rostro triste y decepcionado de Katy —eso sin contar con lo cabreada que estaría con él por haberle mentido—. Pero, al mismo tiempo, su instinto le decía que ya tenía en sus manos todo cuanto necesitaba para saber qué le sucedió exactamente a Harry aquel día. E incluso durante las semanas anteriores, que culminaron en su muerte.

Sus años de experiencia en Bélgica, que tan a menudo rememoraba, le decían que siguiera allí sentado y analizara de nuevo aquella carpeta. David se la había dado en mano por algo. Y se la entregó precisamente cuando les anunciaron que la investigación estaba a punto suspenderse, así que algo tenía que haber allí.

Su teléfono móvil empezó a sonar con insistencia, pero en lugar de responder se limitó a masajearse las sienes, contrariado. Ni siquiera quiso comprobar quién estaba esperando al otro extremo de la línea.

De pronto, el ruido del teléfono combinado con la imagen fotográfica del salón de John Barton hicieron saltar la chispa. En mitad de aquel ruido infernal, su mente encajó las piezas. Empezó a pasar las hojas hacia atrás, febrilmente, repasando uno por uno los objetos analizados, las bebidas, los alimentos...

Y lo encontró.

Allí estaba. Harry se levantó de un brinco, golpeándose con fuerza la rodilla contra la mesa.

—No puedo creerlo...

Aún tenía que atar algunos cabos sueltos, pero allí estaba. Sabía con qué habían envenenado a John Barton, lo había tenido delante de sus narices todo el tiempo, tal como sospechaba desde un principio.

El teléfono paró de sonar y sin mirar quién lo había estado llamando, marcó el número de David.

—¿Por qué no me lo dijiste? —inquirió el inspector, impaciente y bastante excitado.

—¿A qué te refieres, Harry? ¿Qué pasa?

—Acabo de ver la carpeta. ¿Por qué no me lo dijiste antes de marcharme?

Al otro lado se hizo el silencio.

—No sé de qué me hablas. Te dije todo lo que sabía. El comisario me pidió encarecidamente que lo dejara estar —lo previno, recalcando sutilmente cada palabra.

Harry se hizo cargo de la situación al instante.

—Entiendo. Bueno, gracias por el informe —repuso, esta vez intentando contener la euforia.

—No, gracias a ti. Ya estaba pensando que te habías olvidado de él —respondió aliviado David con un suspiro al otro extremo de la línea—. ¿Caso cerrado?

—Eso parece —concluyó con una sonrisa.

No había sido su jefe quien había paralizado aquella investigación. Aunque sí era cierto que había sido él quien se había apresurado a comunicárselo a todos y cada uno de ellos. Pero gracias al contenido de la carpeta Harry pudo esclarecerlo todo.

El que había detenido la maquinaria que trabajaba incesantemente por esclarecer la verdad no había sido otro que el mismísimo señor Barton.

49

Mera

Octubre de 2019

Aún no podía creer que estuviera ocurriendo. Cuando recibió el mensaje de Harry, Mera estaba entrando por la puerta de su casa. Sin embargo, no lo vio de inmediato. Se demoró un rato, el que tardó que en entrar, saludar y ponerse cómoda. Había dedicado el día a reavivar los vínculos con Luca, después del tiempo que habían estado separados. Estuvieron en las playas de Paignton dando un corto paseo. Las calles estaban hasta arriba de niños y de adultos disfrazados. Fiestas de Halloween en cada restaurante, y paseos del terror en los parques que habían sido habilitados para la celebración. Todo era alegría en el día del horror.

Había olvidado esa sensación de paz y tranquilidad que precede a la tormenta. Tendría que haberlo previsto esa misma tarde, junto a él, durante la cual se sintió feliz como no se había sentido en mucho tiempo. A pesar de las circunstancias que los condicionaban, Luca la hacía sentir como en casa. Pensar en ello le produjo una sensación incómoda, pues ese hogar posible podría estar lejos de sus abuelos y de su hermana.

Por eso, cuando se sentó en el sofá con la taza de té en la mano y los observó alrededor de la chimenea del salón, la impresión de que los estaba traicionando le quemó la garganta —aunque bien podría haber sido el té—. Por primera vez en mucho tiempo, reflexionó si no era hora de cambiar de aires y seguir su rumbo. Desde hacía unos meses, le llegaban propuestas de Londres para trabajar allí. Cuando John Barton era el director del periódico siempre bromeaba con sus ofertas.

—Nunca te irás, Clarke, adoras este sitio —le respondía irónico.

Y era cierto que adoraba el *Barton Express*, pero ya no era el mismo. No porque ahora ella fuera la directora, o porque John ya no estuviera —sin duda, para ella esa circunstancia en parte suponía una mejoría—, sino porque, desde lo de Daniel, ya no era su hogar. Sin darse cuenta, había traspasado una línea invisible que la había ubicado en otro lugar. Y cada vez tenía más claro que ese lugar, fuera cual fuese, no era la redacción del *Barton*. Los recuerdos incesantes del horror y de las mentiras de septiembre flotaban en el ambiente. Poco importaban los cambios que se hubieran producido. El aire seguiría impregnado de dolor y de muerte.

Emma se levantó del sillón situado frente al de Mera.

—¿Vas de Truco o trato? —bromeó la mayor.

—Iremos a tomar algo unos cuantos amigos, pero si vamos disfrazados invitan a dos consumiciones —comentó encogiéndose de hombros.

—¿Y de qué toca este año? —le preguntó Mera con una sonrisa de oreja a oreja.

—De calabaza —dijo con fastidio—. Perdí una apuesta.

Mera subió al cuarto con su hermana y la ayudó a ponerse un traje de fieltro enorme y redondo de un naranja estridente, que le llegaba casi a las rodillas y le cubría parte del brazo. En el centro, una sonrisa, unos ojos y una nariz negros simulando una calabaza.

—No puedo creer que salgas a la calle con esto —se carcajeó.

—Cállate y ayúdame a ponerme las botas, que parece que va a llover.

Mera obedeció y disfrutó de aquel rato junto a Emma. No sabía muy bien cómo explicarle hasta qué punto la divertían aquellos momentos y deseó con todas sus fuerzas contarle que estaba planeando irse de casa, al fin. Sin embargo, aún sentía resquemor por la carta del abuelo de Harry y Luca. Por su relación con ambos hermanos.

—Lo siento —le dijo Mera en un susurro.

—¿Cómo?

A su hermana la pilló desprevenida, mientras se ponía un gorro que coronaba el atuendo.

—Lo siento mucho —repitió.

Emma puso los brazos en jarras, adoptando una postura cómica, y la miró fingiendo que se ponía seria.

—¿Qué ha pasado ahora? —respondió escéptica.

Mera negó con la cabeza.

—No quiero que sigamos así, a medias —le confesó, emocionada—. Sé que tenía que haberte dicho lo de la carta antes, pero todo fue demasiado rápido y...

Emma la interrumpió levantando la palma de la mano extendida en el aire, indicándole que se callara.

—Sé por qué lo hiciste y que no fue malintencionado. Pero

hay cosas que necesitan tiempo para sanar —le explicó mientras trataba de sentarse en la silla del escritorio, aunque el disfraz de calabaza no se lo ponía fácil—. Yo tampoco quiero que estemos distanciadas. Y aunque no entiendo tu relación con los Moore, la respeto. —Mera la miró con lágrimas en los ojos—. Bueno, la de Harry no. Tienes que concederme al menos que tu tortuosa relación con él ya existía mucho antes de que todo esto sucediera, y que por entonces ya me caía mal.

Mera asintió sonriendo y se enjugó las lágrimas que empezaban a correr por sus mejillas. Tenía razón. Su relación con Harry empezó casi de forma inmediata cuando se encontraron en la librería de sus abuelos. Ella estaba intrigada por su aire misterioso y algo torturado, como el protagonista de los libros. Y él parecía corresponderla. Hasta que no. Cuando se enteró del nefasto pasado de los dos hermanos, comprendió que Harry tenía miedo de la oscuridad que él acumulaba en su interior. A su manera, con su profesión, intentaba enmendar todo lo que sus antecesores habían hecho mal.

Harry había desarrollado un instinto de protección hacia ella que rayaba en el paternalismo, o al menos así lo había entendido cuando él puso fin a las visitas inesperadas y las escapadas furtivas. Era un amor que rozaba la adolescencia, inestable y tortuoso. Un amor que ninguno de los dos se podía permitir.

Sin embargo, Mera recordaba que el día en que Harry decidió dejar la relación, llegó a casa llorando sin consuelo. Era tarde y no quería despertar a sus abuelos, así que se quedó en el porche de la casa, contemplando el cielo estrellado y frío. Emma, que regresaba de haber estado de fiesta con sus amigos, se quedó a su lado, en silencio, abrazándola. Sin preguntarle. Porque no hacía falta. Ella lo sabía.

—Pocas veces te he visto llorar, Mera —le dijo su hermana, esta vez con ternura—, y mucho menos por un hombre. Estuviste como el color gris durante semanas, eras un fantasma andante y te obsesionaste hasta la demencia con el trabajo. No quiero volver a verte así —concluyó.

Mera se levantó y abrazó a su hermana.

—El amor a veces es un arma de doble filo. Cuando aceptas las condiciones, no sabes lo que te deparará realmente, sin embargo, lo acoges y te quedas con él. Y aunque te das cuenta de que puede salir disparatadamente mal, te compensa. Porque de eso trata la vida, Emma.

—¿De qué? —inquirió su hermana mientras seguían abrazadas.

—De amar, equivocarte, sufrir un dolor inimaginable y que, aun así, sigas amando.

Emma asintió satisfecha. Le pidió ayuda a su hermana para levantarse y juntas salieron de la habitación. Emma se despedía en la entrada conforme Mera terminaba cogiendo su teléfono y leyendo la terrible noticia que Harry le anunció.

Mera sabía perfectamente dónde encontrar a Oliver. Justo debajo del piso donde John vivía. Aporreó la puerta varias veces, sin gritar. No quería dejarse llevar por los sentimientos de aquella manera, sin embargo, algo parecía apoderarse de ella.

Oliver abrió la puerta sin entender muy bien a qué venía aquel alboroto.

—Creía que eran críos jugando a truco o trato. Pero sin posibilidad del trato —bromeó.

La cara de Mera era un poema, por lo que Oliver dejó de sonreír de inmediato.

—¿Puedo pasar?

Oliver asintió sin mucho convencimiento, y se hizo a un lado para dejarle el pasillo libre.

—¿Ha sucedido algo? Que yo sepa, lo dejamos todo resuelto para poder descansar el día de Halloween.

Mera lo miró con rabia. No quiso entrar más allá del recibidor y se quedó allí con los brazos en jarras.

—No vengo por trabajo.

—Ah, ¿no? ¿Y entonces?

La habitual expresión angelical de Oliver ahora era de perplejidad, así que Mera prefirió decírselo a bocajarro.

—¿Qué ocultáis el señor Barton y tú? Sé que sabéis quién ha matado a John. —Aquello fue más bien un farol, pero necesitaba sacar cuanto antes a Luca del embrollo.

Cuando parecía que Oliver ya no podría palidecer más, su tez se volvió blanca como la nieve.

—¿De... de qué estás hablando? —inquirió, cada vez más perplejo.

Había inseguridad en su mirada. Mera pensó que estaría devanándose los sesos tratando de averiguar cuánto sabía realmente ella.

—Me has entendido perfectamente. Tienes que decir la verdad, Oliver. Van a detener a un inocente por vuestra culpa.

—¿A quién?

Mera no respondió. Volvió la cara para ocultar las lágrimas. Ella no era así. No era impulsiva, ni imprudente, y sin embargo allí estaba. Prácticamente suplicándole a Oliver.

—A Luca —dedujo él al fin—. Lo siento, Mera. No puedo ayudarte.

—¿Por qué le cubres las espaldas? ¿Qué le debes? —dijo ella, alzando la voz desesperada.

—¡Todo! —le gritó él.

Y Mera se hizo más pequeña al percibir la inmensa devastación que reflejaba el rostro de Oliver. Había algo que lo estaba reconcomiendo, y Mera sintió que podría lograr que lo soltara.

—Es materialmente imposible que se lo debas todo a alguien. Y menos, si ese alguien es una persona como Barton. No merece que pases por esto, ni que en tu conciencia cargues con el peso de haber permitido que acusen a un inocente mientras el verdadero culpable queda libre para poder seguir matando a sus anchas.

—No volverá a asesinar a nadie —le replicó él.

—¿Y cómo lo sabes? —inquirió ella, muy sorprendida por aquella respuesta. Tenía la esperanza de que Oliver le daría algo con lo que ponerse en marcha e investigar, pero no se imaginaba que incluso supiera quién estaba detrás de todo.

—No importa. No volverá a hacerle daño a nadie.

Mera se quedó pensativa. Estaban hablando del señor Barton, así que solo restaba acusarlo explícitamente para que él lo confirmara.

—¿Cómo estás tan seguro? ¡Era su propio hijo y no le importó hacerlo! —se atrevió a sugerir Mera.

Oliver le puso el dedo índice en la boca para que guardara silencio, y con la otra mano la sujetó del brazo.

—No lo entiendes, no hables de lo que no sabes. ¿Crees que no me he dado cuenta de lo que está pasando? Has venido hasta aquí haciéndome creer que lo sabes todo, pero en realidad no tienes nada. Estás intentando sonsacarme información, como la periodista de pacotilla que eres. Pero se te olvida que yo también lo soy. Puedo ser igual de inteligente que tú, jefa. —Oliver empezaba a aumentar la presión de su mano sin percatarse.

Mera empezó a sentir algo muy parecido al terror, pero no se dejó avasallar. No podía, porque, aun sabiendo que Harry estaba haciendo todo cuanto estaba en su mano por ayudar a Luca, y le había pedido encarecidamente que se quedara al margen y que lo dejara trabajar, ella sentía que se lo debía.

—Ya era hora de que por fin saliera a la luz otro Oliver que no fuese el pusilánime de Oliver Henderson «guion» perrito faldero de los Barton —le espetó ella, desafiante—. Te pillaron. Le dijiste a la policía que habías llegado tarde a casa, pero las cámaras te grabaron entrando en el edificio horas antes. Y para colmo, dijiste que habías oído voces en el piso... tu historia no cuadra, ¿sabes? Así que, si no me lo cuentas, me aseguraré de que no salgas bien parado de esta.

Oliver la soltó con brusquedad y se frotó la cabeza.

—Ve, ve a su casa y pídele una explicación, si tan valiente eres, y entonces comprenderás que no es lo que piensas.

—¿Crees que me lo va a decir así, sin más? —Se aclaró la voz antes de continuar—: Hola, Mera, bienvenida. Claro, yo maté a mi hijo —arguyó ella teatralmente, imitando la voz del señor Barton.

Oliver rompió en una carcajada demencial. Se dirigió al interior de la casa y ella escuchó cómo abría y cerraba cajones. Cuando volvió, llevaba un papel consigo y se lo entregó a la periodista.

—Prueba a decirle esto.

Se acercó al oído bueno de Mera mientras ella trataba de leer la hoja que acababa de pasarle, y le susurró lo que debía decirle. El escalofrío que recorrió a la chica no se comparaba con el tembleque de piernas.

Oliver añadió:

—Y después, que te lo explique.

—¿Que me explique qué?

—Por qué nunca quiso a su hijo, pero a mí, sí.

50

Harry

Octubre de 2019

Condujo lo más rápido que pudo hacia Brixham. La noche empezaba a caer más deprisa de lo que había calculado y las farolas se iban encendiendo a su paso. La circunstancia de que aquella fuera la noche de las brujas no hacía las cosas más fáciles. Durante la festividad del Samhain las calles estaban atestadas de gente. Había niños y adultos disfrazados por todas partes, y estos no se limitaban a pasear por donde les correspondía, sino que muchos de ellos se echaban a la carretera, excitados por la celebración.

Harry había tenido que hacer sonar el claxon más de una vez, acompañado de algún que otro grito. Desde luego aquella tarde-noche no era la mejor del año para ir tras una pista.

Claro que no se trataba de cualquier pista. Esta vez estaba completamente seguro de que algo ocurría en casa de los Barton. Sobre todo después de que el doctor Smith hubiera llamado a Harry tras leer su mensaje.

Por fin llegó a la casa y, para su sorpresa, el coche de Mera estaba aparcado junto a la entrada.

—No, no, no... —se repetía una y otra vez—. ¡Cómo puede ser tan imprudente! —exclamó para sí.

Cuando llegó a la entrada, la puerta estaba entornada. Dio unos golpecitos con los nudillos. Y, tras comprobar que nadie se acercaba a recibirlo, entró.

Oyó unos murmullos provenientes del interior.

—¿Señor Barton? ¿Señora Barton? —preguntó—. Soy el inspector Moore.

De pronto, el dueño de la casa apareció en el majestuoso arco del salón, como una invocación.

—¿Qué hace usted aquí? —dijo visiblemente cabreado.

—He venido a hacerle unas preguntas.

—Me parece mucha casualidad tener dos visitas tan destacables en un mismo día —dijo señalando un sillón a su espalda en el que estaba sentada Mera.

Por la expresión de su rostro parecía estar tranquila; sin embargo, el movimiento constante de su pierna izquierda indicaba lo contrario.

—Espero que al señor Moore no le importune mi presencia —respondió Mera, haciendo un gesto con la cabeza para que se sentara, mientras el señor Barton estaba de espaldas.

—No, por supuesto que no —dijo a regañadientes.

Barton tenía cara de llevar varios días sin dormir bien. Harry no recordaba haberlo visto nunca con tan mal aspecto.

—Voy a preparar té, si les parece.

Los dos invitados asintieron.

—Señor Barton, ¿dónde están su hija y su mujer?

—La señora Barton está estirando las piernas tranquilamente por el paseo marítimo de Brixham. Le encanta andar por allí y la ayuda a combatir la ansiedad. Mi hija está con ella. Como comprenderán, necesitan tener un poco de alegría después de todo por lo que han pasado. Por cierto —añadió—, me han llamado de comisaría, señor inspector. Al parecer, su hermano ha sido detenido.

A Harry se le escapó un inequívoco rictus de dolor. El señor Barton no le dejó contestar.

—Yo ya estoy cansado de todo este tema, así que, cuando nos ha llamado el comisario, le he pedido encarecidamente que no se vuelva a comunicar conmigo hasta que no haya sacado algo en claro. Para nosotros el caso está cerrado.

—Cerrado, claro —repuso el inspector.

—Esto es innecesario —dijo visiblemente hastiado.

Harry se quedó pensativo. Su actitud resultaba tan extraña si se tenía en cuenta la información con la que ahora contaba que se le hacía absurdo.

—El agua ya está hirviendo, vuelvo enseguida —dijo.

El inspector asintió con la cabeza y el anfitrión se dirigió a la cocina.

—No entiendo nada —le susurró Harry a Mera—. ¿Qué narices haces aquí?

—¿Y tú?

—Tengo algo.

—Y yo.

—¿Qué? —preguntó de nuevo el inspector.

—No puedo decírtelo, antes tengo que hablar con él.

—Joder, Mera.

—Dime qué tienes tú.

—Sé cómo le envenenaron.

—¿Qué?

El señor Barton apareció con el té y unas pastas.

—¿No es un poco inusual que estén ustedes aquí en Halloween? Deberían salir y pasárselo bien; hoy es la noche de las brujas. Así que hagan el favor de ir al grano, ¿qué desean?

—Señor Barton —empezó a decir Mera sin preámbulos—, ¿qué relación tiene con Oliver Henderson?

—Oh, ¿el nuevo redactor jefe?

—No se haga el ingenuo. Por favor, ninguno en esta sala lo es.

El señor Barton intentó recobrar la compostura y se estiró el jersey.

—Está bien, señorita Clarke. Era un antiguo amigo de mi hijo, al igual que Luca Moore. Por eso opino que Luca no debería estar donde está. Siempre ha sido un buen ejemplo para John, a pesar de las rencillas que tuvieron en los últimos momentos.

—Entonces, el otro día en el faro, ¿por qué le pidió que se alejara de su familia y hablara lo menos posible con la policía?

Mera dio de lleno en la herida. Su rostro pasó de estar pálido como de costumbre a volverse rojo de ira. Se le subieron los colores súbitamente. Harry guardaba silencio, sin comprender cuál era exactamente la estrategia de la chica.

—Creo que te has confundido de persona, pequeña. Te diagnosticaron una deficiencia auditiva moderada, ¿no es así? Qué pena para una periodista de campo...

Harry se crujió los nudillos. Mera le puso una mano en la rodilla para tranquilizarlo y oyó cómo tragaba saliva. Ella le sonrió dulcemente y a continuación sacó un papel del bolsillo de su gabardina y se lo enseñó de lejos a Barton.

—Tendrá que perdonarme, señor Barton, pero, al parecer, Oliver Henderson era muy buen amigo de la familia. Le donó un riñón hace unos años a su hijo, porque todo hace pensar que la sangre de John no era compatible con la de ningún miembro de su familia.

Harry sonrió. Mera había descubierto una de las cosas que necesitaba que Barton le confirmase. Él lo supo gracias al doctor Smith. Mientras esperaba a que Luca se despertara, algo que se mencionó de pasada en la conversación que mantuvo con el facultativo que atendía a su hermano lo dejó perplejo. Y había vuelto a contactar con él después de revisar el historial médico de John. El doctor Smith le confirmó que los Barton no eran los padres biológicos de John. Su grupo sanguíneo así lo demostraba.

El inspector Moore decidió intervenir para corroborar la historia de Mera.

—De hecho, es extraño que los progenitores sean cero positivo y cero negativo respectivamente, mientras que John era A positivo.

—¿Cómo saben eso?

—¿Cuál de las dos cosas? —preguntó Mera.

—Las dos.

—Llámelo perspicacia —contestó Harry.

Barton se echó las manos a la cara.

—No era su hijo —lo instigó Mera—. No era su hijo y lo mataron. Pero ¿a qué obedece esa predilección por Oliver?

Barton arrojó al suelo la bandeja con la tetera y las tazas de un manotazo. Mera dio un brinco en el sillón y Harry se interpuso de inmediato entre ella y el magnate blandiendo el arma que siempre llevaba consigo en el bolsillo de la gabardina. Desde que había regresado a Torquay no había tenido que recurrir a su pistola en ninguna ocasión, hasta el punto de que ni siquiera recordaba que la llevaba encima.

Barton esbozó una sonrisa diabólica y dijo:

—No tema, inspector. No voy a hacerles ningún daño. Puede bajar el arma.

Pero Harry no la bajó. Desde su posición alcanzaba a ver el jardín interior a través de la ventana que tenía enfrente, justo detrás de Barton, iluminado por unos farolillos y por los últimos rayos de luz diurna.

El propietario del *Barton Express* siguió explicándoles:

—No, no era mi hijo. Pero lo crie como tal, y, oh Dios mío, ¡se parecía a mí una barbaridad! —exclamó—. ¿Cómo no iban a pensarlo?

Eso era cierto, la gente en Torquay apreciaba el sutil parecido entre Barton padre e hijo desde que el niño iba de la mano de su padre, con su melena morena ondeando al viento. Bien era cierto que aparte de que ambos eran morenos, no había mucho más que añadir. El mínimo parecido entre ambos y el hecho de que a todo el mundo le constaba que eran padre e hijo bastaba para pensarlo.

—Pero no —prosiguió—, John tenía un carácter diferente. Él necesitaba hacer las cosas a su manera, era caprichoso, testarudo y egoísta. Tengo que admitir que, en parte, la culpa fue nuestra. Pero ese muchacho, Oliver... siempre venía a casa tan dispuesto y servicial... era un chico agradecido y se interesaba de verdad por las personas. Le cogimos cariño, sin más.

—¿Y eso fue suficiente para matarlo? Está bien. No era de su propia sangre, pero usted lo crio —lo increpó Mera.

—Yo no lo maté —respondió muy serio. Daba la impresión de que la acusación de la joven le había dolido de verdad—. Puede que inconscientemente fuera culpa mía, pero nunca me atrevería a cometer semejante barbarie. Jamás haría algo así.

Harry no sabía qué pensar. Veía en sus ojos una confianza plena en lo que decía.

—Sabe quién lo hizo —afirmó Harry.

—Fuera de mi casa. No tienen derecho a venir aquí y a acusarme de nada sin una sola prueba. Y mucho menos, mi propia empleada.

Barton se levantó de su asiento, contrariado.

El móvil de Harry vibró. El inspector abrió el mensaje sin perder de vista al señor Barton. Era de Katy.

—¿Es que no me han oído? Fuera. Y si usted tiene intención de volver a esta casa —dijo señalando a Harry— que sea con una orden judicial. Aunque dudo de que la obtenga basándose en un caso sobreseído.

Mera se levantó de inmediato y se encaminó hacia la salida sin mirar atrás. Harry la siguió en silencio.

Aceleró el paso, y en cuanto llegó a la altura de los coches se volvió y miró a Harry, cabreada.

—No entiendo nada —exclamó—. Tiene que ser él.

Harry negó con la cabeza y le enseñó el mensaje.

—Solo está encubriendo a la persona que lo hizo. Todo por amor.

Harry lo entendía bien: ¿acaso no era eso lo que había hecho él mismo con su hermano? No podía culpar a aquel hombre.

Mera se llevó las manos a la boca y dejó escapar un pequeño grito, apenas audible.

—Está ahí al lado, no hará falta coger el coche. Tardaríamos más, con toda esa gente ocupando las calles. ¿Qué tal si hacemos *footing*? —le preguntó sonriendo.

Mera le devolvió la sonrisa y echaron a correr como si su vida dependiera de ello. El viento les azotaba la cara, y tuvieron que esquivar a un sinfín de fantasmas, brujas, zombis, Harley Quinns y payasos macabros por el camino.

Sin embargo, no había mejor disfraz que el del autor de aquel crimen.

Katy había descubierto que detrás de Agatha Bowers se escondía el verdadero asesino de John Barton.

Su madre, Jane.

51

Mera

Octubre de 2019

Los pensamientos se agolpaban sin tregua en su mente, pero el aire que le golpeaba la cara la ayudaba a ordenarlos uno tras otro. Corría detrás de Harry, y al llegar al paseo, frente al mar, se toparon con un nutrido grupo de personas disfrazadas que paseaban por allí, charlando despreocupadamente.

—¿Cómo la encontraremos? —preguntó Mera con la voz entrecortada por la falta de aire.

—Tendremos que patearnos la zona. Aunque puede que los disfraces nos ayuden. Dudo de que ella vaya disfrazada, y eso nos facilitará las cosas —comentó él.

Harry la cogió de la mano para no perderla entre la multitud. Y estuvieron un rato recorriendo el paseo en silencio, mirando en todas direcciones, intentando no perder detalle.

—¿Y en el faro? —preguntó Mera cuando llegaron al otro extremo del paseo—. Creo recordar que Lyla dijo que le gustaba pasear por allí con su madre.

Harry asintió y se pusieron en marcha.

Al llegar, repararon en que la puerta del faro estaba abierta. Los dos se miraron extrañados y Harry entró primero.

Mera estaba muy nerviosa y seguía con la respiración entrecortada. En el interior reinaba la oscuridad, pero a pesar del miedo que sentía no dudó en seguir adelante. Subieron a lo alto de la torre. El viento la azotaba con tal violencia que Mera se recolocó el audífono instintivamente.

—Buenas noches, inspector —dijo una voz detrás de ellos.

A Mera se le antojó lejana, como si de una voz tenebrosa en las sombras se tratara, que en susurros se empezaba a deshacer advirtiéndoles de lo que se venía.

Harry se dio la vuelta e identificó la silueta de la señora Barton. La mujer avanzó unos pasos, y su rostro, bañado a medias por la luz y por la oscuridad, adoptó un aspecto macabro.

—Señora Barton —dijo Harry a modo de saludo—. Estaba buscándola.

—Ya me lo imagino, querido —respondió sin perder la compostura. La señora Barton demacrada y triste por la pérdida de su hijo había desaparecido por completo.

—La veo fenomenal —dijo el inspector—, se ha repuesto de manera asombrosa.

La mujer se encogió de hombros, como haría una niña pequeña justo después de romper el jarrón favorito de su madre.

—Detecto cierta decepción en su voz —dijo ella, avanzando un paso más.

Mera, a su vez, también se acercó a Harry. Al parecer la señora Barton no había reparado en ella hasta ese momento.

—¡Mera!, qué agradable sorpresa —dijo—. Tu presencia aquí me indica que has hecho un buen trabajo de investigación.

Mera se quedó sin habla. La señora Barton siempre había despertado su admiración; sin embargo, desde la muerte de su hijo daba la impresión de haberse vuelto depresiva y de no hallar consuelo para su pena. Algo que, si lo pensaba, nunca habría imaginado que pudiera pasarle a una mujer de su carácter, implacable y fuerte como ninguna.

—Siento haberte decepcionado también a ti, querida —añadió sonriente—. Pero una mujer debe hacer lo mejor para su familia. Y esto era lo mejor.

—¿Y dónde está su hija, señora Barton? —inquirió, al comprobar que Lyla no aparecía por ningún lado.

—No lo sé, querida. Acabamos de mantener una conversación de lo más intensa y acalorada. Al terminar me ha dejado sola. Así que cuando lo averigüe, te lo haré saber. Pero, díganme, antes de que empiece a relatarles mi historia, me gustaría saber cómo han llegado aquí.

—Usted escribe los libros de Agatha Bowers —dijo Harry.

—Sí, eso es correcto. Pero una escritora de novela negra no tiene por qué ser una asesina. Sabe diferenciar entre la realidad y la ficción, ¿verdad, señor Moore? —replicó con una risita.

—Existe una delgada línea que las separa, para ser sinceros, señora Barton. Tengo que reconocerle que no eran los libros en sí los que me proporcionaron las pistas. Sino la capacidad de llevar a cabo ciertas maquinaciones empleando veneno. Todo era muy preciso. Y, además, tuve un encuentro con la señorita Bowers. No parecía tener los conocimientos necesarios para escribir novela negra.

—Yo solo soy un ama de casa —repuso la mujer.

Mera puso unos ojos como platos.

—No es cierto, usted hasta hace poco había sido profesora en la Universidad de Exeter, de Geología y Ciencias ambientales.

—Vaya, hace usted mejor el trabajo que el propio inspector —observó la aludida.

—Su hija me lo dijo.

Jane Barton asintió recordando que, efectivamente, así era.

—¿Y bien? —preguntó—. ¿Cómo lo envenené, señor Moore?

Harry la miró inquisitivo. Lo estaba retando a solucionar el puzle.

—Estuve examinando exhaustivamente cada una de las estancias de su hijo en las fotografías de la policía forense. Una por una. Hasta que lo vi. En aquel piso inmaculado, encima de la mesa de cristal del salón. Unas manzanas rojas resplandecientes. Cuando me dijeron que llevaban envenenándolo desde hacía casi un mes, pensé en la gente con la que se había visto a partir de que fue acusado. De entre todos ellos, sus padres eran los que estaban más presentes. Y, además, siempre le llevaban algo de comer. No siempre estaba usted allí, pero se encargaba de que a su hijo no le faltara la pieza de fruta —sonrió irónico—, como a cualquier niño pequeño.

—Como Blancanieves —dijo Mera en voz baja.

—Las manzanas son la fruta por excelencia de Samhain, querida —repuso la señora Barton—. Continúe, inspector.

—El forense comprobó que había restos de arsénico en los

restos de la manzana que había en la basura de su casa. Y en todas y cada una de las que estaban en ese bol.

Pero se suponía que, con los poquísimos miligramos que contenían, la dosis no podía ser letal. Solo la última que se comió aquel día debía de contener esos miligramos de más.

Jane Barton asintió.

—Exacto. Pero ni siquiera yo lo sabía. Preferí dejarlo en manos del azar para que fuese totalmente aleatorio. Tenía claro que nadie visitaría a John, así que no importaba que todas estuvieran contaminadas. Solo se las comería él, hasta el día que cogiera la que llevaba premio.

—La letal, querrá decir —precisó Mera.

—Se puede decir así también, sí.

—Mi error fue pensar que lo había asesinado el señor Barton. Él fue quien presionó para que se suspendiera la investigación justo cuando iban a proporcionarme los datos de los productos contaminados. Amenazaron al forense deliberadamente para que no dijera absolutamente nada. Sin embargo, consiguió pasarme la carpeta con los análisis de manera discreta.

—Tardó en estudiar sus datos, señor inspector. Por lo que veo.

—Sí.

—Estaría usted más concentrado en otro tema. Como el de su hermano.

Harry apretó los nudillos.

—No lo culpo por lo que le hizo a John, seguro que se lo merecía. Aunque yo no contaba con ello, me resultó de gran utilidad para distraerlos. Fue una casualidad maravillosa.

—¿Su marido lo sabía todo este tiempo, señora Barton? Que lo había envenenado —inquirió Mera, cambiando de tema.

—Jane, querida, siempre te digo que me tutees. Y, ¡oh no, por Dios! El señor Barton de verdad quería al crío. Se enteró por los resultados de la autopsia. Esta confirmó que la muerte había sido por envenenamiento con arsénico. Mi marido estaba al corriente de que escribía los libros de Agatha Bowers y, bueno. En realidad, encontró las botellitas con mis cosas de jardinería —dijo encogiéndose de hombros—. Si he de serles sincera, nunca creí que buscaría allí. Él odiaba la botánica, se le mueren hasta los cactus. Sin embargo, no esperaba que me defendiera. A pesar de todos estos años, seguimos amándonos. No es un amor pasional como al principio, pero sí íntimo y fiel. Con todo lo sucedido, me he dado cuenta de que haría cualquier cosa por protegerme. Intentó por todos los medios dejar el caso como estaba, aunque eso significara ponerlo a él en su punto de mira, inspector.

Se hizo un silencio incómodo. La tensión se palpaba en el aire.

—Solo queda una cuestión —apuntó Mera—. ¿Por qué lo hizo?

—No solo no era su hijo —razonó Harry—. Nunca lo quiso.

—Pero, aun así... —abundó Mera, incapaz de entenderlo.

—No podía permitir que el apellido de mi marido y el de mi familia quedase mancillado por un depredador sexual. Me producía arcadas el mero hecho de imaginarme lo que les hacía a las muchachas, y lo peor de todo es que él no lo veía. Creía que les hacía un favor —suspiró—. Un día me encontré en el rellano de su edificio a aquella adolescente, Doyle creo que se apellidaba. Pobre cría, no dejaba de llorar y de pedir disculpas. La había engatusado para que se acostase con él por un puesto en el periódico que no pensaba darle —negó con la cabeza, sinceramente indignada—. A saber cuántas más habrán tenido que pasar por eso. Qué vergüenza —añadió—. Y como bien han dicho, no era mi hijo. Sí, estuve embarazada y perdí al pequeño en el parto. Era tan pálido y regordete... tenía el pelo casi pelirrojo.

—Como Oliver —susurró Mera.

Jane asintió.

—Gran parte de mi familia es pelirroja, no obstante. Yo nací con el pelo anaranjado, pero por desgracia al crecer se volvió castaño oscuro, casi moreno. No me favorece, en mi opinión —comentó mirando al mar. La señora Barton acababa de trasladarse a otro tiempo lejano, podía apreciarse en su mirada. Mera tuvo que acercarse más para poder entender todo lo que decía. Harry la cogió del brazo tratando de impedírselo, pero ella hizo caso omiso—. Mi pequeño murió, y yo quedé devastada. Mi marido, a fin de animarme, estuvo investigando, y tuvo noticia de que unos días atrás habían abandonado a un bebé aquí, en la puerta del hospital. Él creyó que me hacía un favor, y terminamos adoptándolo y llevándolo a casa. Nadie se enteraría de la muerte del pequeño. Lo sustituimos por otro que, para nuestra suerte, tenía un aire a mi marido —ella negó con la cabeza—. Pero no era mi pequeño pelirrojo. No lo encontraba por ninguna parte. Así que, en silencio, yo le despreciaba. Imagínense cuando me enteré de todo lo que hacía y de cuál era su verdadero ser... Tenía un alma oscura.

Mera y Harry se quedaron en silencio. Los ojos de la señora Barton, en cambio, clamaban una rabia inconmensurable, reprimida durante largos años.

—Oliver era buen chico. Yo me imaginaba que sería mi pequeño, como si su alma hubiese vuelto para vivir en él —añadió.

Harry miró a Mera y se llevó un dedo a la sien, indicándole que Jane Barton había perdido la razón.

—¿Por eso el señor Barton le pidió que se alejara?

—Oliver sabía que había sido yo —les confesó—. Hablamos a menudo. Siempre se ha sentido en deuda conmigo. Por sus estudios y por todo el cariño recibido. Por el contrario, a mi marido no le gustaba que profesara más amor a Oliver que a nuestro propio hijo. Pobre Oliver... nunca hizo nada mal. Incluso cuando John enfermó y necesitó el trasplante, se ofreció para la prueba de compatibilidad. Si vieran mi sorpresa cuando así fue...

—Señora Barton... —empezó a decir Mera—, pese a todo lo que nos ha explicado... asesinarlo no era la opción.

—Yo no podía vivir si él salía impune de sus delitos —respondió airada—, y eso fue lo que sucedió. Así las cosas, mi única opción era divertirme como cuando escribía mis libros. Hacer algo realmente beneficioso para la sociedad. Quitar a un parásito de en medio.

Harry avanzó, dejando a Mera a su espalda. Cogió a la señora Barton del brazo, y entonces ambos se percataron de que iba descalza.

—Siento decirle que tendrá que venir conmigo a comisaría.

Jane dio dos pasos atrás e intentó zafarse de la mano del inspector.

—No, querido. Me resulta imposible vivir viendo la decepción en el rostro de mi marido igual que pronto la vería en el de mi propia hija. Lyla sí es nuestra hija biológica, por si tenían alguna duda. Es curioso que, por el mero hecho de tener ciertos rasgos comunes, como el pelo moreno y la tez clara, la gente dé por hecho que dos personas son familiares directos...

—Es más ciego el que no quiere ver, ¿no es así? —apuntó Harry.

Ella sonrió.

—Tiene toda la razón, señor inspector —convino, mirando a Mera—. No se preocupen, iré con ustedes. Harry aflojó un poco la presa en su brazo y Jane aprovechó aquel instante de relajación.

—Háganle saber a mi marido y a mi hija que los quiero. Y a Oliver, que no fue culpable de nada, solo de hacerme algo más feliz en mi desdicha.

La señora Barton se zafó de Harry y se precipitó al mar. Sin embargo, añadió algo antes de saltar al vacío, pero Mera no pudo escucharlo, porque las palabras de la mujer quedaron ahogadas por su grito. Se asomó para tratar de sujetarla, pero solo alcanzó a verla caer entre las rocas.

—No, no, no... —repetía, sin dar crédito a lo que acababa de suceder.

—Mera, Mera... —la llamó Harry.

Ella se abrazó a él y rompió a llorar.

—Tenemos que irnos, debo llamar a la guardia costera antes de que perdamos el cuerpo.

—¿Por qué lo ha hecho? —preguntó entre lágrimas, sin atender a lo que Harry le decía.

—Su vida, tal y como la conocía, se había terminado. A algunas personas eso les resulta más aterrador que la propia muerte.

52

Jane

De pequeña me enseñaron a ser fuerte, intrépida y a vivir como se me antojara. Por ello, cuando conocí a mi marido, todo empezó a parecerme distinto. No era como si el mundo se hubiera detenido, faltaría más. Pero sí que de vez en cuando me permitía dejar de ser tan ruda y fría, para regocijarme en su calidez.

Él era un empresario adinerado, con una empresa que, lejos de parecerme fría, ayudaba a las personas a relacionarse con el mundo que las rodeaba. El periódico principal de Torquay era en su mayoría de su propiedad —o al menos, eso decían las acciones que poseía y la titularidad de la empresa—. Él, que me conoció en la pintoresca Toscana y me trajo un trozo de aquella bella región a Inglaterra, siempre ha sido mi luz. Y me gusta pensar que, en cierto modo, yo también lo fui para él en algún momento.

No pretendo excusarme por lo que hice, sin embargo, una parte de mí necesita que alguien sepa de la locura transitoria que padecí tras perder a mi primer bebé.

Estábamos entusiasmados y preparamos su llegada con gran ilusión. Yo seguí trabajando como profesora hasta el último mes de embarazo. Me sentía bien y con fuerzas.

Lo que no sospechaba era que el día del parto las cosas cambiarían para siempre. Ya me advirtieron, y lo sabía de sobras, que habría de enfrentarme a graves contratiempos, pero los acepté de buen grado. A ninguna madre le importa sufrir siempre que termine con su criatura en brazos, llorando y rebosante de salud. Sin embargo, en mi caso no fue ese el final. Sí que acabó en mis brazos, pero inerte, frío y morado.

Mi pequeño, que había nacido con un abundante pelo rojizo, no había sobrevivido al parto. No había logrado vivir.

Yo estaba destrozada. Quería darle un varón a Barton con todas mis fuerzas, uno que llevara su nombre y apellido y siguiera la estela de sus hazañas. Cuando me vio tan desconsolada, sin comer y sin hablar durante todos los días que estuve en observación, tuvo una idea. Yo no quería, pero él estaba entusiasmado y feliz, y lo consideraba una oportunidad maravillosa. Yo detestaba aquella idea, pero ¿qué podía hacer, si acababa de robarle a su propio hijo?

Así que acepté llevarme a casa al pobre diablo que habían abandonado en la puerta del hospital unos días antes, y del que John tan gentilmente se había encariñado. John Barton júnior, dijo con orgullo cuando lo presentó a nuestros allegados. Yo lo despreciaba, era como traicionar al pequeño que había perdido, sin dejarme espacio a llorar su muerte. Pese a todo, me puse una coraza, y al ver tan feliz a mi marido, dejé que mis sentimientos se pudrieran lentamente en el fondo de mi ser.

Al cabo de pocos años nació nuestra hija, Lyla. Me cuidé mucho durante este embarazo, y al contrario que con el anterior, intenté trabajar lo menos posible. El sentimiento de culpa por el desenlace de mi primera gestación me arañaba las entrañas. Ella nació sana y salva, y todas aquellas noches de pánico y pesadillas temiendo que el feto no sobreviviera, desaparecieron por fin. Lyla llegó para hacerme olvidar todo lo que había perdido. Al menos durante un tiempo.

El niño creció y se convirtió en un adolescente desvergonzado. Caprichoso, egoísta y con aires chulescos. Tenía cierto parecido con mi marido, a veces incluso podría decirse que era su réplica, y hasta yo dudaba de que no fuera su hijo de verdad. El chico lo idolatraba, le gustaba fanfarronear de su dinero y del poder que este le proporcionaba. Me hubiera gustado sincerarme con aquel adolescente y explicarle que en nada se parecía al hombre al que yo amaba. Que en realidad no era nadie, y que ni siquiera su propia madre lo quiso en su día.

Barton y yo juramos no revelarles nunca aquel secreto a los niños. Se criarían como iguales, y el mayor heredaría la empresa.

Creo que él se dio cuenta de lo poco que me gustaba aquella idea estúpida. Lo notó en mi rostro, por mucho que intentara ponerle buena cara. Pero sabía que algo no iba bien. Intentaba ser buena madre, y aunque sin duda en otra vida hubiera llegado a ser una buena actriz de teatro, me resultaba imposible tratarlo como a Lyla. Por mucho que me esforzara.

Durante su adolescencia tuvo muchos amigos, pero uno en particular hizo que los recuerdos de mi pequeño regresaran con fuerza, y que el desprecio que sentía por mi no-hijo se intensificara.

Oliver Henderson era la viva imagen de mi bebé. O al menos a mí me lo parecía. Era educado, humilde y trabajador. Un niño inteligente que no había caído en la mejor de las familias para salir adelante. Tenía una beca en el instituto de nuestros hijos y por eso venía a casa de vez en cuando.

Intenté por todos los medios que pasara más tiempo con nosotros. Mucho más de lo normal en un adolescente que es un simple amigo de tu hijo. Convencí a mi marido de que lo empleáramos para que realizara las tareas domésticas que a mí me resultaban más complicadas, y así poder hacerse con unos pequeños ahorros. Gracias a ello pude conocer en profundidad a aquel muchacho sensible, amante del arte, de la arquitectura y de la literatura. Un chico cuyo talento y aptitudes no podían desperdiciarse. Así que cuando llegó la hora de ir a la universidad, le proporcioné una beca particular para que pudiera sufragarse los estudios. Él se sintió tan en deuda con nosotros, que, por mucho que le dijera que podía estudiar lo que más le apeteciera, decidió cursar Periodismo, en honor a mi marido.

No sé si realmente llegó a ser feliz, pero puede que, en mi afán por recuperar a mi hijo fallecido, depositara unas expectativas demasiado altas en un muchacho que apenas tenía que ver con nosotros.

Entretanto, John Barton se hacía mayor, y cada vez se sentía más seguro de sí mismo. Sabía manipular a la gente. Mi odio hacia él iba en aumento, a pesar de tener que fingir que lo amaba.

Así que, para liberar todo mi odio hacia él, decidí expresarlo escribiendo historias. De pequeña me encantaba leer sobre compuestos químicos y minerales, por lo que poseía sólidos conocimientos acerca de la materia, además de los propios de mi formación académica. No me fue difícil lanzarme al mundo editorial. Tenía contactos gracias a mi marido, si bien mi única pretensión era desahogarme con mis textos.

Solo puse una exigencia: que nadie supiera que yo había escrito esos libros. Como parte del trato, también solicité que una chica joven pusiera nombre y rostro a la autora de las novelas. Fue así como conocí a Agatha Bowers, quien, lejos de parecerme inteligente, resultó ser una muchacha atolondrada, aunque deseosa de escribir su propia novela. Su madre, una amiga mía de la infancia, me hizo llegar un manuscrito de la joven para que se lo pasara al contacto editorial de mi marido. Y entonces aproveché la oportunidad, en vista de lo terrible que era aquella obra. Le ofrecí convertirse en mi nombre y mi cara, a condición de que jamás revelara quién era la verdadera autora de las novelas. A cambio, ella se quedaría con los derechos de autor y con parte del adelanto que a mí me ofrecían. Yo no necesitaba el dinero, solo pretendía vomitar todo lo que tenía dentro.

No lo voy a negar, ver a John Barton detenido me hizo inmensamente feliz. Pensé que no saldría de esta. Pero al conocer el paradero del verdadero asesino de aquella muchacha... ¿Aletheia Lowell se llamaba? No importa.

Ya imaginaba que saldría impune. Así que empecé a trazar mi plan. Era mi manera de contribuir a que se impartiera justicia. De deshacerme del mal que había causado.

Tengo que reconocer que fue divertido. Coger la jeringuilla e inyectar en cada manzana los miligramos exactos de arsénico, y además sabiendo a ciencia cierta que mi acción no era egoísta. Lo hacía por aquella chica a la que había violado, lo hacía por todas aquellas a las que, sin duda, había tocado sin su consentimiento. Como la chiquilla de los Doyle. Estaba sola, cubriéndose su dulce rostro con las manos, llorando desconsolada. El conserje no estaba en ese momento y, la pobre niña, sin saber aún quién era yo, se sinceró conmigo —sin mencionar el nombre de John, por supuesto—. Yo deduje que había sido John en cuanto la jovencita me dijo que lo único que quería era que la aconsejase para poder cumplir su sueño de trabajar como periodista.

No era un santo. Yo lo sabía bien por cómo hablaba de las mujeres. Su padre le quitaba importancia y decía que eran cosas de hombres, pero no lo eran. John Barton las degradaba con cada palabra que pronunciaba.

Íbamos a visitarlo mientras estuvo en prisión preventiva, y le llevábamos la comida. Para no ir siempre yo, me encargaba de que Lyla se la hiciera llegar, o de que se la llevaran a casa cuando permanecía en su apartamento una vez concluido el juicio.

Disfruté viendo cómo se demacraba, y cuando el médico que lo atendía le decía que era una simple gastroenteritis, algo que le había sentado mal. Hasta que, al final, terminó tomando la dosis letal.

El inspector se centró en el edifico y en los vecinos. Me asusté, porque sabía que mi marido había alojado a Oliver justo en el piso de debajo del de John, que también era nuestro. No quería que nadie lo incriminara, pero cuando le pedí a Barton que lo nombrara redactor jefe y lo trajera de vuelta, puso como condición que se instalara cerca de John, ahora que le resultaría más difícil tener gente de confianza cerca. Acepté de mala gana.

Todo lo demás es historia. Mi marido encontró el arsénico, y como sabía que yo entendía de venenos, me pidió que le contara la verdad. No pude negarme. Sin embargo, el asco, la decepción y el odio que vi en sus ojos no se podía comparar con ningún dolor de los que le había visto padecer hasta entonces.

Me aborrecía, y supongo que solo intentó ocultar mis huellas para que Lyla y él mismo no salieran malparados. Y para que su periódico no sucumbiera al escándalo. No por mí.

Yo ya no era la misma para él. No me amaba.

Sin embargo, yo no dejé de hacerlo, ni a él, ni a nuestro hijo. Parte de mi alma murió en aquel parto; y el resto, cuando mi marido descubrió lo que realmente era yo.

Poco había que hacer. Lo decidí en cuanto él lo descubrió.

Estaba muerta, mucho antes de arrojarme al mar.

53

Harry

Noviembre de 2019

El día había sido una locura. El papeleo lo había dejado exhausto, y aún le quedaba mucho por hacer. Después del traumático momento de ver a la señora Barton precipitarse desde el faro, tanto Mera como Harry tuvieron que reaccionar con rapidez.

A la guardia costera no le llevó mucho tiempo recoger el cuerpo. Tenía varias lesiones producidas por el impacto con las rocas. Sin embargo, la causa de la muerte había sido por ahogamiento. Tenía los pulmones llenos de agua. Una manera horrible de morir.

Mera había estado llorando en silencio durante bastante tiempo y, aunque el inspector se había ofrecido a llevarla a casa, ella insistió en ir a comisaría para ver a Luca y declarar esa misma noche.

Avisaron al señor Barton. En cuanto fue informado de la

muerte de su esposa, se derrumbó y contó su versión. Era muy parecida a la de Jane, salvo que no entendía cómo había sido capaz de asesinar a su hijo. Porque para él era hijo suyo a todos los efectos. Lo habían criado y educado ellos, y también les correspondía parte de culpa por consentir que se convirtiera en el monstruo que acabó siendo.

Al menos se sintió aliviado al saber que Luca saldría ileso de todo. Cuando Lyla dejó a la señora Barton en el paseo marítimo, fue directamente a la comisaría. En cuanto supo la verdad de lo que había sucedido por boca de su madre, pese a la conmoción, se apresuró a declarar ante Katy.

Una vez que hubieron recuperado el cuerpo de la señora Barton, Harry fue a su casa y encontró los botes de arsénico. Algunos estaban a medio usar.

Le costaba creer que a esas alturas la gente aún recurriera al arsénico como veneno letal, y que fuera tan fácil de conseguir. Era uno de los venenos más famosos, por descontado. Ahora bien, no en el siglo XXI precisamente.

Mientras Harry seguía sumido en sus cavilaciones, Katy llamó a la puerta de su despacho, aunque ya estaba abierta.

—¿Se puede?

Él asintió.

—Creo que te debo una disculpa de las grandes.

Harry negó con la cabeza, sacudiéndola de un lado a otro.

—Para nada.

—Sí, hice que Luca pasara un mal rato y pensé mal de ti. Tenía que habértelo dicho antes.

—Hiciste lo correcto. Yo habría hecho lo mismo, ¿Qué podías hacer si no? Viste a mi hermano entrar y salir a la hora en que aproximadamente habían asesinado a John. Yo había visionado la grabación y no te dije nada. Además, he intentado ir por mi cuenta la mayoría de las veces. No te culpo de nada, en realidad, tenía que haber confiado en ti lo bastante como para contártelo. Estaba seguro de que no había sido él.

—Sin embargo, no podías tener la certeza de que yo pensara igual —añadió ella—. Lo entiendo. No te culpo.

—Dejémoslo en que los dos somos culpables de ser malos compañeros.

—Malos compañeros, nunca. Ahora bien, lo de comunicarnos... eso habría que ir trabajándolo.

—Aun así, intenté dar con alguna coartada que favoreciera a Luca. Y la encontré —afirmó ella con una sonrisa—. No te diste cuenta, pero en el registro de llamadas de John había una a su médico justo una media hora después de irse Luca, según la grabación de la cámara. Aunque, sin duda, que Lyla se presentara aquí y nos contase la verdad un rato antes de que llegara tu aviso fue de mucha más ayuda a la hora de dejarlo libre.

Harry sonrió satisfecho.

Los dos habían hablado con su médico días antes, pero no podían culparle de que tratara los síntomas del fallecido con una gastroenteritis aguda.

—El médico nos confirmó que le llamó para pedir que le recetara algo más fuerte para el dolor de estómago, pero Barton no le dijo mucho más de sus síntomas.

Era lógico. Nadie hubiese pensado en su lugar que lo estaban envenenando de manera progresiva.

—Al menos ahora sí podemos decir que ya ha acabado todo —concluyó Katy.

—Sí, eso parece —suspiró el inspector—. Gracias por el mensaje de Agatha Bowers. Fue lo que hizo que se me encendiera la bombilla de inmediato. Me dio rabia no haber pensado en la señora Barton en ningún momento. Solo me centré en el padre.

Katy se cruzó de brazos y miró a Harry, pero esta vez con el ceño fruncido.

—Tú mejor que nadie sabes que el veneno es un arma de mujer. Has leído muchas novelas de esas —dijo, señalando una pila de libros—, pero te cegó el hecho de que ella estuviera tan deprimida y alicaída. Creíste que era una madre destrozada por su hijo, y no pensaste en que el padre estaba pasando por un duelo peor. Y que tenía que disimularlo por todos los medios de cara a la galería.

—Ella actuaba bien, tienes que reconocerlo —arguyó el inspector.

—En realidad creo que no actuaba. En el fondo la culpa le estaba royendo las entrañas.

—Puede ser. Creo que me dejé llevar por la corazonada de que él era quien movía todos los hilos —reconoció, suspirando—. Inconscientemente lo comparé con mi padre.

—No le des más vueltas. Lo solucionamos. Eso es lo más importante. En el fondo tenías toda la razón, era la persona que estaba detrás de los libros de Bowers. Cuando recibí la llamada de la editora me quedé de piedra.

—¿Había aceptado decírtelo sin más, solo a cambio de obtener más dinero con los derechos audiovisuales? No tiene ningún sentido —concluyó, pensativo.

Katy negó con la cabeza y se acercó más al inspector.

—Ciertamente, Harry... creo que ella tenía claro que, una vez que diera su nombre, nosotros la pillaríamos. Opino que no se tragó en ningún momento nuestra artimaña. Te estaba esperando. Y ella misma nos dio su nombre.

Sí. Eso tenía sentido. Jane era una mujer inteligente y virtuosa. Tejer su propia muerte, y llegar a su culminación de esa forma concordaba con el perfil de la persona que se encontró en aquel faro junto a Mera. Solo habría deseado que, una vez más, el asesino no hubiese acabado muerto y hubiese podido llevarlo a juicio, como se merecía.

—¿Tienes prisa? —le preguntó su compañera al ver que Harry empezaba a recoger los papeles.

—Sí, he quedado con Mera.

—¿Está bien?

—Eso creo. Lo sabré dentro de un rato.

—Te veo luego.

—Claro —repuso Harry.

Mera le esperaba en el mismo banco donde, hacía ya algo más de un mes, le había mostrado la carta de su abuelo. Al lado del Teatro Princesa, mirando al mar.

Estaba bellísima. Su blanca piel brillaba por efecto del sol, y sus cabellos castaños bailaban con la brisa marina. Llevaba puesta una gabardina color mostaza y se había metido las manos en los bolsillos para protegerlas del frío.

—Hola —la saludó él, y ella le correspondió con una sonrisa.

Los ojos de Mera se achinaron al sonreír, y a Harry se le derritió el corazón de nuevo.

—Gracias por venir.

—¿Estás bien? —le preguntó él, sinceramente preocupado.

—No. Pero eso también está bien. No siempre podemos ser nuestra mejor versión.

Ella bajó la mirada y él pensó que Mera solo conservaba buenas versiones de sí misma. Sus defectos terminaban convirtiéndose en virtudes que la fortalecían y la hacían ser mejor persona. Mera se tocó el oído y volvió a alzar la vista para mirarlo.

—Me voy.

—¿Te vas?

Ella asintió.

—Llevo mucho pensándolo y creo que es hora de irme de Torquay. El *Barton Express* me ha dado mucho y ha hecho de mí otra persona. Necesito empezar de cero, ir a Londres, trabajar allí... empezar otra aventura. Pero esta vez, poniendo distancia de por medio.

Harry sintió que se le partía el corazón en mil pedazos. Jamás en todos esos años, en todas sus idas y venidas, incluso cuando era joven, se había sentido así. Abandonado y a la vez irremediablemente feliz. Por ella.

—Ya era hora —sonrió él, intentando sonar convincente—. Tienes mucho que ofrecer al mundo. Era muy egoísta por parte de Torquay retenerte aquí. Ya verás, no querrás regresar. Estaré pendiente de tus abuelos mientras estás fuera, no debes preocuparte. También de Emma, aunque con ella... mejor guardar las distancias, si no, podría acabar herido.

Los nervios le habían hecho soltar una cantidad ingente de frases en pocos segundos.

A Harry se le formó tal nudo en la garganta que tuvo que parar de hablar. Ella lo miró con sus ojos azules y pudo apreciar que le brillaban.

—Gracias, Harry —dijo—. Me has enseñado muchas cosas, más de las que piensas. Y no lo cambiaría por nada. Espero que encuentres lo que te hace feliz.

Ella lo abrazó sin que él se lo esperase. El inspector la abrazó a su vez con fuerza, y aspiró el olor de su pelo, a mar y a vainilla. Quería susurrarle que ya lo había encontrado. Ella era todo cuanto lo hacía feliz.

Una vez más, no podía ser egoísta. Ahora estaba con Luca, y él hacía mucho que había perdido ese derecho.

—Gracias a ti, Mera. No dejes que nadie te pare.

Y así, en un abrir y cerrar de ojos, ella se montó en su coche y no volvió la vista atrás, dejando a Harry roto por dentro.

Cuando ya la había perdido en el horizonte, suspiró y recapacitó, rememorando los momentos vividos juntos a ella.

Una parte de él mantenía la esperanza de que sus caminos se reencontrarían en algún punto de su vida. Pero si finalmente eso no sucedía, se prometió que atesoraría sus recuerdos para recordarse a sí mismo que él no solo tenía una parte oscura.

También sabía amar.

54

Luca

Noviembre de 2019

Se había decidido después de darle muchas vueltas. Estaba nervioso, sin duda, pero el simple hecho de pensarlo le hacía dar saltos de emoción.

Aquella mañana había vuelto a hablar con la señora Brown, y ella misma le había dado la idea. No explícitamente, por descontado, pero sí con la suficiente claridad como para despertar algo en él que creía perdido. Cuando le contó su idea, ella solo pudo aplaudir su decisión.

Así pues, solo faltaba que se abriera la puerta de su despacho, indicándole que había llegado su invitada.

Dio unas cuantas vueltas por el habitáculo y suspiró.

«¿Quieres hacer el favor de tranquilizarte?», se dijo.

Oyó un par de toques provenientes de la puerta y gritó «¡Pasa!» con cierta prevención.

Su madre, Diana Moore, apareció en la puerta tan coqueta y con tan buen porte como siempre.

—Luca, cariño —le dijo, con un matiz de preocupación.

Se acercó a él y le dio un beso en la mejilla.

—¿Ocurre algo? Nunca me habías hecho venir aquí.

—Solo hace un mes que dirijo esto, mamá, «nunca» es muchísimo tiempo, ¿no te parece?

—Cierto.

Luca se sentó detrás de la mesa y la miró, indeciso.

«No. No puedes titubear. Tiene que verte firme», pensó.

—Necesito decirte algo. Bueno, necesito que aceptes la decisión que he tomado.

Ella enarcó una ceja, confusa.

—Me estás preocupando.

—Lo siento, no es mi intención. Pero me lo debes —añadió él.

Su madre lo miró por encima del hombro, recelosa.

—Está bien. Soy todo oídos.

Luca llenó sus pulmones de aire, la miró a los ojos y le anunció:

—Te entrego la empresa de papá. Es tuya. Haz lo que quieras con ella. Sé su jefa, véndela... no sé, lo que te apetezca. A mí ya no me concierne.

—¿Qué locura estás diciendo?

—No soy feliz, mamá. Vine a Torquay por el abuelo. Es cierto que no me gustaba la competitividad que reinaba en el *Daily Mirror*, pero tampoco me desagradaba. Vine única y exclusivamente por el abuelo. Estaba enfermo y quería pasar sus últimos días junto a él. Yo no pedí esto, ni mucho menos un trabajo que odio. Papá no puede castigarme eternamente.

Diana lo miró incrédula.

—Hijo, tu padre no pretendía...

—No digas que una parte de él no quería castigarme con esto.

—Sabía que Harry no se haría cargo siendo inspector... —empezó a decir ella.

—Entonces, lo justo sería que te encargaras tú. No yo. Él no tenía ni idea de si algún día pensaba regresar de Londres, y, aun así, quiso dejármela porque sabía que no me vería con fuerzas de negarme. No me atrevería a contradecirlo —suspiró de nuevo—. Pero aquí estoy, mamá, entregándotela.

Ella asintió abatida.

—¿Te vas a Londres?

—Cuando terminemos todos los trámites, sí. Me iré.

—¿Es por Mera? Oh, por favor, no me digas que te vas por una chica.

Él no pudo evitar sonreír.

—No tienes remedio, mamá. No. No me voy por ella. Es cierto que es un aliciente —convino con ella, sin dejar de sonreírle—. Durante un tiempo Mera irá por su cuenta y yo por la mía. Arrastro demasiadas pérdidas en mi vida, y Mera no tiene por qué cargar también con ellas.

—¿Lo has decidido tú o tu chica?

—Digamos que nos pusimos de acuerdo —dijo él, recordando el momento.

Ella había ido a decirle que se marchaba, y Luca quería hacerle ver que necesitaba tiempo. Mera, como era usual, sin pretenderlo había hecho algo complicado de la forma más simple. Le prometió que volverían a encontrarse en Londres en cuanto él cerrara unos asuntos pendientes y le imprimiera cierto cambio a su vida.

La sensación de calidez que Mera le transmitía cuando estaba con ella era algo que no pensaba perder por nada del mundo. Por eso, para que no se esfumara para siempre, primero necesitaba curarse de todas las heridas de bala —metafóricamente hablando— que le habían infligido desde que llegó a Torquay: la pérdida de su abuelo, de su padre, de su primer amor, incluso de su hijo —cuya existencia ignoraba—; había sufrido tantas pérdidas que necesitaba encontrarse a sí mismo, renovado y mejor persona.

Por una parte, era eso; por la otra, después de haberle pedido perdón a Mera por haber traicionado su confianza cuando arremetió cual gallo de corral contra John —aún seguía muy avergonzado por haberse descontrolado de aquel modo—, ella admitió que necesitaba espacio para poder olvidar lo sucedido.

¿Podría perdonarlo algún día? Esperaba que sí. Si de verdad el tiempo ponía de su parte y propiciaba que el resentimiento se trocara en indulto, quizá aún habría una oportunidad para ambos.

—Está bien, cariño —le dijo su madre mientras se ponía en pie—. Me quedaré la empresa si eso es lo que quieres. Pero prométeme que vendrás a verme —añadió, señalándolo con un dedo acusador.

—Claro, mamá —respondió Luca, entusiasmado por su respuesta. Se alborotó aún más el pelo con una de sus manos y añadió—: Torquay siempre será mi hogar.

Epílogo

Tres meses después

Mera estaba mirando la televisión mientras sostenía un bol con cereales. La BBC cada día era más dramática que el anterior. Suspiró y decidió poner una serie en Netflix, algo que la hiciese dormir plácidamente sin tener que pensar en el día siguiente.

Suspiró y cogió una taza para prepararse una infusión, sin haber decidido aún cuál elegiría. Iba envuelta en una manta de pelitos blanca que añadía al menos diez grados más a su temperatura corporal. Londres era mucho más frío de lo que esperaba. A su lado, Torquay era un enclave veraniego y con temperaturas suaves. Por eso había días en que se arrepentía de haber elegido el invierno para pasar sus primeros momentos en la capital.

Aunque, bien mirado, la primera toma de contacto no había sido tan mala. Trabajaba en *The Times* como redactora, y aunque en principio había bajado de categoría si comparaba su puesto actual con el de directora del *Barton Express*, el sueldo era similar y tenía menos responsabilidades. De hecho, en su actual situación podría seguir aprendiendo y subiendo en el escalafón, lo cual la hacía sentirse muy motivada.

Vivía en su nuevo apartamento, bastante más diminuto de lo que en principio se había imaginado, cerca del centro de Londres, aunque, a decir verdad, podría haber sido más pequeño. Después de todo había tenido suerte, pues, pese a su reducido tamaño, contaba con dos dormitorios.

En cualquier caso, tampoco es que estuviera sola. Cada dos por tres tenía a Dana en casa. Le hacía visitas «esporádicas» tan a menudo que acabaron convirtiéndose en una agradable rutina. En algunas ocasiones también se le sumaba Lyla. Mera agradeció que esa relación no se hubiese apagado y que hubieran encontrado el punto perfecto para seguir construyéndola.

Lyla Barton ganaba mucho cuando no era su jefa. Al igual que ella, dejó el periódico y se reincorporó a su antiguo puesto en el cuerpo de policía. Su padre delegó la dirección del *Barton Express* en la junta de accionistas y se propuso descansar por un tiempo. Según había entendido Mera, había abandonado su casa de Brixham y ahora se dedicaba a viajar.

—Quién tuviera dinero para hacerlo —exclamó Mera, olvidándose de que era Lyla quien se lo estaba contando. Las tres chicas se rieron con ganas de la ocurrencia de la periodista.

Todo parecía ir bien. En Torquay y en casa.

Mera suspiró, y justo cuando estaba dejando la taza de té sobre la mesa, llamaron al timbre. Dio un pequeño brinco, sobresaltada.

Era muy tarde y no había pedido comida china.

«¿Había pedido comida china?», repitió para sus adentros, confusa. No. No lo había hecho.

Acercó su ojo derecho a la mirilla de la puerta de su casa y se le escapó un grito ahogado, que amortiguó al instante, tapándose los labios con la mano.

—¿Harry?

No alcanzaba a imaginar por qué estaba plantado ante su puerta. Sin embargo, al verlo se sintió embargada por una súbita alegría, y no pudo por menos que sonreír antes de abrir la puerta, para dejarle pasar.

Edificio del asesinado

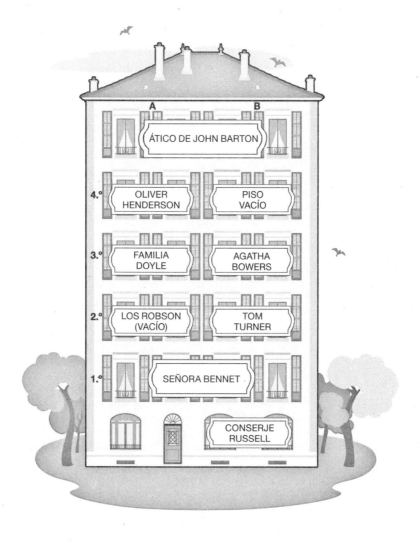

Agradecimientos

Tengo la sensación de que en este libro tengo mucho más que agradecer que en el anterior, así que, preparaos, porque vienen muchas personas importantes para mí.

En primer lugar, gracias a Clara, mi editora, por el camino recorrido todo este año juntas, por creer en estos personajes y apoyarme en cada decisión. Y al equipo de Penguin por darme la oportunidad de seguir con esta historia que tenía desde hace tanto en mi cabeza. Nunca creí poder ver a estos personajes llegando a tantos lectores.

A cada lector y lectora que le ha dado una oportunidad a esta historia. Desde *A ojos de nadie* con la autopublicación, pasando por su reedición, y queriendo saber más de sus personajes con este segundo libro. Espero que esta historia os haya entretenido y se haya quedado con un poquito de vosotros, al menos una mínima parte de lo que se ha quedado conmigo. Mi mensaje desde aquí es que no permitáis que nadie os diga lo que podéis o no alcanzar. Con una mezcla de trabajo, mucho esfuerzo y algo de suerte, todo es posible.

A Paloma, porque este año ha sido una mezcla de emociones indescriptibles; y entre una emoción y otra, yo iba escribiendo este libro en los momentos en que no estaba al móvil junto a ella. Gracias, amiga, por darme fortaleza y coraje cada día, los que a ti te sobran y a mí a veces me faltan. Has demostrado una entereza inquebrantable y te quiero por ello, por lo que siempre has sido, eres y serás.

A mi madre, por recordarme el camino que he recorrido y hacer que me mantenga siempre con los pies en la tierra mientras sueño con historias nuevas.

A Valeria, porque cuando Emma habla a Mera solo puedo imaginar su desparpajo y desvergüenza luchando por lo que cree.

Pancho, no me cansaré de decir lo orgullosa que me siento de tenerte a nuestro lado y de lo bonito que es haber crecido junto a ti.

A mis abuelos Antonio y Maru y a mis tíos María José, Tony, Inma y Edu, que han celebrado este libro como si fuese propio. Y han estado ahí cada vez que he dado un pasito hacia delante, incluso medio hacia atrás, para darme ese empujón que necesito.

A mi primo Víctor, porque siempre está a mi lado pase lo que pase, y soy muy afortunada de tenerlo junto a mí.

Luisa, Cristina y Marina son esas amigas que no pueden faltar en cada historia, y sin las cuales el personaje principal estaría perdido. Me animaron a autopublicar, y lo hacen con la mayoría de los proyectos locos que están en mi mente. Os quiero.

A mi familia de Madrid, a la que he extrañado con todo mi ser en este último año. A mis madrileños favoritos: Ainhoa y Sergio. Si tenéis en vuestro grupo de amigos a esas personas que se preocupan por cada aspecto de tu vida y que, a pesar de los kilómetros, siguen mandando un mensaje como: «Hey, chicos, ¿cómo estáis?», no los dejéis escapar. Así son ellos, y no se me ocurriría dejarlos ir por nada.

Por supuesto, a Mikel, Iña, Brais, Pak, Javi y Andrés, mi *pack* favorito para una tarde de risas o una noche de vídeos de YouTube. Os extraño. Espero que esta historia también la acojáis con ilusión.

Gracias a Debbi, por darme la oportunidad de conocer de cerca a una persona asombrosa y ayudarme a hacerme una idea de lo que Mera está pasando con su déficit auditivo. Creo que es un tema del que se habla poco y me parecía importante darle visibilidad de la mano de la protagonista de esta historia. A las personas que tenemos el privilegio de no saber los problemas que supone esto en nuestra sociedad, nos queda mucho que aprender de gente como tú, Debbi. Gracias de nuevo, también por convertirte en una amiga online.

A Duna, porque, aunque este año haya estado desconectada, sigue siempre ahí recordándome las amistades bonitas que nos ofrecen las redes sociales, más allá de una pantalla.

Siempre lo dejo para el final, pero siento que estos agradecimientos son muy personales e íntimos y me cuesta llegar hasta aquí. Ha sido un año muy complicado y lleno de cambios. No solo para mí, sino para todo el planeta. La vida ha cambiado radicalmente, aunque no queramos. Entre tanto ruido, ajetreo y locura, Enrique, te leíste este libro en dos días porque necesitaba que alguien me dijera todo lo que yo no podía apreciar desde dentro. No puedo escribirte nada que ya no sepas. Significas tanto que esto se queda corto. Por eso, este libro está dedicado a ti. Como siempre te digo, esta historia también es tuya.